ちくま学芸文庫

詳講　漢詩入門

佐藤 保

筑摩書房

まえがき

中国文学における詩歌の地位は、当然のことながら時代による盛衰はあるものの、中国文学の長い歴史を通じて、概して高く評価され、重要視されてきた。その嚆矢とも言うべき孔子の『詩経』の詩を評価する言葉が、『論語』には数条残されている。そのうちの一つ、陽貨篇に見える言葉は『詩経』詩篇の教育的文化的な価値を弟子たちに説いた言葉として、一般によく知られている。

子曰わく、小子《しょうし》何ぞ夫《か》の詩を学《まな》ぶこと莫《な》きや。詩は以て興《おこ》すべく、以て観《み》るべく、以て群《ぐん》すべく、以て怨《うら》むべし。邇《ちか》くは父に事《つか》え、遠くは君に事え、多く鳥獣草木の名を識《し》る。

先生がいわれた、「お前たち、どうしてあの詩というものを学ばないのだ。詩は人の心をふるいたたせ、ものごとを観察する力をあたえ、人々といっしょに生活できるようにさせ、心に抱く怨みごとをうまく表現させてくれる。詩を学べば、近くは父に仕えることもうまく行き、遠くは君主にお仕えする役に立つし、鳥獣草木の名もたくさん知ることができる。」と。

これがいわゆる「儒家の詩観」であり、もっぱら『詩経』の詩を学ぶ効用と意義を述べたものではあるが、後には詩一般の理想ないしは目的を表す言葉として珍重されるようになった。さらに言えば、中国の場合は東アジア漢字文化圏の中核として、古くから他民族に大きな社会的且つ文化的な影響力をもっていたので、中国における詩の評価は、ひろく他国へも広がっていった。とりわけ朝鮮半島と日本は中国の人々の詩に対する並々ならぬ思いを受け継ぎ、近年に至るまで伝統的古典的な中国詩への愛好を抱き続けているという状況がある。しかし一方では、本家の中国を含めて、漢語・漢字に対する知識が乏しくなりつつあるのも事実で、わたしはこの際、もう一度古典的な中国詩、いわゆる漢詩の基礎的なことがらを整理してみようと、前から考えていた。

一九九三年（平成五年）にその機会が訪れ、同年四月から一九九七年（平成九年）三月までの四年間、放送大学のテレビ講座「中国の古典詩」を担当して、財団法人放送大学教育振興会から教材の『中国の古典詩』を出版した。さらに一九九七年四月からは「中国の古典詩」講座を引き継ぐかたちでテレビ講座の「中国古典詩学」が始まり、教材も前回同様、放送大学教育振興会から『中国古典詩学』が刊行されたのである。この講座も四年間つづいた。

本書は、この一九九七年版の『中国古典詩学』を文庫版に改編したものである。改変は可能な限り原本の内容と体裁を残すことに努めたが、結局、幾つかの変更を加えることになった。

変更の最も大きなものは、書名の変更である。原名の「中国古典詩学」の「まえがき」に、わたしは命名の理由を次のように記した。

「中国古典詩」というのは、我が国で一般に「漢詩」と呼ぶ中国の伝統的なスタイルの詩すべてを意味している。しかし「漢詩」はあくまでも日本語であって、中国の詩を研究する際の専門用語としては不適切な言葉である。なぜならば、中国語で「漢詩」han-shiといえば、もっぱら「漢代の詩」をさすからである。それは決して漢字で表現される伝統的なスタイルの詩すべてを意味する言葉ではない。中国語では伝統的な詩を、通常「旧詩」あるいは「古典詩」と呼んでいる。（傍点は今回の引用に際して付した）

すなわち、「漢詩」の曖昧さを避けて、やや堅い言葉ではあるが、「中国古典詩」を採用する理由を専門研究の立場から述べたものである。この考えは、今でも基本的には変わってはいない。

しかしながら、今回文庫化して一般の読者が比較的入手しやすくなる折角の機会に、人々に親しみやすい「漢詩」を書名に用いるのも、読者の拡大には有効ではなかろうか、と考えたのである。原本、そして文庫版もまた、目的とする所は、「長い年月をかけて中国の人々が工夫に工夫を重ねて作り上げた豊かな詩の世界を享受するための基礎知識を獲得すること」(『中国古典詩学』まえがき) にあるので、「漢詩入門」と書名を改めることによって、「漢詩」を好む多くの人々の関心を呼び、中国詩の学習にプラスにはたらくに違いないと考えた。本書の目的とする中国詩の「基礎知識」の「獲得」とは、言葉を換えて言えば、伝統的な中国詩の構造と趣向の理解をさし、それらについて詳細な検討を加えることが本書の特徴のひとつであるので、書名に「詳講」の二字を冠することにした。

改編の次ぎは、脚注の移動である。その理由は極めて単純で、文庫版には脚注を容れるスペースがなくなったからである。そこで、文庫本では二種の方法で脚注の移動を行った。一つは、人物の生卒年・在位在職年・現在地名等の比較的短いものは当該原文の後に( )をして本文中に入れ込む方法と、二つには、訳文・訳詩の後に当該語句を抽出明記して、注を移動させてまとめる方法である。いずれも、通常見なれた注の付け方である。

以上の改変のほか、原本の誤りを幾つか訂正することができたのは幸いであったが、本書の用字法と仮名遣いは原本の『中国古典詩学』の原則をそのまま踏襲していて、改変を加えていない。すなわち、中国の人名・地名・書名等の固有名詞、及び原詩・原文等の引用は、基本的に新字体・新仮名遣いを用いるという原則である。あるいはこれなども読者拡大の一助になるだろうか。

最後に、『中国古典詩学』の文庫化出版の企画にのぼったのは今秋十月のことであった。それが比較的短時間のうちに『詳講漢詩入門』として世に出ることになったのは、ひとえにちくま学芸文庫編集局の天野裕子さんの熱意のお蔭である。茲にその名を記して、謝意を表したい。

著者記す

二〇一八年（平成三〇年）十二月

【目次】詳講　漢詩入門

詳講　漢詩入門

1

中国詩概観（一）――『詩経』から南北朝まで

伝統的な中国詩の形式やテーマなど、そのさまざまな趣向を検討する前に、まず我々がこれから検討の対象とする中国詩の大きな流れを、それぞれの時期・時代の特徴及び重要なことがら、代表的な詩人などを紹介しながら、歴史的に概観しておこう。

一 『詩経』と「楚辞」

中国の詩歌がいつどのようにして始まったかという問いに正確に答えるのは、難しい。現存する中国の最も古い詩歌として、後漢のころに著された『呉越春秋』（巻五）に、春秋時代の歌の「弾歌《だんか》」一首が記録されている。

断竹、続竹、飛土、逐宍。

竹を断《き》り、竹を続《つな》ぎ、土《ど》を飛《と》ばし、宍《にく》（肉）を逐《お》う。

この歌は、孝行息子が父母の亡骸を獣などから守るために、竹を切って弦をはり、土を固めた弾丸を飛ばして獣や鳥を追い払うことをうたった歌と伝えられているが、短い単純なリズムながら、竹・竹（チク）・宍（ニク）と同じ母音を重ねるなど、確かに詩歌の原初形態を残しているように思われる。しかしながら、この「弾歌」をもって、紀元前八世紀から前五世紀にかけての春秋時代に初めて中国の詩が起こったと考えるのは、大いに疑問である。

そもそも、いかなる民族や国家にあっても、古代人の生活の中から生まれた「歌謡」がその民族・国家の「文学の源泉」であることは、文学を研究する者の共通認識であり、狩猟や農耕生活を送る中でうたわれた労働の歌、神々に安らかな生活と豊かな収穫を祈り、また感謝する祭礼の歌、死者の霊を慰める葬礼の歌など、古代の人々の生活と歌謡は切り離せない。この観点からすれば、中国の詩歌の歴史は、春秋時代をはるかに溯る中国そのものの歴史とともに始まったと考える方が妥当であろう。

さらにいえば、表現手段としての文字が未発達の古代にあっては、民族・国家の歴史や生活の知恵などの重要な記録と情報はおおむね口づてに伝承されたが、伝承を誤りなく正確に伝えるためには言葉にある種のリズムと韻があった方が記憶しやすく、必然的に歌謡的な性格を帯びることになる。たとえば、現存する中国の文献の中でも最も古いものの一つとされる『易経』（周易）の言葉（卦辞《かじ》・爻辞《こうじ》）には、古代の口づての伝承が残ると考えられているが、次のような言葉がある。

鳴鶴在陰、其子和之。我有好爵、吾与爾靡之。（中孚《ちゅうふ》・九二爻辞）

鳴鶴《めいかく》 陰《いん》に在り、其の子《こ》これに和す。我に好爵《こうしゃく》有り、吾 爾《なんじ》とこれを靡《とも》にせん。

〔訳〕暗いものかげに鳴く鶴がいて、子の鶴が親鳥の声に合わせて鳴いている。わたしに美酒を盛った杯があり、あなたと一緒にこの杯を傾けたい。

○中孚 ䷼ 心の中に真心・誠信のあることを意味する卦。

この一文の読み方と意味については議論のあるところであるが、おおよその意味は、人目につかない所で鳴き交わす親子の鶴は互いに心の通い合う象徴であり、酒杯を分かち合うのも同様に心を許しあう友誼の象徴であって、全体として至誠の通じ合うことを意味する言葉とされている。易学上の解釈はともかく、鶴の鳴き声のイメージ、四字（言）を主体とするリズム、二・四句の「之」音のリフレインなど、この言葉がもつ口誦に適した歌謡的な性格は明らかである。

このように遠い古代に始まったと推定される中国の詩が一つのまとまった形になったのが、春秋時代に孔子が編纂したと伝えられる『詩経』である。中国現存最古の詩集『詩経』の内容については後の講義で詳しく触れるが、四字句を主体とする素朴なリズムと人々の生活に根ざした現実味あふれる内容は、後世の詩歌に大きな影響を与え、中国詩の実質的な始まりといってよい。『詩経』の最初の詩篇は次のような「うた」である。

関関雎鳩　　関関《かんかん》たる雎鳩《しょきゅう》は
在河之洲　　河《かわ》の洲《す》に在り
窈窕淑女　　窈窕《ようちょう》たる淑女は
君子好逑　　君子の好逑《こうきゅう》

参差荇菜　参差《しんし》たる荇菜《こうさい》は
左右流之　左右　これを流《もと》む
窈窕淑女　窈窕たる淑女は
寤寐求之　寤寐《ごび》　これを求む

求之不得　これを求むれども得ず
寤寐思服　寤寐　思服《しふく》す
悠哉悠哉　悠なる哉　悠なる哉
輾転反側　輾転反側《てんてんはんそく》す
（周南・関雎《かんしょ》）

〔訳〕カンカンと鳴き交わすミサゴは、
黄河の中洲に仲むつまじい。
たおやかな良きむすめは、
すぐれたおのこの良きつれあい。
高く低く生い茂るアサザは、
右や左にさがしてつみとる。

たおやかな良きむすめは、
寝ても覚めてもさがし求める。

さがし求めて見つからなければ、
寝ても覚めても思い悩む。
思いははるか、はるかかなた、
夜もすがら寝返りうって思いわずらう。

○雎鳩 鳥の名。ミサゴ。**○窈窕** しとやかで美しい形容。**○好逑** すばらしい配偶者。**○参差** ふぞろいなさま。**○荇菜** 植物名。アサザ。**○寤寐** 寤は目覚める、寐は眠ること。**○思服** 思いわずらう。**○輾転反側** 寝返りをうって、眠れないさま。

始めの三章一二句だけの引用ではあるが、これだけからでも美しくしとやかな女性との結婚を切に恋い願う、男性すべてに共通する現実味あふれる素朴な心情を十分うかがい知ることができる。

ところで、このような詩篇を口ずさんでいた当時の中国人は、詩についてどのような考えをもっていたのであろうか。中国の人々が詩について語った記録は、春秋時代から戦国時代の前期にかけて成立したと思われるいくつかの文献に残っているが、その最も古い記録の一つが、『書経』（尚書）堯典《ぎょうてん》に見える。ただし、この一節は堯の次の天子の舜の言った言葉とされているものであって、テキストによっては「堯典」を二つに分けた「舜典《しゅんてん》」の中に入れられている。

詩言志、歌永言、声依永、律和声。

詩は志を言い、歌は言を永《なが》くし、声は永きに依《よ》り、律は声に和す。

〔訳〕　詩は人の志を言葉に言い表すものであり、歌は言葉をながくのばしてうたうものである。ながくのばしてうたうのに音がつけられ、音は十二律（の絶対音）と調和してメロディとなる。

ここでいう「志」の内容は必ずしも明確でないが、人間の心にある感情や思想をさしていると解釈してよいだろう。つまり、詩とは人間の思いを言葉で表現するものであると定義しているのである。

これをさらに詳しく述べるのが、現在、『詩経』の冒頭に記されている「大序《たいじょ》」の文章である。伝説によれば孔子の弟子の子夏《しか》がこの序を書いたとされているが、これは疑わしい。むしろ漢代の詩経学者たちがそれまでの説を整理して、『詩経』に付したものと考える方が真実に近いと思われるが、詩についての見方は漢以前の古いものを残していることはほぼまちがいない。

詩者志之所之也。在心為志、発言為詩。

詩は志の之《ゆ》く所なり。心に在りては志と為り、言に発して詩と為る。

〔訳〕詩は人間の志が動いてできるものだ。心の中にあるときは志だが、言葉に言い表されると詩となる。

『書経』の「詩は志を言う」というのと同じ意味を述べているもので、このような詩観を「詩言志説《しげんしせつ》」という。

また、『詩経』大序には、中国人の詩観を考えるうえで最も重要な文章である「詩」の働きないしは目的を述べた箇所がある。

治世之音、安以楽、其政和。乱世之音、怨以怒、其政乖。亡国之音、哀以思、其民困。故正得失、動天地、感鬼神、莫近於詩。

治世の音は、安らかにして以て楽し、其の政の和《やわら》げばなり。乱世の音は、怨みて以て怒《いきどお》る、其の政の乖《もと》ればなり。亡国の音は、哀しみて以て思う、其の民の困《くる》しめばなり。故に得失を正し、天地を動かし、鬼神を感ぜしむるは、詩より近きは莫《な》し。

〔訳〕よく治まった時代の詩は安らかで楽しい、その政治が平和であるためだ。乱世の詩に恨みと憤りの声があふれているのは、その政治が道にはずれているためだ。亡国の詩は哀切で思いが多いが、それはその民が苦しむためだ。故に政治の得失を正し、天地鬼神を感動させるものは、詩にまさるものはない。

「詩」には、時の政治を賛美したり風刺したりする人々の率直な「志」が反映され、為政者は「詩」によってみずからの政治を反省し、天地鬼神も感動して自然現象にその結果が表れるというのである。「詩」は賛美と風刺の内容をもつということの考えを「美刺《びし》説」といい、「詩」の目的ないしは効用を説いたものである。ただし、これらの古い文献で「詩」というときには、もっぱら『詩経』の詩篇をさしているのであって、現在我々がいう詩一般をいうのではない。『詩経』あるいは『書経』は儒家の重要視した書物であり、これらの書物に述べられている政治的あるいは教訓的とも言える詩観を「儒家の詩観」ということができる。

のちに『詩経』のスタイルとは異なる詩の創作が盛んになった魏・晋以後は「詩」の概念が広がり、『詩経』以外の一般の詩もさすようになったが、中国詩の最初に位置する『詩経』に対して示された「儒家の詩観」は、儒家思想とともに中国の詩人たちに最も尊重され、中国詩の全歴史を通じてながく受け継がれた。

「詩言志説」は春秋・戦国時期のほかの文献にもしばしば見える。たとえば、『左伝』襄《じょう》公二十七年（紀元前五四六）の項に、

趙文子対叔向曰、詩以言志。

趙《ちょう》の文子《ぶんし》　叔向《しゅくきょう》に対《こた》えて曰く、詩は以て志を言う。

とあり、あるいは道家の書物の『荘子』天下篇にも、

詩以道志、書以道事。

詩は以て志を道《い》い、書（書経）は以て事を道う。
とある。異端の儒者の荀子《じゅんし》もまた次のようにいう。「詩言是其志也（詩は是れ其の志を言うなり）」（儒効篇）と。

ここで、志をのべ、政治を批判する『詩経』の詩を一つ見てみよう。この詩の漢代の学者の解説（『詩経』小序）は「重斂《じゅうれん》を刺《そし》るなり」とあり、すなわち重い税金に苦しむ人民の恨みのうたとする。

碩鼠碩鼠　碩鼠《せきそ》　碩鼠
無食我黍　我が黍《きび》を食らうこと無かれ
三歳貫女　三歳　女《なんじ》に貫《つか》えしに
莫我肯顧　我を肯《あ》えて顧《かえり》みる莫《な》し
逝将去女　逝《ゆ》きて将《まさ》に女を去り
適彼楽土　彼の楽土《らくど》に適《ゆ》かんとす
楽土楽土　楽土　楽土
爰得我所　爰に我が所を得ん
（魏風・碩鼠、第一章）

〔訳〕大きなネズミよ、大きなネズミよ、

わしらのキビを食い荒らすな。
三年のあいだ、おまえらに仕えたのに、
わしらにてんで目もかけてくれなんだ。
おまえらのところから立ち去って、
かなたの安楽の土地にゆこう。
安楽の地よ、安楽の地よ、
そこにはわしらの落ち着き場所があるだろう。

○貫　仕える。

「碩鼠」は「大きなネズミ」、重税を取り立てて小作農を苦しめる領主あるいは地主とその手先の役人たちをたとえたものである。

「詩は志を言う」という『詩経』の伝統を継承したのが、戦国末期の江南楚《そ》の国の民謡にもとづいて多くの優れた作品をつくった「楚辞」の代表的作者の屈原《くつげん》（前三四三―前二七七）であり、かれは政争に敗れて中央から追われたあと、楚の山野を放浪しながら国の政治を憂え、我が身の不遇を訴える情感を切々とうたいあげた。同時にまた、祖国の楚の国の美しい自然をみごとに描写したことでも知られている。

かれの代表作である自伝的作品の「離騒」の一部をあげてみよう。

紛吾既有此内美兮　紛《ふん》として吾既《われすで》に此の内美《ないび》有り
又重之以脩能　又これに重《かさ》ぬるに脩能《しゅうだい》を以てす
扈江離与辟芷兮　江離《こうり》と辟芷《へきし》とを扈《こうむ》り
紉秋蘭以為佩　秋蘭《しゅうらん》を紉《つな》いで以て佩《はい》と為す

汩余若将不及兮　汩《いつ》として余は将《まさ》に及ばざらんとするが若《ごと》く
恐年歳之不吾与　年歳《ねんさい》の吾と与《とも》にせざるを恐る
朝搴阰之木蘭兮　朝《あした》には阰《おか》の木蘭《もくらん》を搴《と》り
夕攬洲之宿莽　夕《ゆうべ》には洲《す》の宿莽《しゅくぼう》を攬《と》る

日月忽其不淹兮　日月《じつげつ》は忽《こつ》として其《そ》れ淹《とどま》らず
春与秋其代序　春と秋と　其れ代《かわ》り序《うつ》る
惟草木之零落兮　草木《そうもく》の零落《れいらく》を惟《おも》い
恐美人之遅暮　美人《びじん》の遅暮《ちぼ》を恐る

〔訳〕　わたしは生まれながらにして、このすばらしい質《さが》をもち、そのうえ、なみはずれた才能を兼ねそなえていた。

香り草の江離《こうり》と辟芷《へきし》とを身につけ、
秋蘭《しゅうらん》を糸につないで佩物《おびもの》とした。
速やかに過ぎ行く時に、遅れはせぬかと焦り、
年月がわたしを待ってくれないのを恐れて、
朝には岡の上の木蘭の花をつみとり、
夕べには川の中洲の宿莽《しゅくぼう》を取って身に帯びた。

月日はたちまち過ぎ行き、
春が去って秋へとかわる。
草木の枯れ落ちるかのように、
若くすぐれたこの身の衰え行くのを恐れた。

○内美　生来の美しい性質。**○脩能**　すばらしい能力。**○江離・辟芷**　ともに香草の名。**○秋蘭**　現在のフジバカマの類の香草。**○汨**　はやいさま。**○阰**　岡。**○木蘭**　香木。モクレンの類。**○宿莽**　冬にも枯れない草。**○美人**　すぐれた徳のある人。

江南の芳草や香木をちりばめながら、若い日々の自負と焦燥を表現すると考えられている部分である。

漢代長城故趾（敦煌の西、玉門関遺跡の近くにある）

屈原のほかにも楚の地方の人々による作品が残されていて、それらを総括的に「楚辞」と呼ぶのであるが、いずれもきわめて叙述的、詠嘆的な性格を色濃くもつことを特色とする。『詩経』のうたに比べてはるかに複雑なその形式は、黄河流域の音楽と長江流域のそれとの違い、また北方人と江南の人々の感受性の差異などによるものであろうが、最も基本的な相違としては、『詩経』が共同社会の集団の歌謡であるのに対して、「楚辞」が個人的・個性的な創作であるという点を指摘することができる。秀れた資質や美徳の比喩として香木芳草が数多くうたいこまれているのもその特色の一つであり、江南の風土色豊かな「楚辞」もまた後世に与えた影響は決して少なくない。

漢代に入ると、人々のうたう詩歌には時の政治に対する率直な感情が反映されるという上述の考えから、民間でうたわれる歌謡を集めて整理し、そして演奏するために、音楽の役所である楽府《がくふ》が設置された。『漢書』礼楽志《れいがくし》や同・芸文志《げいもんし》には、武帝（前一四〇―前八七在位）が「楽府」を設けて歌謡を採集したことが記されている。芸文志の記録は次のようなものである。

自孝武立楽府而采歌謡、……亦可以観風俗、知薄厚云。

孝武《こうぶ》の楽府《がくふ》を立てて歌謡を采《と》りしより、……亦《また》以て風俗を観《み》、薄厚《はくこう》を知るべしと云《しかい》う。

〔訳〕武帝が楽府を設立して歌謡を採集して以来、……（それらの歌謡によって）また民間の風俗を観察し、人情の厚い薄いを知ることができるのだ。

のちに楽府《がくふ》で集められたような歌謡の作品を、役所の名に因んで「楽府《がふ》」と呼ぶようになったが、「楽府《がふ》」が「諷諭」の意を含むといわれる所以は、その内容が政治と深いかかわりをもつという考えにもとづくからで、さきの「美刺説」の延長にある。

漢代楽府の一例を見てみよう。秦の始皇帝のときから漢代にかけて盛んに行われた万里の長城の建設のために、遠く辺境に駆り出されて帰らぬ夫を待ちこがれる女性の心情をうたった「飲馬長城窟行《いんばちょうじょうくつこう》」（「馬《うま》に飲《みずか》う長城《ちょうじょう》の窟《いわや》の行《うた》」。長城の窟で馬に水を飲ませるうたの意味。）の歌である。

青青河畔草　青青《せいせい》たる河畔《かはん》の草《くさ》

緜緜思遠道
遠道不可思
宿昔夢見之
夢見在我傍
忽覚在他郷
他郷各異県
展転不相見
枯桑知天風
海水知天寒
入門各自媚
誰肯相為言
客従遠方来
遺我双鯉魚
呼児烹鯉魚
中有尺素書
長跪読素書
書中竟何如

緜緜《めんめん》として遠道《えんどう》を思《おも》う
遠道《えんどう》　思《おも》うべからず
宿昔《しゆくせき》　夢《ゆめ》にこれを見《み》る
夢《ゆめ》に見《み》れば我《わ》が傍《かたわら》に在《あ》り
忽《たちま》ち覚《さ》むれば他郷《たきよう》に在《あ》り
他郷《たきよう》　各々県《おのおのけん》を異《こと》にし
展転《てんてん》として　相見《あいみ》ず
枯桑《こそう》に天風《てんぷう》を知《し》り
海水《かいすい》に天寒《てんかん》を知《し》る
門《もん》に入《い》れば各々自《おのおのみずか》ら媚《こ》び
誰《たれ》か肯《あえ》て相為《あいため》に言《い》わん
客《きやく》　遠方《えんぽう》より来《き》たり
我《われ》に双鯉魚《そうりぎよ》を遺《おく》る
児《じ》を呼《よ》びて鯉魚《りぎよ》を烹《に》しむれば
中《なか》に尺素《せきそ》の書有《しよあ》り
長跪《ちようき》して素書《そしよ》を読《よ》めば
書中《しよちゆう》　竟《つい》に何如《いかん》

上言加餐飯　上《うえ》には餐飯《さんはん》を加《くわ》えよと言《い》い
下言長相憶　下《した》には長《なが》く相憶《あいおも》うと言《い》う

（『楽府詩集』相和歌辞）

〔訳〕春が来て、河べりに青々と草が生い茂る。
一面の草を見ながら、はるか遠くの長城にいるわが夫を思いやる。
遠い夫をいくら思ったところでどうにもならないが、
昨夜、夫の夢を見た。
夢の中で、夫はわたしのすぐそばにいた。
はっと目が覚めてみれば、夫はやはり遠い他郷の人。
他郷は他郷、夫のいるところとここは県も違い、
寝もやらず思い悩んでみても、会うことはできない。
枯れた桑の木の枝の動きから、吹く風のつよさを知り、
海の水の冷たさから、寒さの厳しさを知る。夫はどうしていることやら。
訪れる人はみな、ただお愛想をいうだけ、
わたしに代わって誰が夫にようすをたずねてくれようか。
たまたま、ひとりの旅人が遠くからやって来て、
わたしに二匹の鯉を届けてくれた。

さっそく下男に鯉を料理させたところ、鯉の中から一尺ほどの白絹《しらぎぬ》の手紙が出てきた。ひざまづき、おしいただいて手紙を読んだ。手紙の中になにが書いてあったかと言えば、始めには、「しっかり食事をとるように」と、終わりには、「いつまでもおまえを忘れない」と書いてあった。

○**誰か肯て相為に言わん**　夫からの便りが無いのを、誰も自分の代わりに夫にたずねてくれる人がいないと、恨みごとを言っているもの。そんなところに、長城から来た旅人が夫の手紙をもって来てくれたのである。○**双鯉魚**　二枚の魚の形をした木片で、あいだに手紙をはさんで運ぶ書簡入れ。ここで料理云々と言っているのは、詩的な言葉のあそび。

このような楽府歌謡から、やがて音楽の伴奏を伴わずにただ口で吟誦されるだけの一句五言の定型詩の形式が成立し、漢代の後半、すなわち後漢以後、楽府歌謡と併存することになった。

以上が漢代までの中国詩の大きな流れであり、中国詩の揺籃期であると同時に、以後の時代の詩歌の基本的な観念が形成された時期である。

二 魏・晋・南北朝の詩

漢代に五言詩の形式が成立して、魏・晋・南北朝時期の詩は、ほとんどすべて五言詩と楽府の作品であるが、後漢とそれに続く三国のころから、当時の一流の知識人たちが五言詩と楽府の創作に参加し始め、中国古典詩のいわば成長期に入る。かれらは『詩経』・「楚辞」・楽府と流れてきた詩の伝統を踏まえながら詩に新たな工夫と洗練を加え、中国の詩をかれら知識人の文学形式の一つに育てあげた。それらの知識人グループの最初に位置するのが後漢末の建安《けんあん》年間(一九六—二二〇)に活躍した「建安七子」(魏の曹操父子のもとで活躍した七人の文学者。孔融《こうゆう》・陳琳《ちんりん》・王粲《おうさん》・徐幹《じょかん》・阮瑀《げんう》・応瑒《おうとう》・劉楨《りゅうてい》。)と呼ばれる七人の文学者であり、三国・魏の創始者である曹操《そうそう》(一五五—二二〇)とその二人の息子、曹丕《そうひ》(一八七—二二六)と曹植《そうしょく》(一九二—二三二)の「三曹」であった。

かれらは、人々がそれまでは政治や学術に比べて一段低い、遊戯的なものと見なしていた詩文の創作に高い価値を認め、文学に従事する意義を、国家経営の政治と同等のものと重要視したのである。今に残る曹丕(魏の文帝)の『典論《てんろん》』論文に見える「蓋《けだ》し文章は経国の大業、不朽の盛事なり」(蓋文章経国之大業、不朽之盛事)という言葉こそ、当時の人々のいだいていた文学観を端的に示すものである。すなわち、すぐれた文章(文学)は国家を治めるのに匹敵する大事業であり、不朽の価値を有する仕事であるという意味であり、文学それ自体の価値と独自性の宣言にほかならなかった。

知識人の文学への積極的な関与は、作詩の面でもさまざまな工夫を生み出す。とりわけ特徴的であったのは、魏・晋・南北朝期を通じて詩の修辞が発達し、詩の美学が確立したことである。やはり曹丕の『典論』論文に、その最初期の言葉を見ることができる。

夫文本同而末異、蓋奏議宜雅、書論宜理、銘誄尚実、詩賦欲麗。

夫《そ》れ文は本《もと》同じく末《すえ》異なれり、蓋し奏《そう》・議《ぎ》は宜しく雅なるべく、書・論は宜しく理なるべく、銘《めい》・誄《るい》は実を尚《たっと》び、詩・賦《ふ》は麗《れい》なるを欲す。

〔訳〕そもそも文章は、根本は同じであるが、末端の文体はそれぞれ異なっているという特色をもつ。つまり、朝廷の公文書の奏・議類は典雅でなければならないし、事柄を論ずる書・論類は論理が必要だ。人の事績を讃え亡き人を悼む銘・誄の類は事実が尊重されなければならないし、詩や賦は言葉が美しくなければならない。

ここにいう「詩・賦は麗なるを欲す」は、実用性の高い他の文体に比べて芸術性に特色を有する詩・賦には、言葉の美しさが必須の要件だと指摘しているのである。これは、言語芸術の詩と賦に対する審美性の重視として、まことに注目に値する。つまり、政治的、教訓的側面のつよかった漢代以前の詩に対する考えが、詩の芸術的側面、言い換えれば、修辞の強調に力点が移ってきていることを示しているのである。ただし、曹丕はただ単に修辞だけを重視したのではない。同じ『典論』で「文は気を以て主と為す」と、作者の気質・品性、あるいは思想を作品の根幹と指摘しており、さきの「文章は経国の大業、不朽の盛事なり」とあいまって、文学の社会性、ひいては政治的機能をも、決して無視していたわけではなかった。

曹丕の後をうけて、修辞の重要性をさらに明確に主張したのが、晋代の陸機《りくき》（二六一—三〇三）である。かれの「文賦」（文の賦）には、「詩は情に縁《よ》りて綺靡《きび》なり」（詩は人の感情を本にして美しいもの）という定義が見え、さらに、文学一般のこととして論じてはいるが、言葉の音声的な美しさを具体的に述べた箇所がある。

其遺言也貴妍。曁音声之迭代、若五色之相宣。

〔訳〕其《そ》の言を遣《や》るや妍《けん》を貴ぶ。音声の迭《たが》いに代わるに曁《およ》んでは、五色の相宣《の》ぶるが若《ごと》し。

言葉遣いは美しさを貴ぶ。そして言葉の音の変化をきれいに整えれば、さながら五色の糸で織り上げたあや絹のように美しくなる。

すなわち、詩文の言葉をうまく組み合わせてゆくと、そこに美しい音楽性が生まれるという指摘である。

魏・晋以後、戦乱につぐ戦乱、あいつぐ政権の交代により、人々は生命の危険におびえ、不安な生活を送った。知識人の中には社会から逃避する厭世的な気風が蔓延して、「竹林の七賢」（魏・晋の七人の隠士。阮籍《げんせき》・山濤《さんとう》・嵆康《けいこう》・向秀《しょうしゅう》・劉伶《りゅうれい》・阮咸《げんかん》・王戎《おうじゅう》。）のように飲酒と詩作で不安と失意をまぎらわそうとする人が少なくなかった。かれらの詩は一般に、厭世的であり、悲哀の情感に満ち、しかし一方では思索的な色彩をもっていた。

そのような中で特異の詩人として知られるのが、東晋末から宋にかけて生きた陶淵明（三六五―四二七）である。かれは中年で窮屈な役人生活に見切りをつけ、故郷の村に帰ったあと、悠々と田園の生活を送りながら自然を楽しみ、自由な精神を謳歌した。隠逸詩人の祖と讃えられる陶淵明の作品には、強靭な自由人の思想があふれている。次に、かれが役人生活をやめて故郷の田園に帰ったときの作品を一首あげてみよう。「園田《えんでん》の居《きよ》に帰《かえ》る」と題する五首の連作で、その第一首を取り上げる。名高い「帰去来の辞」と同じ四一歳の時の作品である。

少無適俗韻　少《わか》くして俗《ぞく》に適《てき》する韻《いん》無く
性本愛邱山　性　本《も》と邱山《きゅうざん》を愛す
誤落塵網中　誤って塵網《じんもう》の中《うち》に落ち
一去三十年　一去《いっきょ》　三十年
羈鳥恋旧林　羈鳥《きちょう》は旧林《きゅうりん》を恋い
池魚思故淵　池魚《ちぎょ》は故淵《こえん》を思う

開荒南野際　荒《こう》を南野《なんや》の際《さい》に開かんと
守拙帰園田　拙《せつ》を守《まも》って園田《えんでん》に帰る
方宅十余畝　方宅《ほうたく》　十余畝《じゅうよほ》
草屋八九間　草屋《そうおく》　八九間《はちくけん》
楡柳蔭後簷　楡柳《ゆりゅう》　後簷《こうえん》を蔭《おお》い
桃李羅堂前　桃李《とうり》　堂前《どうぜん》に羅《つらな》る
曖曖遠人村　曖曖《あいあい》たり　遠人《えんじん》の村《むら》
依依墟里煙　依依《いい》たり　墟里《きょり》の煙《けむり》
狗吠深巷中　狗《いぬ》は深巷《しんこう》の中《うち》に吠《ほ》え
鶏鳴桑樹巓　鶏《にわとり》は桑樹《そうじゅ》の巓《いただき》に鳴く
戸庭無塵雑　戸庭《こてい》に塵雑《じんざつ》無く
虚室有余閑　虚室《きょしつ》に余閑《よかん》有り
久在樊籠裏　久しく樊籠《はんろう》の裏《うち》に在り
復得返自然　復《ま》た自然に返るを得たり

（帰園田居五首、其一）

〔訳〕若いころから世間となじめず、
生まれつき丘や山を愛していた。

誤って汚れた役人生活にはまり、
あっという間に三十年が過ぎてしまった。
籠につながれた鳥は古巣の林を恋い慕い、
池の魚はもと棲んでいた淵を懐かしむ。
わたしも同様に、南の野原で荒れ地を開墾しようと、
世渡り下手の我が分を守って、田園の家に帰ってきた。
四角の屋敷の広さはわずか十余畝、
藁葺きの家の部屋数はたったの八九間。
それでも、ニレやヤナギが裏の軒をおおい、
モモやスモモの木が座敷の前に並んで生えている。
わが家から、遠くの村々がかすんで見え、
村里の煙がたなびいているのが眺められる。
路地の奥ではイヌがほえ、
クワの木のいただきではニワトリが鳴いている。
わが家の庭先には塵ひとつなく、
がらんとした部屋はゆったりとして静か。
思えば、長いあいだ籠に閉じ込められていたものだ、

ようやくまた、のびのびと自然の状態にかえることができた。

一読して明らかなように、この作品には束縛から解き放された自由な解放感があふれている。

陶淵明は故郷の潯陽《じんよう》（現在の江西省九江市とその周辺）の柴桑《さいそう》の村に帰ったあと、飲酒と山野の散策を楽しみながら一生を終えたのである。

だが、陶淵明のような自由で平静な生活を送れた人は、当時においてはきわめてまれであった。動乱の世に、心に不安をいだく大多数の人々は不安を忘れ、悲しみを紛らわすために、かえって一時的な享楽に走り、快楽にあこがれたのである。その結果、南朝の詩人たちの主たる関心は、「美しいもの」を「美しい言葉」で表現することに向けられ、題材としては花鳥風月、表現としては修辞的な美辞麗句が詩の主流となった。詩の言葉の音楽的な美しさの追求も熱心に行われて、折からの中国語の音韻構造に対する関心の高まりとともに、斉・梁の時代には詩の韻律についての工夫が最高潮に達した。これがのちの「近体詩」を生み出す土壌となったのである。新しい詩の韻律を生み出すのに最も貢献したのが、『四声譜《しせいふ》』を著した沈約《しんやく》（四四一―五一三）である。

南朝の審美的な詩風の中で、特に注目すべき点を二つ指摘しておこう。一つは、南朝の詩壇を支えた人たちが主として貴族や豪族であったことから、審美の眼が花鳥風月のほか、宮殿や邸宅にいた美しい女性に向けられたことである。斉・梁の時代に大いに流行したこの耽美的傾向をもつ作品を「宮体詩《きゅうたいし》」と呼ぶ。二つには、この時期、中国の北から南に移り住んだ漢民族が江南の美しい山川に接し、巧みな修辞で自然の美しさを描写し始めたことである。この類の作品を「山水詩《さんすいし》」という。ともに江南の生活と風土が生み出した新しい傾向であった。

宮体詩：女性美の発見。
山水詩：自然美の発見。

「宮体詩」と「山水詩」のそれぞれの実例を見てみよう。まずは「宮体詩」から。梁の簡文帝（蕭綱《しょうこう》五〇三―五五二）の「美人《びじん》の画《が》を観《み》るを詠《えい》ず」と題する作品である。

殿上図神女　　殿上《でんじょう》　神女《しんにょ》を図《えが》く
宮裏出佳人　　宮裏《きゅうり》より佳人《かじん》出ず
可憐俱是画　　憐れむべし　俱《とも》に是《こ》れ画《が》
誰能弁偽真　　誰か能《よ》く偽真《ぎしん》を弁《べん》ぜん
分明浄眉眼　　分明《ぶんめい》なり　眉眼《びがん》浄《きよ》し
一種細腰身　　一種《いっしゅ》　細腰《さいよう》の身《み》
所可持為異　　持《じ》して異《い》と為すべき所は

長有好精神　　長《つね》に好精神《こうせいしん》有ることなり

（詠美人観画）

〔訳〕御殿に神女を画いた絵がある。
宮中の奥から美人がそれを見に出てきた。
なんとどちらも絵の中にいるようだ。
絵の中の人と本物の区別が、誰にもできない。
くっきりと清らかな眉と目、
同じように細い腰つき。
ただ異なる点といえば、
本物はいつも生き生きと生気があること。

○分明　はっきりと明らかなさま。○一種　同じ種類。同種。○精神　心のはたらき。生気。

神女の絵の前に立つ宮女のあでやかな姿を描写した典型的な「宮体詩」の作品である。

「山水詩」は、その祖といわれる南朝・宋の謝霊運《しゃれいうん》（三八五―四三三）の作品をとりあげる。かれはもともと南朝貴族の一員であったが、政界では必ずしも意を得ず、不遇の心を山水に遊んで慰めた人物である。作品は、かれが晩年、故郷の始寧《しねい》（浙江省上虞《じょうぐ》県）に帰ったのち、書斎の石壁精舎《せきへきせいしゃ》を出て巫湖《ふこ》に遊んで帰った一日の散策を詠じたものである。詩の題は「石壁精舎より湖中に還《かえ》る作」。

昏旦変気候
山水含清暉
清暉能娯人
遊子憺忘帰
出谷日尚蚤
入舟陽已微
林壑斂暝色
雲霞収夕霏
芰荷迭映蔚
蒲稗相因依
披払趨南径
愉悦偃東扉
慮澹物自軽
意愜理無違
寄言摂生客

昏《くれ》と旦《あした》に気候は変《へん》じ
山水《さんすい》　清暉《せいき》を含む
清暉　能《よ》く人を娯《たの》しましめ
遊子《ゆうし》　憺《やす》んじて帰るを忘る
谷を出《い》でしとき　日《ひ》は尚蚤《なおはや》かりしに
舟に入《い》るとき　陽《ひ》已《すで》に微《かす》かなり
林壑《りんがく》　暝色《めいしょく》を斂《おさ》め
雲霞《うんか》　夕霏《せきひ》を収む
芰荷《きか》　迭《たが》いに映蔚《えいうつ》し
蒲稗《ほひ》　相因依《あいいんい》す
披払《ひふつ》して南径《なんけい》に趨《はし》り
愉悦《ゆえつ》して東扉《とうひ》に偃《ふ》す
慮《おも》いは澹《しず》かにして物自《ものおのず》から軽く
意《こころ》は愜《かな》いて理《り》違《たが》うこと無し
言《げん》を寄す　摂生《せっせい》の客《きゃく》

試用此道推　試みに此の道を用《もつ》て推《お》せと

（石壁精舎還湖中作）

〔訳〕石壁精舎のあたりは、朝晩気候が変わりやすく、

山も水も清らかな光を帯びている。

この清らかな光は人を楽しませてくれるので、

ここに遊ぶわたしはすっかり落ち着いて、帰るのも忘れてしまう。

朝、精舎の谷を出たときは、まだ日ののぼらぬ暗いうちだったが、

帰路、舟に乗るときには夕陽の光がかすかになっていた。

林と谷は暮色を取り込んで暗く沈み、

夕焼けの雲と霞は夕陽の輝きをなくしている。

湖畔のヒシやハスの葉が夕映えに照り合い、

ガマの穂がたがいに寄りそっている。

舟を下り、草木を払いながら南の小道を急ぎ、

心楽しく家に帰り、東の戸口で横になる。

気持ちが安らかなので、煩わしい世間の俗事も気にならず、

心が満ち足りているので、本性に違うこともない。

長生きしたいと汲々としている人に、ひとこと言いたい、

ためしにわたしのこのような生き方をしてごらん、と。

○清暉　清らかな日の光。○蚤　早に同じ。○暝色　暮色。○夕霏　夕やけの輝き。○芰荷　水草のヒシとハス。○映蔚　葉の色が映え合う。○蒲稗　ともにガマの類の水草。○披払　はらいのける。○物　世間の煩わしいことがら。○理　本性。○摂生客　長生きしようと努力している人。

俗事を離れた悠々自足の生活の中で、自然の美しさを満喫しているようすがうかがえるが、とりわけ「林壑　暝色を斂め／雲霞　夕霏を収む」の二句が名句として知られている。林や谷に迫りくる夕闇、やがて空の雲からも夕焼けの光が消えてゆくという、刻々と移り変わるデリケートな日の光の変化をみごとにとらえたところが、この作品の眼目である。

このような中国詩の成長にともない、詩論と批評が始まると同時に、それまでの詩の整理収集が行われたのもこの時期の特色である。斉の末期に成立した劉勰《りゅうきょう》（？—五二〇？）の『文心雕竜《ぶんしんちょうりょう》』五〇篇は、詩文をさまざまな角度から論じた、現存する最古の、総合的な文学評論の書である。劉勰は儒家の正統的な文学観に立脚しながら、当時の華美に流れる耽美的な傾向に批判を加えてはいるが、しかしやはり形式的な美しさと技巧を無視し得なかったという点では、時代の空気をよく反映している。

『文心雕竜』より少し遅れてできた鍾嶸《しょうこう》（四八〇—五五二）の『詩品《しひん》』三巻は、もっぱら当時流行の五言詩について評論した詩論の書である。かれもまた、劉勰同様、儒家の詩観を基本に当時の耽美的な詩風を批判する目的でこの書を書き、詩には詩人の「怨」みの心が表現され、「自然」であり、かつ「味」(滋味)をもつことが重要であると説いた。それは当時の形式主義、技巧中心の考えに対する痛烈な批判であった。

さらにまた、日本文学にも大きな影響を与えた梁の昭明太子(蕭統《しょうとう》五〇一―五三一)の『文選《もんぜん》』三〇巻は、修辞を尊ぶ当時の風潮の中で編纂された詩文集である。昭明太子の『文選』編纂の意図は、先秦から梁代までの詩文の中から優れた模範的作品を選んで正統文学の基準を示そうとすることにあった。したがって、内容を重視する儒家的立場と形式を重んじる南朝文学の見方の調和を主張したのであるが、結果としては当時の人々が評価した修辞に富む華麗な作品を多く収録している。一方、『文選』とほぼ時を同じくしてできた徐陵《じょりょう》(五〇七―五八三)の『玉台新詠《ぎょくだいしんえい》』一〇巻は、漢代から梁代までの詩だけを集めた書物である。同書は、徐陵みずから「艶歌」を選んだというように、もっぱら「宮体詩」を中心とする当時の人々の好みに合う耽美的な当世風の作品が集められている。

南北朝期の詩の主流であった「宮体詩」は、今日の我々の目からすれば、多くは美辞麗句を並べるだけの類型的な、概して退屈な作品である。そして、さきにも述べたように、漢代以降、魏・晋・南北朝の全時期を通じて、詩を作りかつ詩を享受したのは、ほとんど貴族や豪族とその周辺に集まった一部の知識階級にすぎなかったのであるが、一方、民間では楽府歌謡の伝統が脈々と受け継がれていたのである。この時期の楽府を概括すれば、異民族の人々によってうたわれた力づよい雄大な北朝楽府と、艶麗な情歌を主とする南朝楽府に分けることが可能であり、いずれも健康で素朴な民衆の声を反映している。

2 中国詩概観（二）

――隋・唐詩から文学革命まで

一　隋・唐の詩

南北中国の分裂を統一したのは、北朝の北周から出た隋《ずい》王朝である。始祖の文帝楊堅《ようけん》（五八一―六〇四在位）は、南朝滅亡の主要な原因がもっぱら奢侈と華美を追い求めた風潮にあると考え、新王朝の政治や文化に堅実と質朴を提唱した。しかしながら、二代目の天子の煬帝楊広《ようだいようこう》（六〇四―六一七在位）は豪奢で華やかな生活におぼれ、多数の人民を徴発して大土木工事を起こすなど無謀な政治を行ったため、隋王朝は短命に終わった。この時期の詩は、一部に北朝詩の素朴な力強さを残しながらも、主流は依然として南朝風の華麗な、修辞的、耽美的な詩風が受け継がれた。

七世紀の初め、西暦六一八年に唐王朝が成立した。唐王朝は一〇世紀の初めの九〇七年に滅亡するまで約二九〇年間続き、漢代のあと久しぶりに出現した長期政権であった。唐代の前半は安定した政治により政治や社会経済が飛躍的に発展し、その結果、都の長安を中心に学術・文化が一斉に開花した時期であるが、後半は一転して政治的不安と社会矛盾が激化した混乱の時期であった。この間、多くの優れた詩人が現れて、盛世を謳歌し、平穏な生活を楽しみ、また社会矛盾をあばいて改革を訴えるなど、多様な題材に多彩な才能を発揮して、いわゆる「詩の時代」が出現した。中国の詩が一つの頂点に到達した時期である。

唐代文学・文化を説明するとき、宋代以降、前期・中期・後期（初唐・盛唐・晩唐）、あるいは初唐・盛唐・中唐・晩唐に分けて説かれることが多い。前者を「三唐説」または「三変説」、後者を「四唐説」または「四変説」と呼ぶが、現在では「四唐説」の方が一般的であるので、以下の記述はそれにしたがう。ただし、「四唐説」も区分の仕方については諸説があり、必ずしも一定しない。ここでは一応の目安として、次のように区分する。

初唐　六一八—七一一　唐の建国から玄宗の登場まで
盛唐　七一二—七六五　玄宗の治世を中心に王維・李白等の死の前後まで
中唐　七六六—八三五　代宗の大暦《たいれき》年間から文宗の大和《たいわ》年間の終わりまで
晩唐　八三六—九〇七　文宗の開成年間から唐の滅亡まで

●初唐

初唐の約一〇〇年は、概括的にいえば、まだ王侯貴族や高官たちによる南朝風の詩が盛行した時期であるが、詩の形式面においては、斉・梁以来多くの人々が努力を重ねてきた韻律的な工夫がようやく定着して、新しい近体詩の形式が一般化していった時期である。言わば、真の意味での唐詩の出現の準備期間であったといえよう。

第二代の天子、太宗李世民の貞観《じょうがん》年間（六二七―六四九）を中心とする初唐の前半は、南朝の詩風がほぼそのまま継承され、宮中の宴会や行事、あるいは貴族・高官の宴会などで作られた奉和・応酬の作品がきわめて多く、美辞麗句を連ねた儀礼的な作品が主流を占めた。そのような状況の中で、基本的には相変わらず南朝風を受け継ぎながらも、しかし、新しい時代の新鮮な叙情の世界を切り開いたのが、王勃《おうぼつ》・楊炯《ようけい》・盧照鄰《ろしょうりん》・駱賓王《らくひんのう》の「初唐の四傑」である。かれらはいずれも宮廷や王侯貴族のサロンから少し離れた存在であり、みずからの感情を率直に吐露しているところに新しい息吹が感じられる。中でも王勃（六五〇―六七六）は、巧みな措辞で悲哀の情をうたい、四傑の代表と目されている。

南朝風の詩の革新の動きは、初唐の後期の則天武后の時に始まった。則天武后は第三代の天子の高宗李治の皇后であったが、高宗在世中から政治に関与し、夫の死後みずから即位した中国の歴史上唯一の女帝である。国号も周（武后の名に因んで武周という）に改めるなど、その治世年間（六八四―七〇五）は社会全体に因習打破の気風がみなぎっていた。陳子昂《ちんすごう》（六六一―七〇二）はそのような空気の中で出現した詩人である。のちに「国朝文章盛んなり、子昂始めて高踏す」（韓愈《かんゆ》「士《し》を薦《すす》む」）と讃えられたかれは、漢・魏の詩の儒教的な詩観と「気骨」を高く評価し、その健全な気風が晋以後もっぱら修辞優先の軽薄なものに堕落してしまったと批判した。「修竹篇の序」に見える「文章の道がすたれて五百年になる。漢・魏の風骨は晋・宋以後失われてしまった」という言葉は、かれの復古による革新の宣言であったのである。陳子昂は実作においてこの考えを実践し、自分の感情を率直に表現する古風な作品を作った。たとえば、「燕《えん》の昭王《しょうおう》」と題する作品がある。

則天武后の神功元年（六九七）、三七歳のとき、北の契丹《きったん》征伐に従軍して、当時の幽州《ゆうしゅう》、いまの北京市を訪れた際に作った「薊丘覧古《けいきゅうらんこ》、盧居士蔵用《ろこじぞうよう》に贈る七首」は、かつて戦国時代の燕の都のあった薊丘の古跡を訪れて、旧都と古人を回顧し、友人の盧蔵用に贈った七首の連作である。燕の昭王は戦国の世に覇をとなえようと、黄金を置いた高台を築くなどして賢人才子を招くのに努力した人として知られているが、「燕の昭王」はその連作の第二首である。

南登碣石館　南のかた碣石館《けっせきかん》に登り
遥望黄金台　遥かに黄金台《おうごんだい》を望む
丘陵尽喬木　丘陵《きゅうりょう》　尽《ことごと》く喬木《きょうぼく》
昭王安在哉　昭王　安《いず》くに在りや
覇図悵已矣　覇図《はと》　悵《ちょう》として已《や》んぬるかな
駆馬復帰来　馬を駆《か》りて復《ま》た帰り来たる
（薊丘覧古贈盧居士蔵用七首、燕昭王）

〔訳〕　薊丘の南、いにしえの燕の碣石館の跡に登り、はるかに黄金台の跡を眺めやる。
見渡すかぎり丘という丘は高い木々におおわれ、
いまや昭王の姿は、どこにも見えない。
悲しいことに、昭王の天下制覇の夢はうたかたの如く消えはてた。
ただサびしく、馬に鞭当てて帰途につくだけ。

○碣石館　昭王が賢人を住まわせた館。○悵　悲しむさま。

「昭王　安くに在りや」の句には、自分の才能を見いだしてくれる人のいない寂しい思いがこめられているもので、「霸図　悵として已んぬるかな」には、はかなくも潰えた昭王の霸図を傷むと同時に、政治から疎外されているおのれの不遇を悲しむ情が表現されている。なんの飾り気もない古風なうたいぶりが、かえって詩人の情感をつよく訴える効果をあげているのである。

修辞の華麗なベールを取り払って真情を率直にうたう陳子昂の詩は、南朝風を脱却した新しい詩の先駆をなすものであり、その後の詩に大きな影響を及ぼした。

●盛唐

盛唐の約五〇年は、時間的には短い期間であったが、李白（七〇一―七六二）や杜甫

（七一二―七七〇）、王維（六九九？―七五九？）・孟浩然《もうこうねん》（六八三―七四〇）、高適《こうせき》（七〇二―七六五）・岑参《しんじん》（七一五―七七〇）など多くの優れた詩人が活躍して、中国の詩が最高潮に達した時期である。この時期を盛唐と呼ぶ理由は、政治の安定と経済の発展を基礎に唐王朝の国力が最も充実したこと、そしてその結果、学術・文化が著しく繁栄したことなどによる。前期の太宗の「貞観の治」に対して「開元天宝の治」と呼ばれる。国力の充実と学術・文化の繁栄は、諸外国との政治的文化的交流をうながし、都の長安は国際都市の様相を呈したことはよく知られている。とりわけシルクロードを通じて大量に入ってきた西域文化が、唐の文化に大きな影響を及ぼした。

　この時期を追憶して、晩年の杜甫は「憶昔《おくせき》」（憶《おも》う昔《むかし》）で次のようにうたっている。

憶昔開元全盛日　　憶《おも》う昔《むかし》　開元《かいげん》全盛の日
小邑猶蔵万家室　　小邑《しょうゆう》猶《な》お蔵《ぞう》す　万家《ばんか》の室《しつ》
稲米流脂粟米白　　稲米《とうべい》は脂《あぶら》を流し　粟米《ぞくべい》は白し
公私倉廩倶豊実　　公私の倉廩《そうりん》　倶《とも》に豊実《ほうじつ》
九州道路無豺虎　　九州《きゅうしゅう》の道路に豺虎《さいこ》無く
遠行不労吉日出　　遠行《えんこう》にも吉日《きちじつ》に出ずるを労《ろう》せず
……………

（憶昔二首、其二）

〔訳〕思い返せば、昔のあの開元の全盛の日々には、

小さな県でも一万戸の家があった。

作物もよくできて、コメはつややかにアワは白く、

お上《かみ》の蔵も個人の蔵も、みな穀物でふくれあがっていた。

国中の道路には盗賊や強盗の危険はなく、

遠くに旅するにも吉日を占う手間はいらなかった。

○小邑　小県。○流脂　つややかに輝くさま。○粟米　アワやヒエなどの穀物。○倉廩　くら。倉庫。○九州　中国全土。国中。○豺虎　ヤマイヌとトラ。盗賊や強盗のたとえ。○遠行　遠い旅行。

盛唐期文化の頂点にいたのは、歌舞音曲をこよなく愛した風流天子の玄宗である。この時期の詩はみずからも作詩作曲をした玄宗を中心に、多くの宮廷詩人や在野の詩人たちが、官吏としての役人生活や田園の生活の中でそれぞれ得意の才能を発揮し、詩の題材は大幅に広がった。詩がその他の文学や音楽・絵画などの諸芸術と深く結びつくのもこの時期の特色である。盛唐の詩人たちは詩という文学形式に揺るぎない自信を抱き、詩によって人間の個性や思想を表現し得ると確信したのである。唐代が「詩の時代」といわれる最大の理由は、優れた詩人と印象的な作品が多いという事実もさることながら、詩に寄せる人々

杜甫故居（河南省鞏県）

の真摯な情熱が一つの頂点に達したその詩的パトスの高さによることが大きい。それを「盛唐の気象」と呼ぶことがある。中でも「詩は是《こ》れ吾が家の事」（宗武《そうぶ》の生日《せいじつ》）と詩人であることを深く自覚していた杜甫は、儒家としての立場を終生保持しながら、現実の社会から決して目をそらさなかった。かれの作品には古今の詩人と詩を論じた評論的な作品が少なくなく、多方面にわたる作詩活動とともに後の詩人に与えた影響はまことに大きい。

　盛唐の末期の天宝十四載（七五五）に勃発した安禄山《あんろくざん》の反乱（安史《あんし》の乱）により、唐の社会や文化は大きな変革を余儀なくされたが、詩人の生活もまた少なからぬ影響を受けた。生活の変化は当然詩の題材や作風の変化を生み出し、安史の乱を境として大きくいえば、中国の詩は大らかなロマンの世界から現実的な沈潜の世界に入った。前者を代表する詩人が李白であり、後者の代表が杜甫である。

●中唐

安史の乱以後のさまざまな社会的矛盾が顕在化してきた中唐期には、まず「大暦《たいれき》十才子」（『新唐書』盧綸伝によれば、銭起《せんき》・盧綸《ろりん》・吉中孚《きっちゅうふ》・夏侯審《かこうしん》・李端《りたん》・苗発《びょうはつ》・司空曙《しくうしょ》・韓翃《かんこう》・耿《こう》湋《い》・崔峒《さいどう》。）と呼ばれる詩人たちが激動の社会から逃れるかのように田園生活や自然の情景を微細なタッチで描写した。

しかしながら、憲宗の元和年間（八〇六―八二〇）の初年、政治改革の気運が高まったのにともない、白居易《はくきょい》（七七二―八四六）と元稹《げんじん》（七七九―八三一）を代表とする「新楽府運動」が起こった。この運動は社会的矛盾の告発と政治改革を求める詩人の行動であり、かれらは古代『詩経』の伝統にたちかえって「美刺」を明らかにし、漢代楽府の「諷諭」の精神を回復しようと主張したのである。これまた一つの復古運動であった。白居易の作った「新楽府五十首」、元稹の「楽府古題十九首」と「新題楽府十二首」などは、いずれも痛烈に当時の世相を批判した作品である。次に白居易の「新楽府五十首」の第十二首「捕蝗《ほこう》」（蝗《いなご》を捕《とら》う）を見てみよう。この作品には「長吏《ちょうり》を刺《そし》るなり」という短い序がついていて、人民にイナゴとりを強要して無益な労力と経費をかける長吏（地方長官）の無能を風刺した作品である。詩の背景は、『旧唐書《くとうじょ》』五行志に見える興元《こうげん》元年（七八四）秋と翌年夏に河南・河北から長安地方を襲ったイナゴの災害であり、その数年前から続いた戦乱とイナゴの害によって穀物の価は高騰し、餓死者が道にあふれたと伝えられている。

捕蝗捕蝗誰家子
天熱日長飢欲死
興元兵久傷陰陽
和気蠱蠹化為蝗
始自両河及三輔
荐食如蚕飛似雨
雨飛蚕食千里間
不見青苗空赤土
河南長吏言憂農
課人昼夜捕蝗虫
是時粟斗銭三百
蝗虫之価与粟同
捕蝗捕蝗竟何利

蝗《いなご》を捕《とら》え蝗を捕う　誰《た》が家の子ぞ
天熱く日長く　飢えて死せんと欲す
興元《こうげん》　兵《へい》久しくして陰陽を傷《そこな》い
和気《わき》　蠱蠹《こと》されて　化して蝗と為る
両河《りょうが》より始まりて三輔《さんぽ》に及び
荐食《せんしょく》蚕《かいこ》の如く　飛ぶこと雨に似たり
雨飛《うひ》蚕食《さんしょく》す　千里の間
青苗《せいびょう》を見ず　空《むな》しく赤土《せきど》のみ
河南の長吏は農を憂《うれ》うと言い
人に課して昼夜蝗虫《こうちゅう》を捕えしむ
是《こ》の時　粟《ぞく》は斗《と》ごとに銭三百
蝗虫の価は粟と同じ
蝗を捕え蝗を捕えて　竟《つい》に何の利ぞ

徒使飢人重労費　徒《いたず》らに飢人《きじん》をして労費《ろうひ》を重ねしむ
一虫雖死百虫来　一虫死すと雖《いえど》も百虫来たる
豈将人力競天災　豈《あ》に人力を将《も》て天災に競《きそ》わんや
我聞古之良吏有善政　我聞く　古《いにしえ》の良吏善政有り
以政駆蝗蝗出境　政《まつりごと》を以て蝗を駆《か》り　蝗境《きょう》を出ずと
又聞貞観之初道欲昌　又聞く　貞観《じょうがん》の初め道昌《さか》んならんと欲し
文皇仰天呑一蝗　文皇《ぶんこう》　天を仰いで一蝗を呑《の》むと
一人有慶兆民頼　一人《いちにん》慶《けい》有れば兆民《ちょうみん》頼《たよ》る
是時雖蝗不為害　是の時　蝗ありと雖も害を為さず

（新楽府五十首、其十二「捕蝗」）

〔訳〕　せっせとイナゴとりに精を出しているのは、どこの誰だ、
天候は暑く日は長く、腹を空かせて死にそうだ。
興元の御世、長く続いた戦乱のために陰陽のバランスがくずれ、
天地調和の気が虫害をこうむり、イナゴに変化して現れた。
イナゴの害は河南河北から始まり、長安地方にまで広がって、
穀物を食い荒らすさまはカイコに似て、飛ぶありさまは雨のよう。
雨のように飛びカイコのように食い荒らす、千里四方のあいだ、

青い苗は姿を消し、ただ赤土《あかつち》がみえるだけ。
河南の長官は農作業が心配だと申されて、
人々に昼も夜もイナゴを捕るよう命じられた。
このごろの穀物の価は一斗三百銭だが、
イナゴ捕りの費用も穀物と同じだ。
せっせとイナゴとりに精を出したところで、結局何の利益があろう、
ただただ、飢えた人々にむだな労力と費用を重ねさすだけ。
たとい一匹のイナゴが死んだとて、百匹のイナゴがやって来る。
どうして人間の力でこの天災に立ち向かえようか。
わたしは昔の優れた長官が善政をしいて、
善政の力でイナゴを追い払い、イナゴが領内から出て行ったと聞いている。
また、我が唐の貞観《じょうがん》の始め、政道がさかんになりかけたころ、
太宗《たいそう》皇帝は天に祈って一匹のイナゴを飲み下されたとも聞いている。
上御一人《かみごいちにん》に善行があれば、億兆の民はみなそのお蔭をこうむるもの、
その時、イナゴはいたけれども被害はなかったとのことだ。

○**兵**　戦乱。○**蟲蠹**　虫が害をなすこと。○**両河**　河北・河南の地方。○**三輔**　長安とその近郊の土地。○**荐食**　しきりに食う。○**粟**　イネなど穀物の総称。○**蝗虫之価**　イナゴを（一斗）捕る経

費。○労費　労力と経費。○古之良吏　後漢の魯恭《ろきよう》をいう。河南中牟《ちゆうぼう》県の長官になった魯恭が善政をしいたために、隣県にイナゴの災害が起こった時も、イナゴは中牟県に侵入しなかったという故事。『後漢書』魯恭伝に見える。○道　政道。○文皇　初唐の太宗のこと。貞観二年（六二八）の蝗害の時、太宗みずから一蝗を呑んで天に祈ったところ、蝗害がやんだという（『貞観政要』農務篇）。○一人　天子。○有慶　善行が有ること。

白居易と元稹の作品は比較的平易な言葉で書かれたために、のちに「元稹は軽薄で白居易は俗っぽい」（元軽白俗）と非難もされたが、これは飾らない言葉で真実を描くというかれらの詩観にもとづくもので、「花鳥風月」をうたう遊戯的で無内容な詩に反対する実践的行動であったといえよう。これまた、古代の素朴な楽府に学ぶ態度の表れであったのである。

中唐期以降、詩が社会の広い層に広がっていった結果、詩を作り詩を楽しむ人々はますます増大し、中・晩唐では僧侶や女性で詩名を馳せた人が少なくない。その大きな原因の一つが、「科挙」の試験に詩が課せられたことである。南宋末の批評家の厳羽《げんう》が『滄浪詩《そうろうし》話《わ》』の中で、唐代は「詩を以て士を取る」（以詩取士）、つまり、詩の才能によって人物を選び取ったといっているように、科挙に合格して官吏になろうと志した多くの知識階級の人々が詩作に懸命の努力を重ねて、詩を作ることがかれらの必須の教養になると同時に、科挙とは無縁の庶民や僧侶・女性にまで作詩の風習が一般化していったのである。科挙と詩については、後の第九章で詳しく触れることにする。

また、この時期に「詞」と呼ばれる歌謡体の韻文が知識人の関心をひき、その創作が始まったのも中唐期の特色である。かつて漢代の民謡の楽府が知識人に摂取されていったのと同様に、当時民間で流行していた詞の新鮮さが知識人の興味と創作意欲を喚起したのである。

●晩唐

晩唐の詩は、王朝末期の弛緩した退廃的な空気を反映して、概して繊細な表現による耽美的な内容の作品が多い。詩の一般化と卑俗化はますます進展したものの、詩の活力が失われてきたのである。作詩層の拡大と詩の行きづまりは、必然的に詩の批評と作詩の理論の発展をうながし、中唐から晩唐にかけて詩論が盛んに執筆された。それらの書物のほとんどはすでに失われてしまったが、我が国の空海（七七四―八三五）の『文鏡秘府論《ぶんきょうひふろん》』六巻には、かれが唐に留学したときに集めた六朝から中唐までの詩文の創作理論と批評の一部が収められており、唐代の詩論を考察する上で貴重な文献となっている。

晩唐の詩論書の中で、現存する司《し》空図《くうと》（八三七―九〇八）が著した『二十四詩品』は注目に価する書物である。梁の鍾嶸の『詩品』の後を継ぐものといわれるこの書物は、具体的な作詩法や個々の詩人の評価にはまったく言及せず、詩評のキーワード二四種を取り上げて、それぞれ四字の詩句で説明した特異な書物であり、内容は多岐にわたって抽象性が高く、きわめて難解ではあるが、唐代の詩人たちが実践によって造り上げた詩の芸術的価値に対する確信が根底にあることは疑いない。『二十四詩品』の理論の中で、後世に最も大きな影響を与えたのが、「含蓄」を説明する「一字も着《ちゃく》せずして、尽《ことごと》く風流を得」（不着一字、尽得風流）という禅の言葉にも似た言葉である。文字を用いないで詩の風趣を伝え

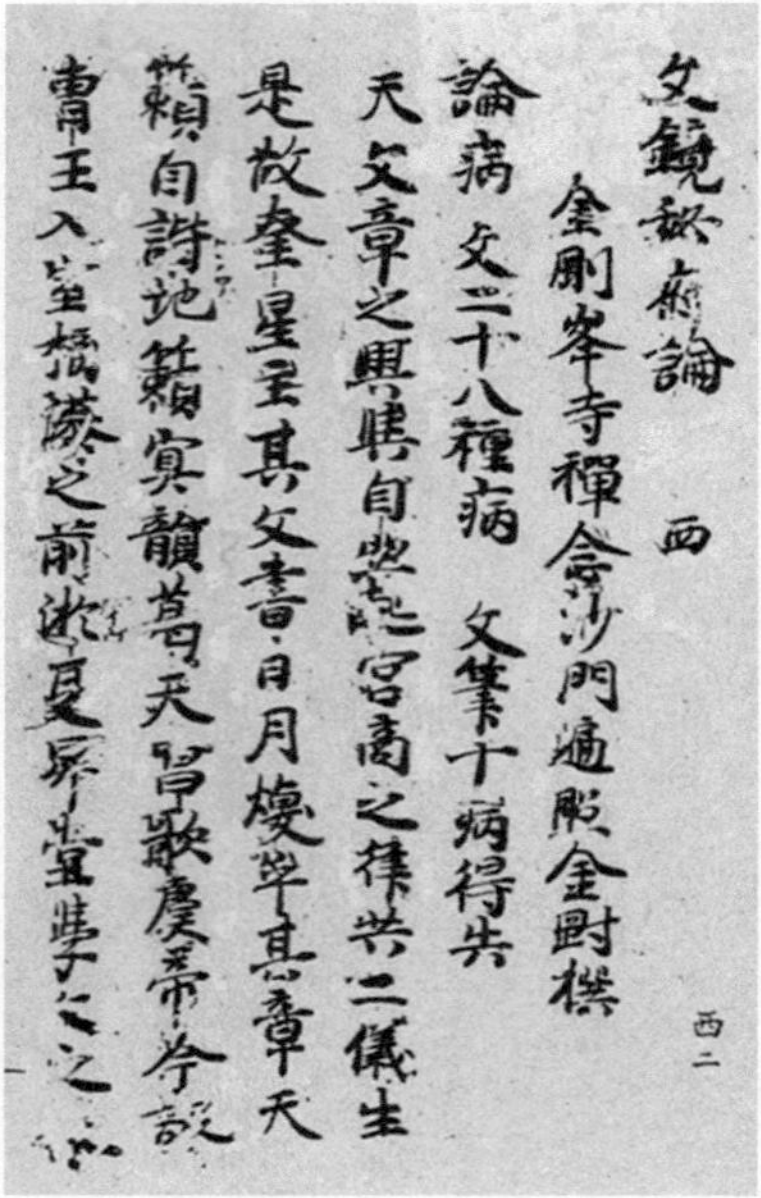
文鏡秘府論 西
金剛峯寺禪念沙門遍照金剛撰
論病 文二十八種病 文筆十病得失
夫文章之興與自然起宮商之律共二儀生
是故奎星主其文書日月煥乎其章天
籟自諧地籟冥韻葛天浩歌虞帝吟詠
曹王入室摛藻之前游夏升堂學文之後
西二

古抄本『文鏡秘府論』

ること、すなわち「言外の味」「余韻」の重視にほかならず、唐詩の特質を言い表した言葉として後の詩の批評家たちにたいへん珍重された。

二　宋代の詩

唐代のあと、中国はふたたび分裂の時期をむかえ、五代十国（九〇七—九七九）の目まぐるしい政権交代が続いた。その混乱を統一したのが宋の太祖趙匡胤《ちょうきょういん》（九六〇—九七六在位）である。かれは、軍閥の跋扈が政治を乱すもとであるとの考えから、徹底した文治政策を推し進め、科挙の試験を重視して文官優遇の政治を行った。唐の進士科の試験同様、宋代の科挙でも詩が試験科目の一つとして課せられていたので、官僚をめざす者にとって作詩の能力はますます重要なものとなり、相対的に詩人の社会的な地位も向上した。その結果、宋の詩人たちは唐詩が開拓した中国詩の世界をさらに広げ、独自の新しい境地を生み出したのである。ただし、詩の形式に関していえば、中国詩の形式はすでに唐代において完成され、宋の詩人たちはそれを継承したにすぎない。かれらが形式面で工夫をこらしたのは、唐・五代としだいに成長してきた歌謡文学の「詞」においてであった。宋代が「詞の時代」と呼ばれる理由は、このためである。

上述のように、宋代の詩人たちは社会的に安定した地位を保証されたために、かれらの作る詩は概して落ち着いた平静な味わいと、理知的、合理的な内容に特色がある。唐詩の熱情的、ロマンチックな傾向とは好対照を示すのである。宋人の詩に対する考え方の変化は作詩の日常化となって現れ、宋詩人はまるで日記を書くように詩をつくり、多作の傾向を生んだ。

●北宋

九六〇年の宋の建国から、一一二七年に北の金に追われて宋王朝が南に移るまでの期間を北宋と呼ぶ。首都の所在地が北の汴京《べんけい》（現在の河南省開封《かいほう》市）にあったので、このように称するのである。

北宋の初期は高官たちが詩壇の中心を占め、耽美的な晩唐風の詩を作った。かれらが手本としたのは晩唐の李商隠《りしょういん》（八一二―八五八）の詩風であり、当時流行の詩のスタイルを、それらの代表作を集めた楊億《ようおく》の『西崑酬唱集《せいこんしゅうしょうしゅう》』にちなんで「西崑体」と呼ぶ。宋詩の改革はこの西崑体の批判から始まったのである。すなわち、いたずらに華麗な言葉を羅列するばかりで内容の乏しい詩を排斥して、簡潔な言葉で現実的な内容を表現しようという主張であった。このような主張のもとに清新な宋詩の世界を切り開いた功績者は、欧陽修《おうようしゅう》（一〇〇七―一〇七二）とかれの友人・弟子たちであった。古文家としても知られる欧陽修は、宋代の学術文化のすべての面で革新的な業績を残しているが、詩の方面でも友人の梅《ばい》堯臣《ぎょうしん》（一〇〇二―一〇六〇）・蘇舜欽《そしゅんきん》（一〇〇八―一〇四八）らと「詩は切実な状況に直面して始めて真実の作品ができる」と、現実に即応した新しい詩を主張した。欧陽修はまた、詞の初期のすぐれた実践者としても知られている。

欧陽修の最も尊敬した友人の梅堯臣が「平淡」を詩の重要な課題ととらえて、一般に平静淡泊な詩風で知られる宋詩の基本的な性格を提出したことに注目しておきたい。これこそ宋詩独自の境地の代表的なものであった。たとえば、四六歳のときの老眼の状況と老いの心境を淡々と詠じた次のような作がある。

我目忽病昏　　我《わ》が目《め》　忽《たちま》ち昏《くら》きを病《や》む
白昼若逢霧　　白昼　霧に逢《あ》えるが若《ごと》し
窺驚隻物双　　窺《うかが》えば隻物《せきぶつ》の双《そう》なるに驚き
書輒下筆誤　　書けば輒《すなわ》ち筆を下《くだ》して誤《あやま》る
来人髣髴是　　来人《らいじん》　髣髴《ほうふつ》として是《これ》なり
飛鳥朦朧度　　飛鳥《ひちょう》　朦朧《もうろう》として度《わた》る
紜紜孰弁別　　紜紜《うんうん》　孰《たれ》か弁別《べんべつ》せん
此已忘好悪　　此れ已《すで》に好悪《こうお》を忘る

（目昏）

〔訳〕わたしの眼が、突然かすんでしまった。
真昼でも霧に出会ったようだ。
ものを見れば、一つのものが二つに見えるのにびっくり、
字を書けば、筆をおろしたとたんにまちがえる始末。
向こうから来る人はぼんやりと分かるだけで、
飛ぶ鳥も何となく飛び行くのが見えるだけだ。
こんなごたごたやこしい世界を、誰が見分けてやるものか、
こっちはとっくに好き嫌いなど忘れてしまっているから。

○昏　目の働きがにぶる。見えないこと。○隻物　一つのもの。○紜紜　ものがたくさん入り乱れる状態。

欧陽修や梅堯臣が先鞭をつけた宋詩の新しい世界に肉付けをし、より多様な高い境地を開いたのは、欧陽修の弟子の蘇軾《そしょく》（一〇三六―一一〇一）である。広い学殖と豊かな才能に恵まれた蘇軾は、儒教・道教・仏教の思想を統一融合した深遠な内容と巧みな表現技法で多くの優れた作品を残したが、かれもまた詩の「平淡」「枯淡」の味わいに深い関心を寄せている。

欧陽修・蘇軾の活躍した北宋の末に、蘇軾の弟子の黄庭堅《こうていけん》（一〇四五―一一〇五）を中

心とする一つの詩派が形成され、この派の中心的な人々の出身地に因んで「江西派《こうせいは》」と呼ばれた。代表者の黄庭堅の考えは、「学問を以て詩と為す」、つまり学問こそが詩に最も大切であるというものであった。たとえば、黄庭堅が尊敬した唐の杜甫の詩や韓愈の文について、かれらの詩文は「一字として古典にもとづかない文字はない」と、読書と先人の詩文の学習を力説した。

優れた先人の作品を手本として学び、その学習の中から独自の詩風を作って行くという考えは、「換骨奪胎《かんこつだったい》」（骨やはらわたを入れ換える＝外形は似ているが中身を新しくする）「点鉄《てんてつ》成金《せいきん》」（鉄を鍛えて黄金をつくる＝平凡なものを練り上げて上等なものに作りかえる）という言葉で言い表された。この理論は一種の模倣のすすめであり、詩を学ぶ人にはたいへん取りつきやすい理論であったために、江西派は大きな勢力を獲得して北宋以後の詩人たちはほとんどこの影響を受けることになった。しかし一方では、江西派詩風の広がりとともに、しだいに単なる模倣と剽窃《ひょうせつ》に堕落する人々が増える傾向をも生み出すことになった。それはある意味では江西派の理論の中に内在した必然の勢いであったのである。

ただ、蘇軾と黄庭堅の二人が宋詩の新境地開拓に大きな功績があったことに疑いの余地はない。のちに金の元好問《げんこうもん》（一一九〇―一二五七）が詩で詩を評論した「論詩絶句三十首」の中で、次のように二人を評価すると同時に、その後の詩壇の状況を批判する。

奇外無奇更出奇　奇外《きがい》に奇《き》無きに　更に奇を出《い》だす
一波纔動万波随　一波《いっぱ》纔《わず》かに動いて　万波《ばんぱ》随う
只知詩到蘇黄尽　只知る　詩は蘇黄《そこう》に到りて尽《つ》くるを
滄海横流却是誰　滄海《そうかい》　横流《おうりゅう》　却《かえ》って是《こ》れ誰ぞ
（論詩絶句三十首、其二十二）

〔訳〕詩は新奇をきわめてこれ以上の新奇はないと思ったのに、宋代の詩はさらに新奇の境地を切り開いた。

一つの新しい小波がちょっと動いたとたんに、万波がそのあとにつき従って大きな潮流となった。

確かに分かることはただ、詩は蘇軾と黄庭堅の二人までておしまいということ。

海流うずまくような混乱状態になったのは、いったい誰のせいだ。

●南宋

北の女真《じょしん》族の金に追われて一一二七年、宋王朝は南に移り、都を臨安府（現在の浙江省杭州市）に定めて南宋が始まった。南宋の詩は江西派の詩風が広く全体を覆い、詩の日常化、一般化がますます進展した。中には陸游《りくゆう》（一一二五—一二一〇）や楊万里《ようばんり》（一一二七—

一二〇六）のように、基本的には江西派の流れの中にありながら、江西派の模倣主義や形式主義を乗り越えて、独自の詩境を開いた詩人も活躍した。特に陸游は、南宋の屈辱的な状況を憂い北地の回復を訴えた愛国詩人として知られ、その詩は始めは江西派の詩を学び、後には積極的に唐詩を学ぶことに変わった。死の前年の八四歳のとき、息子の子遹《しいつ》に自分の詩観を語った「子遹に示す」には、陸游の詩に対する考えがよく表れている。

我初学詩日　　我れ初めて詩を学びし日
但欲工藻絵　　但《た》だ藻絵《そうかい》に工《たく》みならんと欲す
中年始少悟　　中年　始めて少しく悟《さと》り
漸若窺宏大　　漸く宏大《こうだい》を窺《うかが》えるが若《ごと》し
怪奇亦間出　　怪奇も亦《ま》た間々《まま》出《い》で
如石漱湍瀬　　石の湍瀬《たんらい》に漱《すす》がるるが如し
数仞李杜牆　　数仞《すうじん》たり　李杜の牆《しょう》
常恨欠領会　　常に恨む　領会《りょうかい》を欠《か》きしを
元白纔倚門　　元白　纔《わず》かに門に倚《よ》り
温李真自鄶　　温李　真に自《じ》鄶《かい》なり
正令筆扛鼎　　正《た》だ筆をして鼎《かなえ》を扛《あ》げしめんも

亦未造三昧　亦た未だ三昧《さんまい》に造《いた》らざらん
詩為六芸一　詩は六芸《りくげい》の一《いつ》たり
豈用資狡獪　豈《あ》に用《もっ》て狡獪《こうかい》に資《し》せんや
汝果欲学詩　汝　果して詩を学ばんと欲せば
工夫在詩外　工夫は詩の外に在り
（示子遹）

〔訳〕わしが初めて詩を学んだころは、
ただただ、美しい表現に上達しようと考えた。
中年になってやっと心に悟るところがあり、
しだいに宏大なものを探りはじめたように思う。
奇抜な表現もときどき出るようになり、
石が早瀬に洗われるような激しい調子の詩句もできた。
数丈の高さにそびえる李白と杜甫の塀は、中がうかがえぬほど高く、
二人を理解できないのが、いつも悔やまれる。
元稹《げんじん》や白居易はやっと李杜の門口に立った程度だし、
温庭筠《おんていいん》や李商隠《りしょういん》はまったく問題にもならない。
ただ筆力だけをいくら鼎《かなえ》をあげるほど力強くしたところで、

それではまだ詩の神髄をきわめるまでには至らない。
詩は昔から六芸《りくげい》の一つとして尊ばれているもの、
どうして遊びの道具にできようか。
おまえがもし詩を学ぼうと思うのなら、
作詩に工夫するよりも、生き方の工夫に努力すべきだ。

○**藻絵**　詩文の修辞的表現。○**湍瀬**　流れの激しい早瀬。○**仞**　長さの単位。周代では七尺。○**李杜**　盛唐の李白と杜甫。牆は塀。○**領会**　理解。○**元白**　中唐の元稹と白居易。○**倚門**　中に入らずに門口に立つ。○**温李**　晩唐の温庭筠と李商隠。○**自鄶**　問題とするに足りない。鄶は春秋時代の国名。『左伝』襄公二十九年に、諸国の歌謡を批評した季札の言葉として「自鄶以下無譏焉」（鄶《かい》より以下は譏《そし》る無きなり）とあるのにもとづき、批評の対象にならないことをいう。○**扛鼎**　鼎を持ちあげる。力づよいこと。○**三昧**　梵語。ものの神髄。○**六芸**　古代人の六種の教養。詩・書・礼・楽・易・春秋。○**狡獪**　遊び。陸游自身の注があり、「晋人《しんひと》、戯れを謂《い》いて狡獪と為す……」とある。

江西派の流行とともに、南宋期の特色として「詩話」の盛況があげられる。「詩話」はもともと、北宋の欧陽修の同名の随筆からうまれた詩に関するエッセイであるが、ただ作品の背景や詩人の逸話などを記しただけの初期のものから、南宋に入るとしだいに歴代の詩の批評あるいは作詩の理論などに言及する詩論書の性格をつよめてきた。先に述べた南宋末の厳羽の『滄浪詩話』などは純粋な詩論書として書かれた書物である。詩話の盛況一つをとってみても、この時期の詩の享受者の拡大が理解できる。

宋詩が盛んになった他の要因の一つに、この時代の印刷術の発達が挙げられる。唐代まではほとんど筆写によってわずかな量しか流布しなかった書物が、五代のころに始まった印刷術の普及により、宋代では多くの詩集や「詩話」の類が大量に印刷されて広く世間に行き渡ることになった。特に南宋の末期になると「坊刻本《ぼうこくぼん》」と呼ばれる民間の出版物が増加し、詩はますます一般化して詩の作者と読者の層が広がっていったのである。その結果、詩人＝官僚または官僚予備軍といった従来の図式からはずれた、詩を教え詩を売って生計をたてる民間の職業詩人が出現した。戴復古《たいふくこ》（一一六七―？）はその代表的な詩人であったが、このような民間職業詩人のグループを「江湖派《こうこは》」と呼ぶ。

三　元・明・清の詩

宋以後の元・明・清の時代の詩人たちは、偉大な詩的世界を創造した唐詩と宋詩のはざまで自分たちの独自の世界を造り出すのに苦心した。宋以後の詩の歴史で、しばしば唐詩派・宋詩派・唐宋折衷派という色分けが行われるが、この分類は実はあくまでも相対的な程度による分け方で、厳密に言えばあまり意味がない。たとい唐詩派であっても唐詩一辺倒で唐詩以外はまったく目もくれないといった詩人はほとんどいないからである。ただ、唐詩派は唐詩の特徴の熱情とロマンを比較的多く継承する詩人、宋詩派は宋詩人の理知と淡泊な味わいを多く受け継ぐ人々、唐宋折衷派はより自由な立場で独自の詩的世界を作った人々という程度に理解する方が妥当である。

●元

南宋の時期に中国北部を支配した金、そして西北の砂漠の中に興り、金を滅ぼし南宋をも滅亡させた元は、いずれも漢民族とは異なる文化の伝統をもった異民族の時代であったが、ともに統治が進むにつれて漢民族の文化の影響をつよく受け、「漢化」していった。金では、杜甫のよき継承者であり、金滅亡時の状況を悲愴な詩に託して詠じた元好問《げんこうもん》の名が知られているが、かれはまた金詩の収集に努力して『中州集』を編纂した人としても名を残している。

元の文学的特徴は「曲」と呼ばれる歌劇の流行にあったので、詩壇は相対的に低調であった。そして、元詩のにない手がおおむね宮廷に仕える官僚たちであったために、かれらの詩風は唐詩への回帰が認められるものの、総じて晩唐風の繊細華麗な作品が多い。しかしながら、砂漠の生活や風物をうたった耶律楚材《やりつそざい》（一一九〇—一二二四）のように、元代ならではの詩境を開拓した詩人たちもいなかったわけではない。現在のウズベキスタン共和国の古都サマルカンド、当時河中府といわれていた砂漠の都市を訪れたときの作品がある。

寂寞河中府
遐荒僻一隅
葡萄垂馬乳
杷欖燦牛酥
醸酒無輸課
耕田不納租
西行万余里
誰謂乃良図
（西域河中十詠、其三）

寂寞《せきばく》たり　河中府《かちゅうふ》
遐荒《かこう》として　一隅に僻《へき》す
葡萄《ぶどう》は馬乳《ばにゅう》に垂れ
杷欖《はらん》は牛酥《ぎゅうそ》に燦《かがや》く
酒を醸《かも》して課《か》を輸《いた》すこと無く
田を耕して租《そ》を納めず
西行《せいこう》　万余里
誰《たれ》か謂《い》わん　乃《すなわ》ち良図《りょうと》なりと

〔訳〕何と寂しいことだろう、この河中府は、
はるか地のはて、世界の片隅にはなれたところだ。
ブドウの房が馬乳酒に垂れさがり、
ハランの花がチーズのそばでかがやいている。

河倉古城（敦煌市）

ここでは、酒を作っても課税されることはなく、田畑を耕しても租税を納めない。西に旅して一万里あまりの遠い国、いったい誰がりっぱな領地だなどというものか。

○遐荒　遠く辺鄙な地方。○馬乳　馬乳酒。○杷欖　アンズに似た花をつける西域の植物。○牛酥　牛乳から作るチーズ。○輸　税をおさめる。○良図　立派な版図。よい領地。

最後の句には、砂漠の中で農耕生活を送る漢人を皆殺しにして、耕地を牧草地にかえ放牧させようとしたジンギスカンの施策に反対した耶律楚材のやるせないあきらめにも似た心情が込められているのだろう。

●明

明は再び漢民族が政権をとりもどした時代である。明詩は、朝廷の高官たちや各地に出現した多くの詩社・詩派に属する人々が活躍したが、全体として見れば独創的な大作家に乏しい。むしろ前代までの多くの詩集の整理と出版に明人の功績を認めなければならない。そのような状況の中で、最も影響力の大きかったのが「古文辞派」または「擬古派」と呼ばれる「前後七子《ぜんごしちし》」の人々であった。かれらは紛れもない唐詩派で、極端な唐詩鼓吹を行ったことで知られる。たとえば、前七子（李夢陽《りぼうよう》・何景明《かけいめい》・徐禎卿《じょていけい》・辺貢《へんこう》・王廷相《おうていしょう》・康海《こうかい》・王《おう》九思《きゅうし》。）の筆頭の李夢陽《りぼうよう》（一四七二―一五二九）のことを記す『明史』文苑伝・李夢陽伝に次のような記述がある。

李夢陽独譏其萎弱、倡言文必秦漢、詩必盛唐、非是者弗道。

李夢陽独り其の萎弱《いじやく》なるを譏《そし》り、文は必ず秦・漢、詩は必ず盛唐を倡言《しょうげん》して、是《こ》れに非ざる者は道《い》わず。

〔訳〕李夢陽だけが独りその詩風の軟弱なのを非難し、文章は必ず秦・漢の古文を学ぶべきこと、詩は必ず盛唐の詩だけを学ぶべきことを主張し、それ以外の時代の詩文については口にすることがなかった。

「文は必ず泰・漢、詩は必ず盛唐」のスローガンは、当時の平板で退屈な詩に一定の効果は及ぼしたことは疑いないが、あまりにも極端なかたくなな主張は自縄自縛の観があり、後の人からかれらの詩は盛唐詩の悪しき模倣に過ぎないと批判された。日本の江戸時代にこの古文辞派の主張がもたらされて、荻生徂徠《おぎゅうそらい》らが大いに共鳴し、後七子（李攀竜《りはんりょう》・王世貞《おうせいてい》・謝榛《しゃしん》・宗臣《そうしん》・梁有誉《りょうゆうよ》・徐中行《じょちゅうこう》・呉国倫《ごこくりん》。）のひとりの李攀竜《りはんりょう》（一五一四―一五七〇）が編纂した『唐詩選』を日本にはやらせた。日本人の唐詩愛好はこの『唐詩選』によるところがきわめて大きい。

明末には古文辞派に反対する袁宏道《えんこうどう》（一五六八―一六一〇）兄弟らの「公安《こうあん》派」、鍾惺《しょうせい》（一五七四―一六二五）・譚元春《たんげんしゅん》（一五八六―一六三七）らの「竟陵《きょうりょう》派」などが唐宋詩の両者を兼取する折衷説を唱え、個性主義にもとづく作詩を主張したが、中国古典詩の飛躍的な転換には至らなかった。

●清

清朝はかつての女真族の流れを汲む満州族がうち建てた、中国封建時代の最後の王朝である。この時代は前代までに比べると学術が大いに進展し、各分野に碩学大儒といわれる人々が活躍した。学術的雰囲気は古典詩の研究方面にも大きな影響を及ぼし、先人の詩の校訂・注釈・批評や、詩集の整理・出版、詩話・詩論の著述などが盛んに行われて、今日の古典的な中国詩学の基礎が作られた。清人自身の詩にも学術的色彩が濃厚にただようが、詩社や詩派はますます増加し、多様な詩風を競い合った。大詩人とたたえられる人々も決して少なくない。かれらは前代までの詩を学びながら独自の境地を懸命に模索したのであるが、しかし全体的に見れば、唐詩や宋詩に比較して新鮮味と活力に乏しい嫌いがある。いま、清朝の詩論の中で「三家詩説」といわれる代表的な詩論だけを紹介するにとどめよう。これは清朝の基礎が固まった中期の詩壇で唱えられた説である。

王士禛《おうししん》　神韻《しんいん》説
沈徳潜《しんとくせん》　格調《かくちょう》説
袁枚《えんばい》　性霊《せいれい》説

王士禛（一六三四―一七一一）別号は漁洋山人《ぎょようさんじん》）は唐の王維や孟浩然の詩風を尊重して、唐詩派の領袖と目された清詩の代表的な詩人である。かれの「神韻説」は、詩の余韻、言外の情を重視するもので、先に述べた唐の司空図の『二十四詩品』や宋の厳羽の『滄浪詩話』の流れに沿う詩観をさらに発展させた説であった。これに対して、同じく盛唐詩を高く評価した宮廷詩人の沈徳潜（一六七三―一七六五）の「格調説」は、儒家の詩観を重視して詩の教育的価値に重点を置いた。かれら二人よりもやや遅れる袁枚（一七一六―一七九七）別号は随園《ずいえん》）は在野型の詩人である。かれは人間の自由な個性（性霊）を重んじる立場から「格調説」に反対して、「性霊説」を唱えた。この「三家詩説」は、それぞれ賛同者と批判者を生み、清朝の詩論は複雑な様相を呈するが、このうちの「性霊説」は、やがて清末の「詩界革命」の出現を準備した詩論と位置づけることが可能である。

清末には、さしもの長い歴史をもつ中国の古典詩もその生気を失ってマンネリズムに陥り、もはや行き詰まりの状態に達していることは、誰の目にも明らかになった。そのような状況を打破するために、先人への無批判的な追従と従来の詩観にとらわれずに、自分たちの言葉で自分たちの正直な率直な感情を自由にうたおうと主張する人々が現れた。明治の初年に外交官として日本に来たことのある黄遵憲《こうじゅんけん》（一八四八―一九〇五）の「我が手もて我が口を写す」（我手写我口）という主張がそれを端的に表している。かれの主張は清末の改良主義者の梁啓超《りょうけいちょう》（一八七三―一九二九）などの支持者を得て広く宣伝され、やがて中華民国の成立後の口語詩の出現へとつながってゆく。この動きを「詩界革命」といい、作られた作品を「新派の詩」（新派詩）と呼ぶ。かれらの主張の根本には、それぞれの時代にはそれぞれの時代にふさわしい詩が作られなければならないという、伝統詩の束縛からの解放があったのであるが、しかし、実際には詩の中に新語と新事物を積極的に取り入れることにとどまり、結局のところ伝統的な古典詩の枠内における一種の改良運動であったということができる。「革命」と呼ぶには必ずしも徹底したものではなかった。

四　文学革命

中国の古典詩が歴史的な使命を終えて、詩が新しく生まれ変わるのは、二〇世紀初頭の「文学革命」以後のことである。革命の主役は外国に留学して西欧の文学と文学理論を学んだ青年たちであった。一九一七年一月、当時アメリカに留学中の胡適《こてき》（一八九一―一九六二）が雑誌『新青年』に「文学改良芻議《すうぎ》」の一文を寄せて言文一致を主張したのについで、陳独秀《ちんどくしゅう》（一八七九―一九四二）が「文学革命論」を発表して文学革命の火ぶたが切られたが、かれらの打倒の対象としてまず挙げられたのが伝統的な古典詩であった。一九二〇年には胡適の『嘗試集《しょうししゅう》』が公刊されて、中国の詩は「新詩」すなわち現代詩の時代に入るのである。

3

中国詩の形式（一）——韻律と句法

一　詩の韻律

●漢字と漢語

中国の詩の媒体は、言うまでもなく漢語であり、それは漢字を用いて書き表される。したがって、漢字と漢語の知識がなければ、中国の詩はまったく理解することができない。そこでまず、漢字と漢語の基礎的な知識について簡単に述べておこう。

漢字は一般に表意文字と言われるように、原則として一字が一つの（あるいは一つ以上の複数の）意味を表し、それぞれ一つの（これまた時には複数の）音をもつ。言い換えれば、一つの漢字の字形・字音・字義の三者は緊密に結びついているのである。たとえば、「漢」は常にカン（現代中国音はhàn）という固有の音で発音され、一字だけで単独に天の川・漢水という川の名・王朝名・中国などのそれぞれ独立した意味を表す。「漢」のように、漢字の多くが現在多義的であるのは、原義から派生した多くの派生義を合わせもつからで、もとは一つの意味を表すために一つの漢字が作られたと考えられる。ところが字形が異なれば、同音の「汗」カン（hàn）であっても意味のまったく違う言葉になってしまう。これの漢字一字の完結性、独立性が、欧米言語のアルファベットや日本の「かな」などのような表音文字と基本的に異なる漢字・漢語の特性である。

天から降る「アメ」

漢　語	雨（ウ　yǔ）	一字	一語
英　語	rain	四字	一語
日本語	あめ	二字	一語

漢字・漢語のこのような特性をうまく利用して中国の詩は成り立っているのであり、先の第一章で見た『詩経』関雎《かんしょ》のうたなどは、一句が四文字で表現されているが、それはつまり一句が四つの言葉で構成されていることを意味し、そしてまたそれは四つの音の組み合わせで成り立っているともいえるのである。四字句はつまりは四言句である。さらに漢字の字音はもう一つ重要な特性をもっていて、一字の字音がすべて一音節（単音節）であること、それぞれ固有の音の抑揚、すなわち「声調《せいちょう》」をもつことが、それである。一音節とは、簡単にいえば、一つの子音と一つの母音からなる音声の一単位をさすが、上に述べた「アメ」の「雨」ウ・yǔと英語の〝rain〟はともに一音節語であり、日本語の「あめ」は二音節語である。さらに、中国語の音韻学では、子音を声母《せいぼ》、母音を韻母《いんぼ》といい、韻母をさらに介音《かいおん》・主母音（核母音）・韻尾《いんび》に分ける。たとえば、「関」は現代中国語では〝guān〟と発音されるが、それを分解して示せば、次のようになる。

関　声母＋韻母（介音＋主母音＋韻尾）

guān　g ＋ uān（ u ＋ a ＋ n ）

文字によっては、声母を欠いたり（「雨」yǔがその例）、韻母の部分でも介音（つなぎの音）がなかったり（前の「漢」hàn の例）、韻尾をもたないものが少なくない。

詩句のリズム（韻律）は文字（音節）の数と声調の変化が生み出すのであり、リズムの違いが中国詩の多様な形式を造りだした。声調の詳しいことについてはこのあとすぐに説明するが、まず実際の詩の作品を見てみよう。

●詩の韻律

次にあげる作品はいずれも唐の杜甫の作品である。（一）例は「春夜《しゆんや》雨を喜ぶ」（春夜喜雨）と題する作品で、五〇歳前後に蜀《しよく》の成都（現在の四川省成都市）で作られたもの、（二）例の題は「前出塞《ぜんしゆつさい》」、四一歳のころ、当時の都長安（現在の陝西省西安市）で作られた九首連作の第一首である。二作とも、各句末の音を検討するために句末字をすべて抜き出して日本漢字音を示すが、ここでは説明の都合上、漢字音・訓読ともすべて歴史的仮名づかいで表記する。

(二)好雨知時節　好雨《かうう》時節《じせつ》を知り　節　セツ
当春乃発生　春《はる》に当《あた》りて乃《すなは》ち発生《はつせい》す　生　セイ・シヤウ
随風潜入夜　風《かぜ》に随《したが》ひて潜《ひそ》かに夜《よる》に入《い》り　夜　ヤ
潤物細無声　物《もの》を潤《うるほ》して細《こまや》かにして声無《こゑな》し　声　セイ・シヤウ
野径雲倶黒　野径《やけい》雲《くも》倶《とも》に黒《くろ》く　黒　コク
江船火独明　江船《かうせん》火《ひ》独《ひと》り明《あか》るし　明　メイ・ミヤウ
暁看紅湿処　暁《あかつき》に紅《くれなゐ》の湿《うるほ》ふ処《ところ》を看《み》れば　処　シヨ
花重錦官城　花重《はなおも》からん錦官城《きんくわんじやう》　城　セイ・ジヤウ
（春夜喜雨）

〔訳〕すばらしい雨は、降るべき時節を心得て降りだし、
春のこのとき、生きとし生けるものすべての生長をうながしはじめた。
雨は風に吹かれて、いつしか夜の闇にしのびこみ、
万物をしっとりと濡らしながら、音もなく降りそそぐ。
野中の小道に出てみれば、雲もあたりのものもみな黒々としており、
川に浮かぶ船の漁《いさ》り火だけがあかあかと明るい。
夜が明けて、あかい色が雨に濡れているところを見れば、

きっと雨をうけて咲きだした花々が、枝もたわわに、錦官城には満ちあふれていることだろう。

○**発生**　雨が万物を生長させる意味の他動詞。○**錦官城**　官営の錦を織る工場があった成都城の別名。

(二)戚戚去故里　戚戚《せきせき》として故里《こり》より去《さ》り　里　リ
悠悠赴交河　悠悠《いういう》　交河《かうか》に赴《おもむ》く　河　カ
公家有程期　公家《こうか》に程期《ていき》有《あ》り　期　キ
亡命嬰禍羅　亡命《ばうめい》すれば禍羅《くわら》に嬰《かか》る　羅　ラ
君已富土境　君《きみ》已《すで》に土境《どきやう》に富《と》めり　境　ケイ・キャウ
開辺一何多　辺《へん》を開《ひら》くこと一《ひと》へに何《なん》ぞ多《おほ》き　多　タ
棄絶父母恩　父母《ふぼ》の恩《おん》を棄絶《きぜつ》して　恩　オン
呑声行負戈　声《こゑ》を呑《の》んで行《ゆ》くに戈《くわ》を負《お》ふ　戈　クワ
（前出塞九首、其一）

〔訳〕かなしみつつ故郷をはなれて、
遠く交河の前線に赴く。
お上には旅の日程の期限があるので、

逃亡すれば刑罰がふりかかる。
我が君はすでに領土をたくさんお持ちなのに、
どうしてまた辺境を開くのに、こうもご熱心なのか。
父母の恩愛をふりきって、
声を忍んで泣きながら、戈《ほこ》を背に旅立って行く。

○**戚戚**　悲しむさま。○**悠悠**　はるか遠いさま。○**交河**　現在の新疆ウイグル自治区のトルファン付近の地名。○**戈**　ほこ。武器の一種。○**前出塞**　出塞は、辺境のとりでを出て戦いに赴くこと。杜甫には後にも「出塞」という同題の作品があるので、前・後で区別する。

この二つの作品とも、一句が五字のいわゆる五言詩で、しかも八句で構成されている点はまったく共通する。また、それぞれの詩の句末の漢字を日本漢字音で音読してみると、二つの詩とも偶数句の文字が同じ母音をもっていることに気づく。このように句末の韻が一定の規則性をもって同じ母音をひびかせるのを、「脚韻《きやくいん》を踏む」とか、あるいは「押韻《おういん》」しているという。(一)(二)の両詩とも母音の種類こそ異なるものの、偶数句押韻の規則性は同一である。しかしながら、この二詩がまったく同じ形式の詩かというと、実はそうではない。中国の伝統的な詩の形式からいうと、(一)は「五言律詩《りつし》」、(二)は「五言古《こ》詩《し》」に属する。「律詩」と「古詩」の違いは、一句及び句と句の間の抑揚パターンの配列

中国漢字音

	上古音	中古音	中世音	現代音	（現代表記）
工	kuŋ	kuŋ	koŋ	kuəŋ	(gōng)
流	lɪog	lɪəu	liəu	liəu	(liú)
上	dhiaŋ	ʒɪaŋ	ʃiaŋ	ʂaŋ	(shàng・shǎng)
手	thiog	ʃɪəu	ʃɪəu	ʂəu	(shǒu)
去	k‘ɪag	k‘ɪo	k‘iu	tš‘ü	(qù)
事	dzïəg	ḍẓïei	ʂï	ʂï	(shì)
国	kuək	kuək	kuo	kuə	(guó)
入	niəp	niəp（rɪəp）	rɪ	ru	(rù)

日本漢字音

	呉音	漢音
工	ク	コウ
流	ル	リウ
上	ジャウ	シャウ
手	シュ・ス	シウ
去	コ	キョ
事	ジ	シ
国	コク	コク
入	ニフ	ジフ〔慣〕ジュ

の違いによるのである。押韻までは日本の漢字音でおおよその見当がつくが、抑揚のパターン（声調）となると簡単には判断がつかない。

ところで、漢字の字音と声調は時代によって変化し、現代中国語の発音は古い中国語の発音とだいぶ変わってしまっている。この中国語の音韻変化を、ふつうは次のように大きく区別する。

上古音　周・秦・漢代の音
中古音　隋・唐時代の音
中世音　宋・元・明代の音
近世音　清代の音
現代音　現代中国語の音

日本の漢字音は、遣唐使とともに多数の留学生や留学僧が唐に渡って、学術・文化の吸収につとめた日中の文化交流の歴史を反映して、主として中古音を日本語にうつしたものである。しかしながら、日本語には中国語のような声調がなく、ただ音節を近似の日本語の音にうつしただけであった。

たとえば、中国語の古代の字音と日本漢字音の対応関係を幾つか挙げると、前頁の表のようになる(中国語古音の表記は、学習研究社版『漢和大字典』による)。ただし、近世音は日本漢字音との関係が薄く、また現代音と近いので省略する。表のなかの[慣]は日本で習慣的に使われている慣用音であることを示す。

●平仄

さて、日本漢字音にうつし得なかった中国語の「声調」には、次の四種類がある。

平声　ヘイセイ・ヒョウショウ
上声　ジョウセイ・ジョウショウ
去声　キョセイ・キョショウ・
入声　ニュウセイ・ニュウショウ・ニッショウ

これを「四声《しせい》」と呼ぶ。それぞれの声調が実際にはどのように発音されたのか、いまだに明確でない点が少なくないが、ごく簡単に説明すれば、平声は平らにのばす音、上声は上り調子、去声は音の最後を下げる発音、入声は音の最後が詰まる音ということができよう。このうち、入声の声調は中世の元代にはほとんど消滅したが、古典詩の詩韻としてはその後も入声の漢字を他と区別して実際の詩作にそのまま用いている。入声は中国語の韻尾が無声の—p・—t・—kで終わるという特徴があり、それらは日本漢字音のフ、ツ・チ、ク・キという音節にうつされたので、日本語で音読してフ、ツ・チ、ク・キで終わる漢字は入声の字であると容易に見当がつく。四声の中で入声の漢字だけは日本人にとって把握しやすい声調である。

前掲の「日本漢字音」の表に挙げた八個の漢字は、「工」と「流」が平声、「手」が上声、

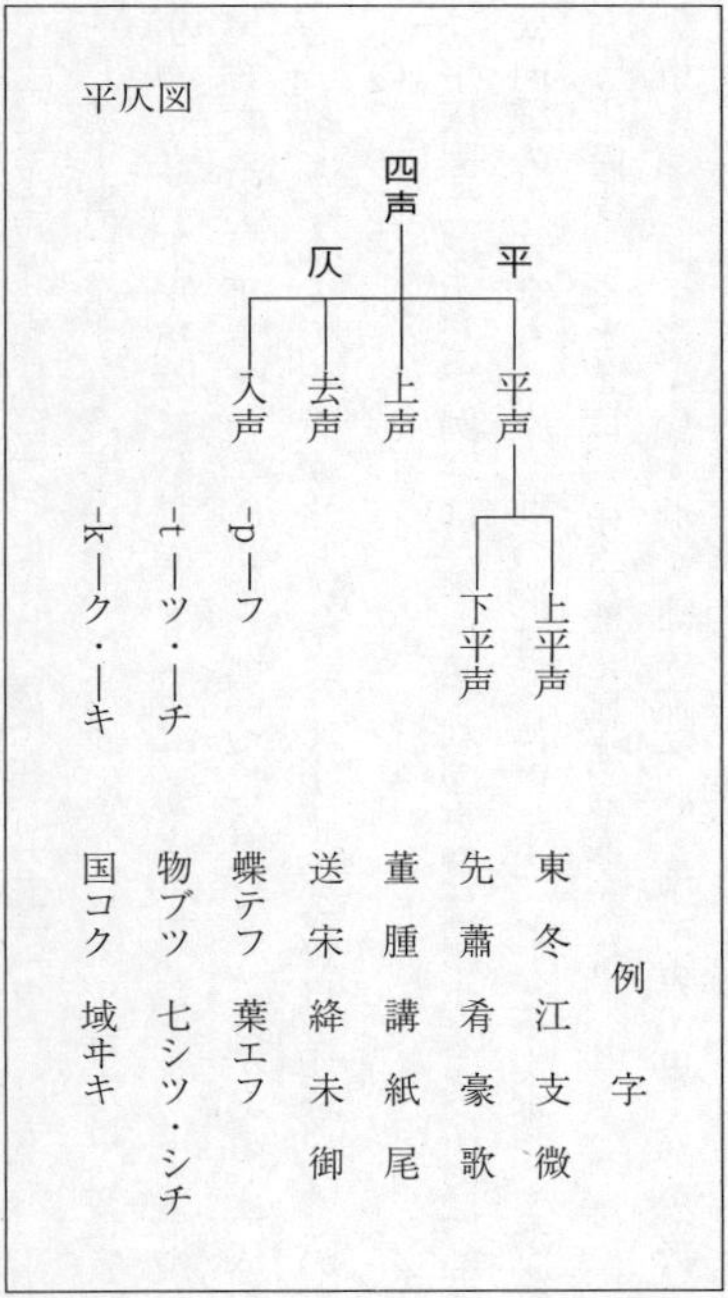

「上」は上声と去声の二つに属し（後述）、「去」「事」は去声、「国」「入」が入声である。そして平声に属する漢字がたいへん多いために、平声だけは便宜的にさらに二分して「上平声」と「下平声」に分類する。「工」が上平声、「流」は下平声である。さらにまた、四声を大きく「平声」と「仄声」の二つに分けることがある。「仄声」は上声・去声・入声を一括したもので、音が平らかでなく上下あるいは詰まるなどの変化があるものをまとめたのである。

「平仄図」に示した例字は、それぞれの声調に属する文字の一部であるが、同時にそれらは同種の母音をもつ文字群の標目（見出し字）となる文字でもある。この種の文字を、「韻《いん》目《もく》」と呼ぶ。たとえば、「東」韻に属する漢字には、

東・凍・同・童・銅・桐・筒・瞳・洞・中・衷・忠・沖・終・崇・弓・宮・融・雄・熊・窮・風・充・空・公・工……

など合計一七四字がある。押韻する文字は原則として、同じ韻の中の文字でなければならない。もしも同韻の文字だけで間に合わなければ、近似した韻の間でお互いに便宜的に通じて用いる「通押《つうおう》」ということもしばしば行われる。

中国古典詩の詩韻としては元代のはじめに一〇六種の韻に分けて整理された、いわゆる「平水韻《へいすいいん》」が広く用いられている。「平水韻」の韻目は次表のようにまとめられている。

平水は金代におかれた県名、現在の山西省臨汾市。平水の劉淵が一〇七韻にまとめた韻

書を刊行したので「平水韻」という。その後、他の人がさらに一韻減じて一〇六韻の韻書を作ったが「平水韻」の名はそのままひきついだ。

しかし、杜甫など唐代の人々が詩を作ったときには、「平水韻」より細かに二〇六韻に分類をした詩韻が用いられていた。だから、唐詩の韻を厳密に調べるためには宋代の初めに編纂された『広韻《こういん》』などの二〇六韻系の韻書に準拠しなければならないが、二〇六韻は分け方が細かすぎるために当然通押が多く、ふつうは「平水韻」で十分押韻の実際を理解

平水韻韻目表

	上平声	下平声	上声	去声	入声
1	東	先	董	送	屋
2	冬	蕭	腫	宋	沃
3	江	肴	講	絳	覚
4	支	豪	紙	寘	質
5	微	歌	尾	未	物
6	魚	麻	語	御	月
7	虞	陽	麌	遇	曷
8	斉	庚	薺	霽	黠
9	佳	青	蟹	泰	屑
10	灰	蒸	賄	卦	薬
11	真	尤	軫	隊	陌
12	文	侵	吻	震	錫
13	元	覃	阮	問	職
14	寒	鹽	旱	願	緝
15	刪	咸	潸	翰	合
16			銑	諫	葉
17			篠	霰	洽
18			巧	嘯	
19			皓	效	
20			哿	号	
21			馬	箇	
22			養	禡	
23			梗	漾	
24			迥	敬	
25			有	径	
26			寝	宥	
27			感	沁	
28			倹(琰)	勘	
29			豏	豔	
30				陥	

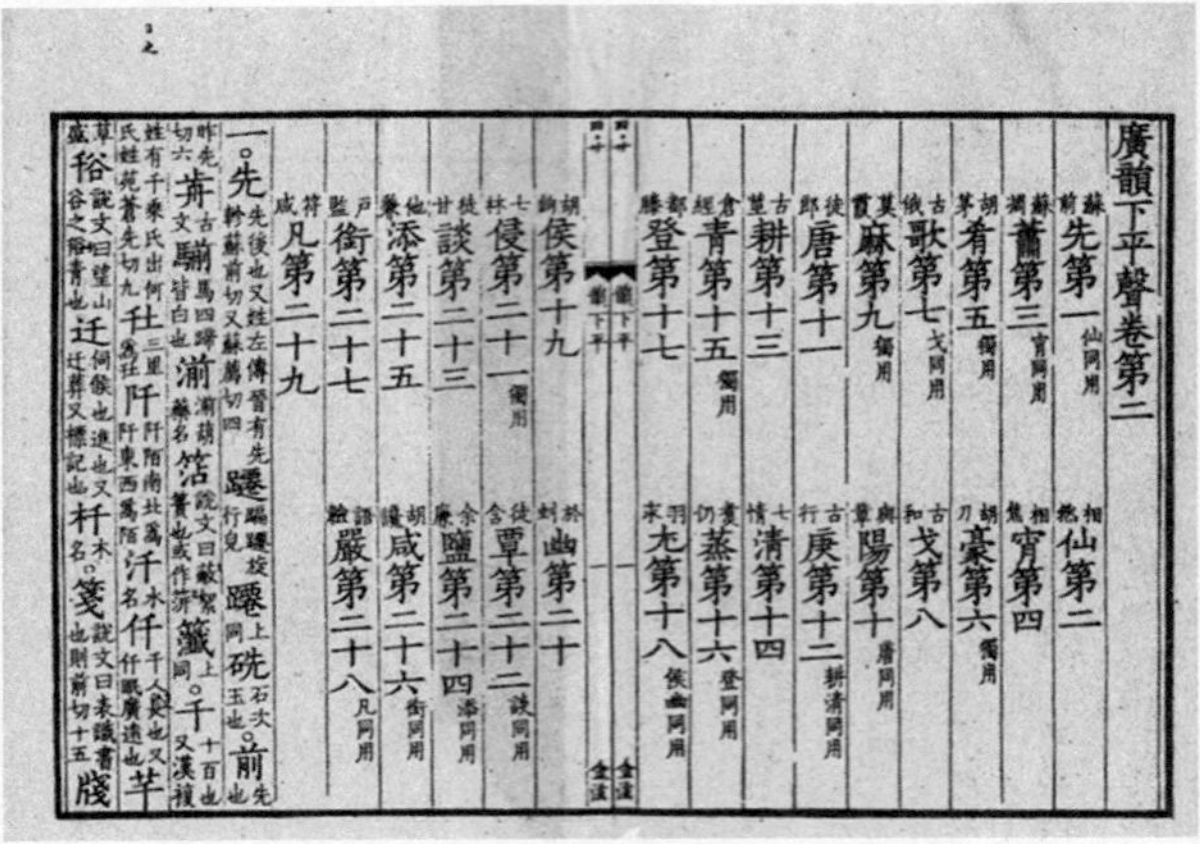

廣韻下平聲卷第二

先第一 仙同用　仙第二
蕭第三 宵同用　宵第四
肴第五 獨用　豪第六 獨用
歌第七 戈同用　戈第八
麻第九 獨用　陽第十 唐同用
唐第十一　庚第十二 耕清同用
耕第十三　清第十四
青第十五 獨用　蒸第十六 登同用
登第十七　尤第十八 侯幽同用
侯第十九　幽第二十
侵第二十一 獨用　覃第二十二 談同用
談第二十三　鹽第二十四 添同用
添第二十五　咸第二十六 銜同用
銜第二十七　嚴第二十八 凡同用
凡第二十九

『重刊宋本広韻』

することができる。

　実際に「春夜喜雨」の脚韻を『広韻』と「平水韻」で比べてみると次のようになる。

	広韻	平水韻
生	庚	庚
声	清	庚
明	庚	庚
城	清	庚

四文字が、「平水韻」ではすべて下平声の八番目の「庚」韻に属するのに、『広韻』では下平声の一二番目の「庚」韻と一四番目の「清」韻の二種類の韻の通押である。

　因みに、現代中国語の標準音にも四声

があり、現代音の抑揚によって第一声・第二声・第三声・第四声に分類する。現代音の四声と古典詩に用いる詩韻の関係は、左のように図示することができ、中国語を理解している人には平声・上声・去声の区別は比較的容易にできるが、すでに中世音で消滅した入声は平声・上声・去声に混入してしまったので、現代音の発音から入声の判断はできない。

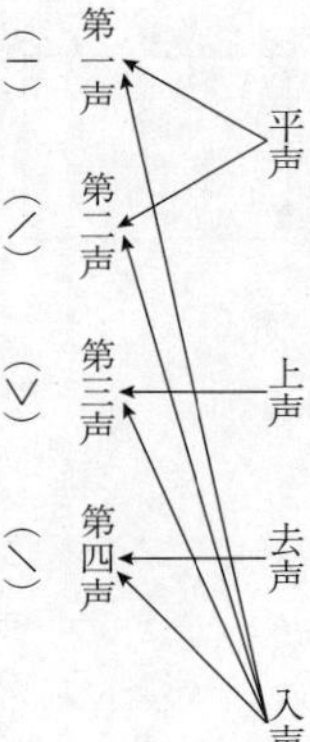

さて、この四声の違いをうまく利用し、平声の文字と仄声の文字を詩の句造りのときに適当に配列すれば、詩の聴覚的な効果を上げることができる。これがいわゆる「平仄をあわせる」ことで、作詩の重要な要素となり、詩体・詩形を生むこととなった。

先に挙げた（一）（二）の作品が形式的に異なる理由は、この平仄の配列の違いによる。われわれ日本人にとって、漢字それぞれの古い声調を覚えることは容易でない。しかし、それを調べることは比較的簡単にできる。ほとんどの「漢和辞典」には親字の下に、その漢字が平水韻のどの韻に属するか表記してある。伝統的な方法は、四角の中に該当文字の属する韻目を入れ、四角の隅に左下から時計回りに平声・上声・去声・入声のどれかに印をつけて声調を表すというやり方である。最近では、この四角で囲む方法よりは、文字で（平）（上）（去）（入）と書いて、韻目を示すやり方が増えているようである。いずれにせよ、漢和辞典にはなんらかの方法で声調と韻目とが明示してある。

《「漢和辞典」の韻目表記》

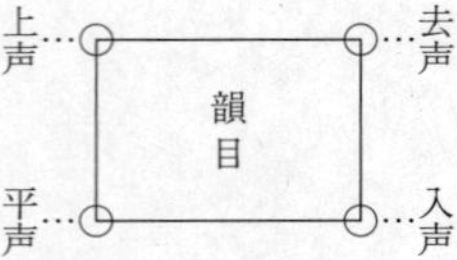

①上 [一] シャウ（ショウ） [漾]
　ジャウ（ジョウ） shàng
[二] シャウ（ショウ） [養]
　ジャウ（ジョウ） shǎng

②上 シャウ（ショウ）（去） 漾 shàng
　ジャウ（ジョウ）（上） 養 shǎng

右の「上」字の場合、①例は伝統的な方法で表記する例、意味の違いによって[一]（名詞の「うえ」）、[二]（動詞の「のぼる」）に分けて示す。②例は文字だけで表記するものである。

このように、漢和辞典にはこれらと類似した方法で声調と韻目が記されている。

いま、漢和辞典をたよりに杜甫の二つの詩の平仄と押韻を調べてみよう。○が平声、●が仄声、◎が平声の脚韻字であることを示す。特に二字目と四字目に注意してほしい。

（一）「春夜雨を喜ぶ」

●●○○●　　×●×○×　　◎脚韻は、下平声・八庚の韻
○○●●◎脚韻　　×○×●×　　（『広韻』は庚・清韻の通押）
○○○●●　　×○×●×
●●○○◎脚韻　　×●×○×
●●○○●　　×●×○×
○○●●◎脚韻　　×○×●×
●○○●●　　×○×●×
○●●○◎脚韻　　×●×○×

（二）「前出塞」

●●●●●　　×●×●×　　◎脚韻は、下平声・五歌の韻
○○●○◎脚韻　　×○×○×　　（『広韻』は歌・戈韻の通押）
○○●○○　　×○×○×

○●○●◎脚韻　×●×●×
○●●●●　×●×●×
○○●○◎脚韻　×○×○×
●●●●○　×●×●×
○○○●◎脚韻　×○×●×

（一）（二）の平仄を見ると、奇数句と偶数句の二句（一聯）ずつの平仄が、（一）では完全にきれいな対称を示しており、（二）は対称が乱れている。（一）のように平仄の対称的な関係を韻律的な「反」（または「対」）の関係、「反法《はんぽう》」という。特に、一句中の二字目と四字目に注意すると、（一）は二字目と四字目の平仄がきれいに対称的に並んでいるのに対して、（二）は逆に最後の句を除いては、他はすべて同じ声調の文字を繰り返している。ただし、二詩とも二字目と四字目の平仄が一聯二句の間では「反」の関係にあり、各聯の下句と次聯の上句との間では同じパターンが繰り返されていて、この点では等しい。前の句の平仄パターンを繰り返すことを、あたかも粘着しているように見えるところから、「粘」の関係、「粘法《ねんぽう》」と呼んでいる。

また、（一）のように一句中の平仄を必ず対称的に配列するのを「二四不同《にしふどう》」の原則といい、唐代に成立した絶句《ぜっく》・律詩《りっし》・排律《はいりつ》などの近（今）体詩とそれ以前からの古体詩を区

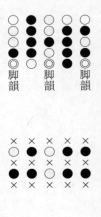

別する最も基本的な目安となるものである。近体詩と古体詩、近体詩の種類などについては、次の「詩の形式」のところで詳しく検討するので、ここではただ、詩体を決定する要素である平仄の原則だけをしっかりと理解してほしい。

一句が七字からなる七言詩も、近体詩の場合、五字目までは五言詩と同じ原則が守られ、増加分の二字についてもやはり平仄を変化させようという意識が働いて、六字目の平仄を二字目と同じものにして、一聯を、

×○×●×○×
×●×○×●×

または、

×●×○×●×
×○×●×○×

のような句造りにする。これを「二四不同二六対《にしふどうにろくつい》」の原則という。「二六対」というのは、二字目と六字目の平仄が同じという意味である。「二四不同」あるいは「二四不同二六対」の原則さえ貫かれていれば、二字目が平声で始まっても仄声で始まっても、近体詩の条件に合致する。ただ、二字目が平声で始まっているものを「平起こり」「平起式」、仄声の場合は「仄起こり」「仄起式」と区別するが、この違いに特別の意味があるわけではない。

4

中国詩の形式（二）——古体詩と近体詩

一　詩の形式

　近体詩と古体詩の区別がはっきりしたところで、中国詩の形式を表にまとめてみよう。古体詩は単に「古体」または「古詩」ともいわれる。近体詩は「今体詩」とも書き、「近(今)体」と呼ばれるほか、「二四不同」または「二四不同二六対」などの韻律的規則に合致している「入律《にゅうりつ》の詩」であるところから、それを縮めて「律詩」と呼ぶ場合がある。すなわち、広義の律詩は近体詩と同義であるが、本講義では「律詩」は近体詩の中に含まれる一形式としての狭義の意味でのみ用いることにする。

　便宜的にまず、近体詩の方から説明する。近体詩は、「絶句《ぜっく》」「律詩《りっし》」「排律《はいりつ》」の三種類に分類できるが、そのうち「律詩」が最も基本形となるために、最初にその形式を検討することから始めよう。前にあげた杜甫の「春夜雨を喜ぶ」の全句の平仄と「二四不同」の実態、あるいは反法・粘法・脚韻などを再度一括して示すと次のようになる。

　なお、中国の詩はほとんど全体が偶数句で構成されるため、特に二句の単位を「聯《れん》」と呼んでいる。律詩は八句四聯の構成であり、その各聯はそれぞれ首聯《しゅれん》・頷聯《がんれん》・頸聯《けいれん》・尾聯《びれん》とも呼ばれる。

詩

形式		名称	一句字数	句数
古体詩（古体）（古詩）		四言詩	4	不定
古体詩（古体）（古詩）		五言古詩（五古）	5	不定
古体詩（古体）（古詩）		七言古詩（七古）	7	不定
古体詩（古体）（古詩）		雑言古詩（長短句）	不定	不定
近体詩（律詩）（今体詩）（近体）	絶句	五言絶句（五絶）	5	4
近体詩（律詩）（今体詩）（近体）	絶句	六言絶句（六絶）	6	4
近体詩（律詩）（今体詩）（近体）	絶句	七言絶句（七絶）	7	4
近体詩（律詩）（今体詩）（近体）	律詩	五言律詩（五律）	5	8
近体詩（律詩）（今体詩）（近体）	律詩	七言律詩（七律）	7	8
近体詩（律詩）（今体詩）（近体）	排律	五言排律	5	10以上
近体詩（律詩）（今体詩）（近体）	排律	七言排律	7	10以上

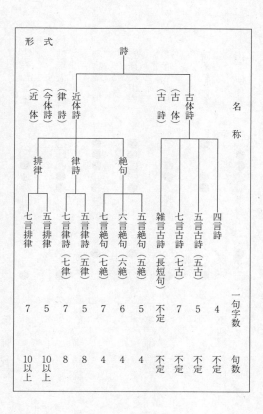

好雨知時節　●●○○●　×●×○×
　反法
当春乃発生　○○●●◎脚韻　×○×●×
第一聯（首聯）
　粘法
随風潜入夜　○○○●●　×○×●×
　反法
潤物細無声　●●●○◎脚韻　×●×○×
第二聯（頷聯）　対句
　粘法
野径雲俱黒　●●○○●　×●×○×
　反法
江船火独明　○○●●◎脚韻　×○×●×
第三聯（頸聯）　対句
　粘法
暁看紅湿処　●○○●●　×○×●×
　反法
花重錦官城　○●●○◎脚韻　×●×○×
第四聯（尾聯）

律詩には韻律上の規則のほかにも守らなければならない約束事がある。それは、四聯のうち中間の頷聯と頸聯は必ず「対句《ついく》」でなければならないという規則である。対句というのは、二句の韻律が対称的であるのみならず意味的にも対称的であり、且つ文法的構造が等しい聯をいう。「春夜雨を喜ぶ」の頷聯と頸聯は典型的な対句の聯である。

随風 ○○　**潜** ○　**入夜** ●●
風に随ひて　潜かに　夜に入り
↔動賓構造　↔副詞　↔動賓構造
潤物 ●●　**細** ●　**無声** ○○
物を潤して　細かにして　声無し
野径 ●●　**雲** ○　**倶黒** ○●
野径　雲　倶に黒く
↔名詞　↔名詞　↔副詞・形容詞
江船　火　独り明るし
江船 ○○　**火** ●　**独明** ●○

中国詩の「対句」については次章（第五章）であらためて詳しく検討するので、ここでの説明はこれくらいにしておくが、作品によっては頷聯・頸聯以外の首聯・尾聯が対句になっているものも少なくない。しかし、頷聯・頸聯以外の対句は必要条件ではない。対句は「対偶《たいぐう》」「対仗《たいじょう》」とも言われる。

押韻の仕方も、五言律詩の場合、偶数句押韻が必要条件だが、第一句（首句）から押韻する作品もある。七言律詩の場合には、第一句から押韻するのが規則である。しかし、これまた第一句の押韻をはずす作品が少なくない。そして、律詩にかぎらず、近体詩の押韻は平声の韻で行うのが一般的である。

七言律詩の具体例を次に見てみよう。やはり杜甫の晩年の作品で、しばらく安らかに暮らした成都の地を離れて、長江の中流、三峡近くの夔州《きしゅう》（現在の四川省奉節県）で作った「登高」の一首である。時に大暦《たいれき》元年（七六七）、詩人は五六歳、旧暦九月九日の重陽《ちょうよう》の日に、高台に登って眺望した情景とそれに触発された情感を詠じた。なお、この作品から以降は、読みやすいように特に断らないかぎりは、読み下し文は現代かなづかいで行い、脚韻の漢字音のみ歴史かなづかいで表記する。

風急天高猿嘯哀　風急《かぜきゅう》に天高《てんたか》くして　猿嘯《さるな》きて哀《かな》し　○●○○○●◎脚韻　アイ
渚清沙白鳥飛回　渚清《なぎさきよ》く沙白《すなしろ》くして　鳥飛《とりと》び回《めぐ》る　●○○●●○◎脚韻　クヮイ
無辺落木蕭蕭下　無辺《むへん》の落木《らくぼく》　蕭蕭《しょうしょう》として下り　○○●●○○●　ゲ・カ

不尽長江滾滾来　不尽《ふじん》の長江《ちょうこう》　滾滾《こんこん》として来《きた》る　●●○○●●◎脚韻　ライ
万里悲秋常作客　万里《ばんり》　悲秋《ひしゅう》　常《つね》に客《きゃく》と作《な》り　●●○○○●●キャク・カク
百年多病独登台　百年《ひゃくねん》　多病《たびょう》　独《ひと》り台《だい》に登《のぼ》る　●○○●●○◎脚韻　ダイ
艱難苦恨繁霜鬢　艱難《かんなん》　苦《はなは》だ恨《うら》む　繁霜《はんそう》の鬢《びん》　○○●●○○●　ビン
潦倒新停濁酒杯　潦倒《ろうとう》　新《あらた》に停《とど》む　濁酒《だくしゅ》の杯《はい》　●●○○●●◎脚韻　ハイ
（登高）　◎脚韻は上平声・十灰の韻（『広韻』は灰・咍韻の通押）

〔訳〕秋風はげしく空は高く澄み、サルの鳴き声が悲しく響きわたる。
岸辺の水は清らかに砂は白く、水鳥が飛びまわっている。
はてしなく広がる木々の葉が、風にサワサワと散り落ち、
尽きることのない長江の水は、コンコンと次々に流れ去る。
故郷を遠くはなれた悲しい秋に、わたしはいつも旅人の境遇、
一生を病いに苦しみつつ、ただひとり高台に登るのだ。
苦労をかさねて白くなったビンの毛が、なんともうらめしい。
病み衰えたわたしは、近ごろ酒杯を傾けることもやめてしまった。

○潦倒　老い衰えるさま。

五言律詩より二字増えて、句造りが「二四不同二六対」となっているところに注意して

杜甫草堂の竹林

ほしい。この点と首句押韻を除けば、頷聯・頸聯が対句であることなど、五言律詩の句造りとまったく同じである。もっともこの杜甫の「登高」は、首聯・尾聯ともに対句仕立てで、「全対《ぜんつい》」（全句《ぜんく》対《つい》）と呼ばれる構成になっているが、上述のように首聯・尾聯の対句は律詩の必要条件ではない。

「排律」は五言・七言とも、律詩の中間の対句の聯が増加されてゆく作品であるため、「長律《ちょうりつ》」とも呼ばれる。すなわち、一聯増えれば一〇句の排律となり、二聯増えれば一二句の排律ができる。排律は偶数句が押韻し、押韻する韻の数によって五言五韻（一〇句）の排律とか、五言六韻（一二句）の排律という。二十韻・三十韻、あるいは百韻といった長篇の作品も少なくない。聯の呼び方は律詩と異なり、単に第一聯・第二聯……と順番で呼ぶしか仕方がない。唐代の科挙の試験の答案詩は、主として五言六韻の排律が作られた。七言排律は確かに作られてはいるが、五言排律に比べてその数はごく僅かであり、実際に目にするのはほとんど五言排律であるので、ここではやはり杜甫の五言六韻の作「春帰」（春に帰る）を例にあげる。宝応元年（七六二）夏以来、一時成都を離れていた杜甫が、広徳二年（七六四）春にまた成都の草堂に帰って来たときの作品である。

苔径臨江竹	苔径《たいけい》 江《こう》に臨《のぞ》む竹《たけ》あり	○●○○●	チク
茅簷覆地花	茅簷《ぼうえん》 地《ち》を覆《おお》う花《はな》あり	○○●●◎脚韻	クヮ・ケ
別来頻甲子	別《わか》れてより来《このかた》 頻《しき》りに甲子《こうし》あるも	●○○●●	シ
帰到忽春華	帰《かえ》り到《いた》れば忽《こつ》として春華《しゅんか》あり	○●●○◎脚韻	クヮ・ケ
倚杖看孤石	杖《つえ》に倚《よ》りて孤石《こせき》を看《み》	●●○○●	セキ・ジャク
傾壺就浅沙	壺《つぼ》を傾《かたむ》けて浅沙《せんさ》に就《つ》く	○○●●◎脚韻	サ・シャ
遠鷗浮水静	遠鷗《えんおう》 水《みず》に浮《う》かんで静《しず》かに	●○○●●	セイ・ジャウ
軽燕受風斜	軽燕《けいえん》 風《かぜ》を受《う》けて斜《なな》めなり	○●●○◎脚韻	シャ
世路雖多梗	世路《せろ》 梗《ふさが》ること多《おお》しと雖《いえど》も	●●○○●	カウ
吾生亦有涯	吾《わ》が生《せい》も亦《ま》た涯《かぎ》り有《あ》り	○○●●◎脚韻	ガイ・ガ・ゲ
此身醒復酔	此《こ》の身《み》 醒《さ》めて復《ま》た酔《よ》う	●○○●●	スヰ
乗興即為家	興《きょう》に乗《じょう》じて即《すなわ》ち家《いえ》と為《な》す	○●●○◎脚韻	カ・ケ

（春帰）　◎脚韻は下平声・六麻（花・華・沙・斜・家）と上平声・九佳（涯）の通押。（『広韻』も下平声・九麻と上平声・一三佳の通押。）

〔訳〕苔むしたこみちが、川面にむかって生い茂る竹林の中に通じ、
茅葺きの軒端には、地面をおおって花が咲いている。
この草堂に別れてから今日まで、だいぶ日数をかさねたが、
もどって来てみれば、思いがけなくも春の花盛り。
杖によりかかってただ一つの庭石をながめたり、
酒壺《さかつぼ》を傾けながら浅瀬の砂浜に腰をおろす。
遠くのカモメは静かに水に浮かび、
軽やかなツバメは風を受けて斜めに飛び交う。
渡る世間には障害が多く、とても思いどおりには行かないが、
わたしの一生にもかぎりがあるのだから、
わたしはただ、酒が醒めたらまた酒に酔う、
思いのままに自然にふるまえるこの草堂こそ、まことのわが家。

○**甲子**　年月や日を表す干支《えと》。歳月の代名詞。ここでは頻繁に日を重ねたこと。○**壺**　酒を容れる容器。酒壺。○**梗**　障害物があって通じないこと。○**吾生亦有涯**　『荘子』養生主篇に見える言葉にもとづく。

第二聯から第五聯までの中間四聯が対称的な内容とともに、韻律的にも文法構造の上でもきれいな対称を示し、みごとな対句の聯を構成している。排律の基本条件はこれで十分そなえているのであるが、この作品ではさらに第一聯も対句構成になっている。

「絶句」は四句で構成される近体詩であり、「二四不同」または「二四不同二六対」、反法・粘法、押韻など規則は、基本的に律詩に等しい。したがって、五言絶句・七言絶句とも、それぞれ句法の面から言えば、五・七言律詩を構成する各聯の中の二つの聯を組み合わせた形式となる。換言すれば、絶句の起・承・転・結の四句は、必ず起句・承句の一聯と、転句・結句の一聯に分解でき、それぞれ律詩のいずれかの聯に相当するということである。たとえば、初唐の韋承慶《いしょうけい》の「南中《なんちゅう》に雁《がん》を詠ず」（南中詠雁）の平仄は、次のようになる。

万里人南去　万里《ばんり》　人は南に去《ゆ》き　●●○○●
三春雁北飛　三春《さんしゅん》　雁《がん》は北に飛ぶ　○○●●◎脚韻
不知何歳月　知らず　何《いず》れの歳月《さいげつ》ぞ　●○○●●
得与爾同帰　爾《なんじ》と同《とも》に帰るを得《え》んや　●●○○◎脚韻
（南中詠雁）　◎脚韻は、上平声・五微（『広韻』上平声・八微）

〔訳〕都をはなれて、わたしは万里はるか南に行く途中、
この春の季節、雁の群れは北をめざして飛び行く。
いったいいつになったら、
おまえたち雁の群れといっしょに都に帰れることだろう。

○人　作者自身。○三春　春の季節。○爾　汝に同じ。雁をさす。

この作品は起句・承句が対句の聯であり、「仄起式《そくきしき》」の句造りから「春夜雨を喜ぶ」の頸聯（実は同じように対句の聯の首聯とも言える）と同一であり、つづく対句ではない転句・結句の一聯は尾聯にほぼ等しい。ほぼというのは、結句の一字目と三字目が異なっているだけで、最も重要な二字目と四字目が等しいからである。したがって、「南中に雁を詠ず」詩は、「仄起式」律詩の頸聯と尾聯を組み合わせたものと言うことができる。

このことを整理すると、絶句は「平起式《へいきしき》」「仄起式」の別なく、基本的に次の四つの型に分類できる。

（1）首聯と尾聯　四句に対句の聯を含まない。最も多い形で、特に七言絶句に多い。
（2）頸聯と尾聯　起・承句が対句の一聯と転・結句が対句でない一聯からなる。
（3）首聯と頷聯　起・承句が対句でない一聯、転・結句が対句の一聯からなる。
（4）頷聯と頸聯　「全対」の絶句で、対句の二聯からなる。

七言絶句の場合には、七言律詩同様に初句（起句）から韻を踏むのが原則である。この点と「二四不同」に「二六対」が加わる点が五言律詩と異なるだけで、（2）型（4）型では初句を押韻させるための微調整があることを除けば、基本的には四分類の適応に不都合はない。例として（2）型の頸聯と尾聯を組み合わせた作品をあげてみよう。

朱雀橋辺野草花　朱雀橋辺《しゆじやくきようへん》　野草《やそう》花さき　○●○○●●◎脚韻
烏衣巷口夕陽斜　烏衣《うい》巷口《こうこう》　夕陽《せきよう》斜めなり　○○●●●○◎脚韻
旧時王謝堂前燕　旧時《きゆうじ》　王謝堂前《おうしやどうぜん》の燕《つばめ》　●○○●○○●
飛入尋常百姓家　飛びて尋常百姓《じんじようひやくせい》の家に入《い》る　○●○○●●◎脚韻
（唐・劉禹錫《りゆうしやく》：金陵五題、烏衣巷）　◎脚韻＝下平声・六麻（『広韻』同・九麻）

〔訳〕　朱雀橋のほとりには野草が花をつけ、
烏衣巷の入り口には、夕陽《ゆうひ》が斜めにさしている。
むかし、豪族の王氏や謝氏の広間の前にいたツバメが、
今では、ありふれたふつうの民家に飛びこんでくる。
○**朱雀橋**　かつて六朝時代に都として栄えた南京（金陵）の橋。○**烏衣巷**　貴族たちの住んでいた町の名。○**王謝**　南朝の豪族であった王氏と謝氏。○**百姓**　一般の人々。庶民。

この作品は、いわゆる懐古詩に属するものであるが、平仄のパターンは杜甫の「登高」詩の頸聯と尾聯を組み合わせた形に相当する。ただし、起句が韻を踏むことと一・三・五字目の平仄に多少の異同があるのは、前の五言絶句の場合と同じである。

絶句はほかに、数は少ないが六言絶句の形式がある。六言絶句は唐代でも作られたが、宋代に入ってより広く作られるようになった。「二四不同」・偶数句の押韻など五言絶句によく似ている。しかし、一般にはあまり見ることがないと思われるので、ここでは詳細を省略する。同じように、六言律詩もまったくないわけではない。しかし、六言律詩の数はさらに少ないので、「形式」の表からも省いた。

近体詩の規則については、あと一つだけ注意しておきたい。それは、同一の詩の中ではできるだけ同じ文字を重複して用いないことである。同じ文字のくり返しが意味の重複や単調さの原因となるのを避けるための規則であろうが、これまた実際には多くの例外がある。優れた作品はしばしばこれらの規則を無視して、独自の詩的世界を生み出しているのである。

以上の標準的な条件を満たしている作品を「正体《せいたい》」あるいは「正格《せいかく》」と呼び、条件から少し外れているものを「拗体《おうたい》」「拗格《おうかく》」という。

一方、「古体詩」は、簡単にいえば近体詩の形式からはずれる、入律していない詩形をすべてさす。「四言」の古詩は『詩経』の詩がその代表であり、「五言古詩」は漢魏六朝期を通じて最も普遍的な詩形であった。前にあげた謝霊運の「石壁精舎より湖中に還る作」がその例である。さらに「七言古詩」は、これまた楽府作品に多く用いられている形式である。さらに「雑言古詩」は、六朝期の楽府歌謡などに多く用いられている形式で、一首の句造りに定形がなく、五言と七言が混ざったり、あるいは七言以上の句が使われたりする詩形である。

すでに述べたように、近体詩は唐代に入って確立された新しい形式で、唐の詩人たちがはじめて意識的に入律の詩を作り出したのであって、唐以前の詩はかりに入律していてもそれは偶然にすぎず、唐以前の詩はすべて古体詩だという人もいる。しかし、六朝の斉・梁のころから詩の韻律に対する関心が芽生えてきたため、そのころの作品でも意識的に韻律を整えることはなかったとは言えず、実際、韻律的には近体詩といって通るような作品が少なくない。梁の簡文帝の「美人の画を看るを詠ず」の作品などきわめて近体の五言律詩に近い。また、五言四句の古詩には絶句と同じ韻律をもつものが多くある。このような作品を特に「古絶句《こぜつく》」という場合がある。たとえば、次に挙げる隋《ずい》の薛道衡《せつどうこう》（五三九―六〇九）の「人日《じんじつ》帰るを思う」（人日思帰）など、起句と承句の反法に問題があるものの、それ以外の句造りは唐代に作られた絶句といっても通用するものである。この作品は、北の隋国から南の陳に国使として赴いた薛道衡が、文学的には優位にあると自負していた陳の人々を驚かした佳作と伝えられている。

入春纔七日　春に入《い》りて纔《わず》かに七日《なぬか》　●○○●●
離家已二年　家を離れて已《すで》に二年《にねん》　○○●●◎脚韻
人帰落雁後　人の帰るは雁《がん》の後《あと》に落ち　○○●●●
思発在花前　思いの発《はつ》するは花の前に在り　○●●○◎脚韻

（人日思帰）　◎脚韻は、下平声・一先（『広韻』も同じ）

〔訳〕春になってまだ七日しかたっていない。
家を離れてはや二年が過ぎた。
わたしの帰国は雁がすっかり北に帰ったあとになるが、
帰郷の思いはすでに春の花が開く前に満開だ。

○七日　正月七日の人日をさす。○発　ひらく意味も表す語。

逆にまた、唐代に入ってからの近体詩でありながら、前述のような「拗体」の作品が決して少なくない。拗体の作品は絶句に特に多いが、規則違反を許容範囲内の拗体とするか古体詩とするかは人によって異なり、厳密な基準を引くことはきわめて難しい。

ただ、近体詩形が成立した唐代以後、古体詩と近体詩が共存することになったために、詩人たちは意図的に近体か古体かを選択した。それには作品の内容が大きく関係するのである。たとえば、杜甫の「前出塞」の作は、六朝以来の伝統的な楽府歌謡の「出塞」の題を借りて出征兵士の悲しみをうたった作品であり、いわば古風な歌いぶりがこの作品にはふさわしいと考えられたので、必然的に古体詩の詩形が採用されたのである。

以上、中国の古典詩の基本的な形式について説明した。以上の説明から、中国の詩が漢字のもつ韻律と緊密な関係をもっていることが理解できたと思う。

5

中国詩の技巧（一）——対句法

前章までで中国古典詩の基本的な「形式」についての検討がすんだので、本章からは中国の詩人が実際に作詩する場合のさまざまな詩的工夫、つまり「詩の技巧」について、その重要なものを幾つか取り上げ、これから四回にわたって検討してみたい。

まず最初に、前章で述べた近体詩の律詩及び排律の作品に必須とされている「対句」の技巧を取り上げる。

一　対偶表現

対句は、簡単にいえば対称的な表現をもつ二句（または二句以上の偶数句）の組み合わせということができる。このような対称的な言語表現を「対偶《たいぐう》表現」という。言語にかぎらず、我々の周囲には二つのものが左右上下に並ぶ空間的な対称関係や、前後くり返しの時間的な対称関係をもつものが数多く存在する。たとえば、壮大な宮殿建築や寺院建築の多くが左右対称の構造をもっているし、主題提示部と間奏部のくり返しによるフーガの対位法様式なども空間的な対称関係の一つである。このように対称が数多く存在する理由は、我々がそれにある種の安定感や美的感覚を覚えるからで、対称性は人間の生来的な感性と深くかかわっているのである。

したがって、言語の対偶表現も、人間の言語の最も基本的な表現方法として、民族や時代を超え、また詩文の別を問わず、古くから重視された修辞法であった。中国の場合、古い散文文献の『論語』や『老子』のような書物の中にも数多くの対偶表現を見いだすことができる。

〔弟子〕入則孝　〔弟子《ていし》〕入《い》りては則《すなわ》ち孝《こう》、
出則悌　出《い》でては則《すなわ》ち悌《てい》。
（論語・学而）

〔訳〕（弟子たちよ）家の中では親子の情愛を大切に、
家の外では人々と穏やかにつき合いなさい。

古之学者為己　古《いにしえ》の学者《がくしゃ》は己《おのれ》の為《ため》にし、
今之学者為人　今《いま》の学者《がくしゃ》は人《ひと》の為《ため》にす。
（論語・憲問）

〔訳〕むかしの学問をする者は自分の修養のために学び、
ちかごろの学問をする者は人の評判を得るために学ぶ。

大道廃有仁義　大道《たいどう》廃《すた》れて仁義《じんぎ》有《あ》り、

智慧出有大偽　智慧《ちえ》出でて大偽《たいぎ》有《あ》り。
六親不和有孝慈　六親《りくしん》和せずして孝慈《こうじ》有《あ》り、
国家昏乱有忠臣　国家《こっか》昏乱《こんらん》して忠臣《ちゅうしん》有《あ》り。
（老子・第十八章）

〔訳〕大いなる道が失われるとはじめて仁義の大切さが議論され、
知恵が発達してはじめて大きな偽《いつわ》りが生まれる。
父子・兄弟・夫婦の六親が不仲になると、そこで孝子や慈愛の人が見直され、
国家が乱れると、そこでやっと忠臣の存在に気づく。

最後の『老子』の場合は、二組の対偶表現が一つの章を構成しているのである。ところで、なぜこのように対偶表現が好まれたかといえば、まず第一に同じ数の文字（言葉）で構成されている二句は音節のリズムが等しく、耳で聞いても目で読んでも均一のバランスがとれていて、一組としての安定感があること、第二に二句のリズムが等しいために、口にしやすく覚えやすいこと、第三にリズムだけでなく、対比的な内容が読者につよい印象を与えて、より記憶を容易にしていることなどの理由によるのである。以上がいわばシンメトリー（対称）の美学であるが、さらに第四として次のような理由が存在する。上掲のいずれの例でも、対偶表現をとることによって、対偶を構成するそれぞれ個別の事象が一

つに包括され、統一的な観念ないしは原理を表現することである。『論語』憲問の例で言えば、「古」の学問をする正しい態度を「今」の学問をする者の誤った傾向と対比させて、時間を超越した「学問する態度の正しいあり方」を抽象化、観念化しているといえるのである。『老子』の例は、負が正を生み正が負を生む決して単純には是非善悪を即断できない人間社会の複雑さを、一般に負といわれている側面から「負の効用」を説くものである。概して、中国語の抽象概念の表し方は、相反する意味の言葉を並列して熟語を作り、具体的な対比から抽象的意味を生み出す場合が少なくない。

大小→大きさ、長さ。

屨《くつ》の大小同じければ、則ち賈《あたい》は相若《あいおな》じ（『孟子』滕文公《とうぶんこう》・上）

遅速・緩急→早さ。

東岸西岸の柳、遅速同じからず（『和漢朗詠集』早春、慶滋保胤《よししげのやすたね》）

軽重→重さ

鼎《かなえ》の大小軽重を問う（『左伝』宣公三年）

春秋→歳月、年齢。

今将軍は盛位に当たり、帝は春秋に富めり。（『漢書』辟彊《へききょう》伝）

対偶表現をとる二句一聯を対句《ついく》・対仗《たいじょう》・対聯《ついれん》などというが、近体詩の場合には前章で述べたように、単に字数・文法構造・内容の対称関係を有するばかりでなく、平仄の韻律上でも対比的でなければならないという厳格な規則がある。杜甫の「春夜雨を喜ぶ」の頷聯と頸聯をもう一度見てみよう。

随風	潜	入夜	風に随ひて	潜かに	夜に入り
○○	○	●●	(動賓構造)	(副詞)	(動賓構造)
↔	↔	↔	↔	↔	↔
●●	●	○○	(動賓構造)	(副詞)	(動賓構造)
潤物	細	無声	物を潤して	細かにして	声無し

野径	雲	俱	黒	野径	雲	俱に	黒く
●●	○	○	●	(名詞)	(名詞)	(副詞)	(形容詞)
↔	↔	↔	↔	↔	↔	↔	↔
○○	●	●	○	(名詞)	(名詞)	(副詞)	(形容詞)
江船	火	独	明	江船	火	独り	明るし

まことに形の美しい模範的な対句である。意味的な関係に着目すれば、頷聯は「風」に乗って「物」を潤す「雨」の降る状況を、「随」・「入」、「潤」・「無」などの動詞を多用して動的に描写し、頸聯は「雲」の「黒」さ・「火」の「明」るさを表す形容詞によって「夜」の「野」と「江」の静的な情景を描写しているが、各句の具象的な言葉が各聯で対比的に配列されていて、それぞれの聯は春の「雨」と「夜」の全体性ないしは本質を表出しているのである。

二 対句の分類

先に対句は詩文を通じて最も基本的な修辞法と述べたが、中国の文学理論においては早くから対句法の検討が行われていた。その最も早い例が、六朝・梁の劉勰《りゅうきょう》の『文心雕竜《ぶんしんちょうりょう》』麗辞篇《れいじへん》に見える。そこでは対句を事対《じつい》・言対《げんつい》・正対《せいつい》・反対《はんつい》の四種に分類し、おおよそ次のような分類基準を立てている。

事対　各句にそれぞれ故事や引用などを含んでいる対句。
言対　特に故事などをふくまず言葉の文字どおりの対句。
正対　同じ内容をもつ言葉を併置する並列的な対句。

反対　異なる内容をもつ言葉を対置する対比的な対句。

『文心雕竜』のこの四種の対句分類は、実は、事対と言対、正対と反対の二組の対句法を述べているもので、この基準に従えば、先の杜甫の二組の対句はいずれも「言対」であり、また「反対」ということになる。『文心雕竜』は「正対」より「反対」の方が優れていると説いており、詩論書の多くも古くから「正対」を非難する議論がくり返されて来た。とりわけ同義同類の言葉を用いて同じ内容を並列的に表現する対句を「合掌対《がっしょうつい》」といって、最も忌避する傾向がある。「合掌対」とは、左右の手のひらを合わせて合掌したように二句がぴったりと重なり合う対句をいう。『文心雕竜』がその例として挙げているのは、晋の張華《ちょうか》（二三二―三〇〇）の「雑詩《ざつし》三首」其の三の次の一聯である。

遊雁比翼翔　　遊雁《ゆうがん》は翼《つばさ》を比《なら》べて翔《か》け
帰鴻知接翮　　帰鴻《きこう》は翮《はね》を接《せつ》するを知《し》る

つまり、「遊雁」と「帰鴻」が同じもの――「鴻」も「雁」も同類のみずどり、「遊」と「帰」もともに北に向かって飛ぶこと――をさし、「翼を比べて翔け」と「翮を接するを知る」もいずれもに雁が隊列をつくって飛ぶ状況を表現していて、この二句は同一の内容をただ言葉を変えて言いかえたにすぎないと指摘する。確かに、同じ内容のくり返しでは詩が平板になって、退屈でおもしろくない。

対句法は、修辞に関心が向けられた六朝期からしだいに精密になり、初唐の上官儀《じょうかんぎ》（六一六?—六六四）はそれらを整理して「六対《りくつい》」及び「八対」を定めたと伝えられ、上官儀より後の李嶠《りきょう》（六四四—七一三）は、「九対」を制定した。

このように次第に細かに分類されるようになった対句法をたんねんに拾い集めて、数多くの分類を立てたのが、我が国の空海である。空海（七七四—八三五）は、唐に留学したときに学んだ中国の詩論・文論を帰国後にまとめて『文鏡秘府論』六巻を著したが、同書の「東巻」には「二十九種対」が記載されている。これは六朝以来の諸文献に見える対句法を整理して、合計二九種にまとめたものであり、もとになった多数の書物がすでに散逸して亡《ほろ》んでいる現在ではきわめて貴重な資料であるが、惜しいことに「二十九種対」の分類の基準は、内容上の分類と形式上のそれとが混在していて、必ずしもすべてが明確なわけではない。

中国現代の言語学者の王力《おうりき》の『漢語詩律学』では、対句を大きく工対《こうつい》・鄰対《りんつい》・寛対《かんつい》の三類に分類する。そして、対句の構成要素である言葉を、その属性・機能によって、天文・地理・器物・形体・人事などの一一類二八門に細分し、対句の実際を検討する。『漢語詩律学』の類・門の一部を左に紹介しよう。

第一類（甲）天文門

例字：天　空　日　月　風　雨　霜　雪　霰　雷　電　虹　霓　霄　雲　霞　靄
気　煙　星　斗　嵐　陽　照　暉　曛　露　霧　烽　火　陰　颯

（乙）時令門

例字：年　歳　月　日　時　刻　世　節　春　夏　秋　冬　晨　夕　朝　晩　午
宵　昼　夜　伏　臘　寒　暑　晴　晦　朔　昏　暁　閏

第二類（甲）地理門

例字：地　土　山　水　江　河　川　湖　海　波　浪　濤　潮　冰　池　洲　渚
林　京　国　郊　潭　沢　渠　橋　郷　村　関　塞　戍　城　市（以下略）

（乙）宮室門

例字：房　宅　廬　舎　楼　台　堂　斎　宮　室　閣　門　閭　塔　巷　街　牆
垣　壁　窗　牖　戸　檻　梁　柱　簷　廊　階　砌　庭　除　倉（以下略）

第三類（甲）器物門　例字省略

（乙）衣飾門　例字省略

（丙）飲食門　例字省略

第四類（甲）文具門（文人の用いる品物を含む）

例字：筆　墨　硯　紙　牋　印　鈐　籤　筒　籌　簽　書　剣　琴　瑟　絃　簫
笛　棋　巻　軸　幅　幃　簡　策　冊　翰　毫

（乙）文学門

例字：詩　書　賦　檄　疏　章　句　経　論　集　策　約　文　字　信　緘　詔　令　符　籙　旨　敕　篇　編　碑　碣　詞　辞　詠　図　画　歌（以下略）

第八類（甲）方位対

例字：東　南　西　北　中　外　裏　辺　前　後　左　右　上　下

（乙）数目対

例字：一　二　三　四　五　六　七　八　九　十　百　千　万　両　双　孤　独　数　幾　半　再　扁（舟）　群　諸　衆

（丙）顔色対〔色彩語＝佐藤注。以下の文中では色彩語として記述する。〕

例字：紅　黄　白　黒　青　緑　赤　紫　翠　蒼　藍　碧　朱　丹　緋（以下略）

（丁）干支対　例字省略

三種の対句の内容は次のようである。

工対：天文と天文、人倫と人倫のように同門の言葉による対句。

工対の中には、一つの熟語を形成して一般に対称的と見られる「詩酒」・「金石」・「兵馬」などの言葉を分解して対比させる対句も含まれ、かつまた、借対《しやくつい》

（意義と音の仮借的用法による対。後述）をも含む。

鄰対：天文と時令、器物と衣飾のように同類異門、天文と地理のような異類異門の言葉による対句であるが、比較的整った親近性を有する対句を二〇種に分類する。

寛対：ただ同じ品詞の言葉が対置されるだけのゆるやかな対句。

修辞的に言えば、工対は「たくみな対」の意味で対句の中では最も工夫を必要とするもの、鄰対はその次、寛対は最も安易な対句である。

このほかに、王力は二聯四句の間で各聯の初句（出句《しゅつく》という）と次句（対句《ついく》ともいう）同士が句を隔てて対の関係にある「隔句対《かくくつい》」（または扇面対《せんめんつい》・扇対《せんつい》）、一句の中で対称的な文字を用いる「句中対」を挙げる。いずれも後文で実例をあげて検討する。

『文鏡秘府論』及び『漢語詩律学』の対句分類法は、対句法または修辞学の研究にはまことに興味深く、多くの貴重な示唆を与えてくれる。特に『漢語詩律学』は広範な調査に立脚した緻密な研究であるが、あまりに専門的であるので、本講義では一般に作詩法などで説かれる基礎的な対句法を、王力の分類を借りながら説明するにとどめよう。

まず「同類対《どうるいつい》」と呼ばれている対句を取り上げる。王力のいう工対に相当するもので、初句が天文門の言葉を用いたら、次句も同じ天文門に属する言葉を用いる対句である。

海雲迷駅道　海雲《かいうん》駅道《えきどう》に迷《まよ》い　天文＋動詞＋地理
江月隠郷楼　江月《こうげつ》郷楼《きょうろう》に隠《かく》る　天文＋動詞＋宮室
（李白：寄淮南友人［淮南《わいなん》の友人《ゆうじん》に寄《よ》す］）

〔訳〕海からわき出る雲は、宿駅のある街道の上にさまよい、
江上に照る月は、村の高楼の陰に隠れる。

白片落梅浮澗水　白片《はくへん》の落梅《らくばい》澗水《かんすい》に浮《う》かび　草木花果＋動詞＋地理
黄梢新柳出城牆　黄梢《こうしょう》の新柳《しんりゅう》城牆《じょうしょう》より出《い》づ　草木花果＋動詞＋宮室
（白居易：春至［春至る］）

〔訳〕梅の散り落ちる白い花びらが、谷川の水に浮かび流れ、
柳の黄ばんだ新芽の枝さきが、城壁の上から伸び出てきた。

○草木花果　王力の第五類（甲）。

上記二例とも各句の中心になる言葉（主語ないしは主題）は「海雲」と「江月」（李白詩）、「白片の落梅」と「黄梢の新柳」（白居易詩）であり、それぞれさらに細かく分解することも可能であるが、各語を修飾・被修飾に分けて修飾語を括弧でくくってみると、「（海）雲」と「（江）月」＝ともに天文門の語、「（白片の落）梅」と「（黄梢の新）柳」＝ともに草

木花果門になるので、これらの対句を同類対と呼ぶのである。述部の対比されている言葉が類門を異にするのは、詩句の平板を避け変化をつける意味では重要な工夫であるが、対句の聯の種類を考える上では二次的なことである。

因みに、さきほど括弧でくくった修飾語も子細に検討してみると、きちんと対称の工夫がなされていることに気づく。

海―江…地理門　白―黄…色彩語　〔花〕片―梢…草木花果

落―新…形容語

「異類対《いるいつい》」は、王力の鄰対に相当し、王力の分類の類・門を異にする語の対句である。

呉楚東南坼　呉楚《ごそ》　東南《とうなん》に坼《さ》け　地理＋地理＋動詞

乾坤日夜浮　乾坤《けんこん》　日夜《にちや》　浮かぶ　天文＋天文＋動詞

（杜甫・登岳陽楼〔岳陽楼に登る〕）

〔訳〕呉の国と楚の国の二つに中国東南の大地が裂けて洞庭湖ができあがり、広い湖面には天と地が昼も夜も浮いて揺れ動いている。

〇乾坤　天地。宇宙。

山従人面起　山は人面《じんめん》従り起こり　地理＋〔ヒト〕形体＋動詞

雲傍馬頭生　雲は馬頭《ばとう》に傍《そ》うて生ず　天文＋〔鳥獣虫魚〕形体＋動詞

（李白：送友人入蜀〔友人《ゆうじん》の蜀《しょく》に入《い》るを送《おく》る〕）

〔訳〕（蜀の地は）山が突然人の目の前に立ちはだかり、

雲が馬の頭の横から急に湧きおこるほど険しい。

○ヒト　ニンゲンは第七類を総括するもの。○鳥獣虫魚　第五類（乙）。

あらゆる対句は、各句の中心的な言葉（中心語）に着目するかぎり、結局のところこの同類対か異類対のどちらかに帰属することになるが、観点を変えて、言葉の特殊性や構成上の特徴から対句を分類する場合がある。以下の数種の対句が、それらの一部である。「連珠《れんじゅ》対」は「畳字《じょうじ》対」ともいい、同じ文字を重ねる重畳語（次章参照）を用いる対である。王力の分類では、第十類（丁）重畳字に入れられているもので、美しい珠を連ねたように文字を重ねるからこの名称がある。第一章にあげた陶淵明の「園田の居に帰る」詩の中にもその例がある。

曖曖遠人村　曖曖《あいあい》たり　遠人《えんじん》の村《むら》　曖曖（重畳語）＋地理

依依墟里煙　依依《いい》たり　墟里《きょり》の煙《けむり》　依依（重畳語）＋天文

（陶淵明：帰園田居〔園田の居に帰る〕五首、其一）

〔訳〕わが家から、遠くの村がかすんで見え、
村里の煙がたなびいているのが眺められる。
○曖曖　ぼんやりとかすむさま。○依依　はなれがたいさま。

晴川歴歴漢陽樹
芳草萋萋鸚鵡洲
（唐・崔顥《さいこう》：黄鶴楼《こうかくろう》）

晴川《せいせん》　歴歴《れきれき》たり　漢陽《かんよう》の樹《じゅ》　　地理＋重畳語＋草木花果
芳草《ほうそう》　萋萋《せいせい》たり　鸚鵡洲《おうむしゅう》　　草木花果＋重畳語＋地理

〔訳〕晴れわたった川の対岸には漢陽の樹々《きぎ》がはっきりと見え、
中洲《なかす》の鸚鵡洲には美しい花をつけた草が生い茂る。
○歴歴　はっきりと見えるさま。○漢陽　長江沿岸の町の名。黄鶴楼のある武昌の対岸。○萋萋　草木の生い茂るさま。○鸚鵡洲　長江の中洲。

我々がさきに見た杜甫の「前出塞」の第一聯「戚戚去故里／悠悠赴交河」（戚戚として故里より去り／悠悠として交河に赴く）もまた、この連珠対の一つである。

連珠対は「字対《じつい》」と呼ばれる専ら文字中心の熟語の構造に関する対句の一つであるが、字対にはほかにも双声対《そうせいつい》・畳韻対《じょういんつい》など特別な熟語を対比させる対句もある。これらについても次章で詳しく述べる。

「流水対《りゅうすいつい》」は、二句の対句でありながら、意味的には一句に相当する、ひとつづきの対句をいう。初句と次句が、水が流れるように切れ目なく自然につながり、しかも二句の言葉とその平仄はりっぱに対称的な対句を構成するという、きわめて技巧的な対句である。「走馬対《そうばつい》」とも呼ぶ。

野火焼不尽　野火《やか》　焼けども尽きず
春風吹又生　春風　吹けば又生《またしょう》ず
（白居易：賦得古草原送別〔古草原《こそうげん》を賦《ふ》し得《え》て、別《わか》れを送《おく》る〕）

〔訳〕（草原の草は）野火《のび》も焼き尽くすことはできず、
　春風が吹けばまた生え出してくる。

「野火」と「春風」の対比は天文門の同類対。しかし、この二句は、冬の野焼きから春草が芽生えるまでの草原の草のありさまを、一つの叙述として連続して詠じているために、流水対と呼ぶことができる。

最も典型的な流水対は、中国の五言絶句の最高傑作と高い評価を受けている唐の王之渙《おうしかん》（六八八―七四二）の「鸛鵲楼《かんじゃくろう》に登る」（登鸛鵲楼）に見える。鸛鵲楼は、現在の山西省永済県の西南、黄河の中洲に建っていた三層の高楼で、北から南流してきた黄河がほぼ直角に東に曲がるまがり角に位置していた。

白日依山尽　白日《はくじつ》　山に依《よ》りて尽き
黄河入海流　黄河《こうが》　海に入りて流る
欲窮千里目　千里の目を窮《きわ》めんと欲《ほっ》し
更上一層楼　更《さら》に上る　一層《いっそう》の楼《ろう》

〔訳〕ひかり輝く太陽は西の山並みによりそうように沈み、
滔々と流れる黄河は東の大海めざして流れ行く。
天地はなんと雄大なことか、わたしは遠く千里のかなたまで見たいと思い、
さらにもう一層上の階にのぼるのだ。

起句と承句がきれいな対句であることは誰の目にも明らかである。転句と結句もまた「千里の目」「一層の楼」という数字（数目）の対比などから、対句を構成する聯であることが理解できるが、意味の上では「千里のかなたまで見たいと思」ったので「さらにもう一層上の階にのぼる」と連続一貫しており、流水対となっている。

欲窮　千里　目　●○　○●　●
↔　↔　↔

更上 一層 楼　●●●○○

この詩は、前章にあげた杜甫の七言律詩「登高」と同種の、すべての聯が対句を構成する全対（全句対）の作品である。全対自体作るのが難しい上に、さらに流水対を含むきわめて技巧的な作品であるが、言葉が自然で少しも技巧の跡を感じさせない。しかも伸びのびとした壮大な気風をもつ作品で、まことに名作の名に恥じない。

王力が「工対」の中に数えていた「借対《しゃくつい》」（仮対《かつい》ともいう）は、杜甫の「曲江」の次の聯に見ることができる。

酒債尋常行処有　　酒債《しゅさい》　尋常《じんじょう》　行く処《ところ》に有り
人生七十古来稀　　人生　七十《しちじゅう》　古来稀《まれ》なり
（杜甫：曲江）

〔訳〕酒屋の借金は日常茶飯事、到るところに借金だらけ、
　人間七十まで生きる人はめったにいないのだから、楽しむのは今のうち。

この聯は、「酒債」と「人生」が句の中心語として、異類対を構成する対句である。しかし、二句とも、下五字の対比が一見なんとなくしまりがなく、対句からはずれているよ

うに見える。ところが、そこに詩人の巧みな工夫が隠されているのである。すなわち「尋常」という言葉に秘められた工夫で、「尋」と「常」が尺度の単位としてそれぞれ八尺とその二倍の一丈六尺を意味することを利用して、次句の「七十」と数的に対比させているのが、それである。もちろん詩の中で「尋常」は「つねづね」という副詞的な意味を表していることは言うまでもないが、同時に読者に尺度の単位である「数」をも連想させる効果をもっている。このように音を借りて多重的意味を寓意する一種の地口的趣向による対句が、「借対」である。

「隔句対《かくくつい》」(扇対《せんつい》・扇面対《せんめんつい》)は、次のように句を隔てて奇数句同士と偶数句同士が対称的な対句をいう。なお、この隔句対に対して、他の二句並んだ対句を「直対《ちょくつい》」と一括して呼ぶことがある。

縹緲巫山女　　縹緲《ひょうびょう》たり　巫山《ふざん》の女《じょ》
帰来七八年　　帰《きた》り来ること　七八年《しちはちねん》
殷勤湘水曲　　殷勤《いんぎん》たり　湘水《しょうすい》の曲《きょく》
留在十三絃　　留《とど》まりて十三絃《じゅうさんげん》に在り

(白居易・夜聞箏中弾瀟湘送神曲感旧
［夜、箏中《そうちゅう》に瀟湘送神《しょうしょうそうしん》の曲《きょく》を弾ずるを聞き、旧《きゅう》に感ず］)

〔訳〕すでにおぼろな思い出となった巫山の女性、
別れて帰ってから、はや七、八年の歳月が過ぎ去った。
だが、かつて彼女が心をこめて弾いてくれた湘水の曲は、
今なおこの十三絃の琴の音に残っている。

この四句は、句を隔てた第一句と第三句、第二句と第四句が対応関係にあり、「縹緲」と「殷勤」、「巫山の女」と「湘水の曲」、「七八年」と「十三絃」がそれぞれ対比的に配置されていて、隔句対を構成している。

最後に「句中対《くちゆうつい》」（当句対《とうくつい》）について説明しよう。この対句は、文字通り一句の中に対称的な言葉があればよく、別に二句間の対偶表現を必要としない。たとえば、李白の名高い「早《つと》に白帝城を発す」（早発白帝城）の中の第二句「千里の江陵《こうりよう》　一日にして還《かえ》る」は、「千里」と「一日」が対称的で、句中対の最も分かりやすい好例である。また、同じ詩の第一句「朝《あした》に辞す　白帝　彩雲の間」も、「彩雲」があかく色づいた朝焼け雲と気づけば、「白帝」と「彩雲」が「句中対」を作っていることが理解できよう。

「句中対」を用いた他の例を一首だけあげておこう。さきの「鸛鵲楼《かんじやくろう》に登る」の作者、王之渙の「涼州詞《りようしゆうし》」である。

程振国「千里江陵一日還」(李白)
(『唐人詩意百幅画集』今日中国出版社, 1992 より)

黄河遠上白雲間
一片孤城万仞山
羌笛何須怨楊柳
春風不度玉門関

黄河　遠く上れば　白雲の間《かん》
一片《いっぺん》の孤城《こじょう》　万仞《ばんじん》の山《やま》
羌笛《きょうてき》　何《なん》ぞ須《もち》いん　楊柳《ようりゅう》を怨《うら》むを
春風《しゅんぷう》度《わた》らず　玉門関《ぎょくもんかん》

〔訳〕　黄河を遠く遡って行くと、やがて白雲たなびくところに行き着く。

そこには、小さな一つの城が万仞の高さの高い山の上にあるのが見える。
(折しも城から聞こえる悲しい「折楊柳《せつようりゅう》」の笛の音《ね》)
羌《えびす》の笛はなぜまたこんな別れの曲などを吹く必要があるのだ、
暖かい春風も玉門関を越えて吹き渡ってはこないから、柳など芽吹くはずもなかろうに。(笛の音はただ、わたしを悲しませるだけ。)

第一句と第二句がそれぞれ、「黄河」—「白雲」(色彩)、「一片」—「万仞」(数字)といった対応による句中対であることは容易に理解できよう。

以上、中国の古典詩で比較的よく用いられる対句法の概略について説明した。対句は句を構成する対称的な言葉によって分類するために、言葉の内容や種類、あるいは構造上の特色を細かに分ければ、数多くの分類が可能である。

巧みな対句はもちろん詩の内容を深め詩のおもしろさを倍加させるが、しかし中にはあまりにも技巧的に過ぎて難解であるばかりか、作意が目立ち過ぎて詩の自然の味わいを害する場合も決して少なくない。

6 中国詩の技巧（二）——双声・畳韻

一　畳語

前章で述べた対句法の一つに、同じ文字を重ねる重畳語が対称的に並ぶ「連珠対《れんじゅつい》」があった。重畳語は一般に、畳語《じょうご》・重語《じゅうご(ちょうご)》、あるいはまた畳字《じょうじ》・重字《じゅうじ》・重言《じゅうげん》と呼び、擬態語や擬声語が多く、中国語の表現に古くから用いられていた。たとえば、『書経』堯典《ぎょうてん》の中に堯帝の言葉として、次のような言葉が記録されている。

帝曰、咨、四岳、湯湯洪水方割、蕩蕩懐山襄陵、浩浩滔天、下民其咨。有能俾乂。

帝曰く、咨《ああ》、四岳《しがく》よ、湯湯《しょうしょう》として洪水方《あまね》く割《そこな》い、蕩蕩《とうとう》として山を懐《つつ》み陵《おか》に襄《のぼ》り、浩《こう》浩《こう》として天に滔《はびこ》り、下民《かみん》其れ咨《なげ》く。能《よ》くする有らば乂《おさ》め俾《し》めん、と。（『書経』堯典）

〔訳〕堯帝が申された、「ああ、諸侯の長《おさ》たる四岳《しがく》たちよ、いま大洪水が国中に害をなし、すさまじい勢いで山をのみこみ丘にのぼって、ひろく天にまであふれ、人民は嘆き苦しんでいる。だれか有能な者がいたら治水に当たらせたい」と。

古代中国の洪水伝説の中で語られた言葉であるが、ここに見える「湯湯」「蕩蕩」「浩浩」などが、洪水の広がりと勢いを形容する擬態語としての畳語である。
これに対して、第一章にあげた『詩経』関雎《かんしょ》にみえる「関関」という畳語は、鳥の鳴き声を写した擬音語である。擬態語と擬音語の最も大きな違いは、擬態語が漢字（漢語）本来の意味を残した一種の強調表現であるのに対して、擬音語は漢字の音を借りた仮借的表現であることである。

関関雎鳩　関関《かんかん》たる雎鳩《しょきゅう》は
在河之洲　河の洲《す》に在り
（『詩経』関雎）

〔訳〕カンカンと鳴き交わすミサゴは、
　黄河の中洲に仲むつまじい。

このように、畳語は中国の古い詩文でよく見られるもので、単に擬態語や擬音語だけにかぎらず、言葉（文字）を重ねることによって動作の反復・継続などを表したり、あるいは事物の複数・総体を表す表現として、現代中国語にも数多く用いられている。

行行重行行　行き行き重ねて行き行く

与君生別離　君と生きながら別離す

（古詩十九首、其一）

〔訳〕旅から旅へ、さらに旅に継ぐ旅、

わたしはあなたと生きながら別れてしまった。

樹樹皆秋色　樹樹《じゆじゆ》　皆秋色《みなしゆうしよく》

山山惟落暉　山山《さんさん》　惟《た》だ落暉《らくき》のみ

（唐・王績《おうせき》（五八五―六四四）・野望）

〔訳〕木々はみな秋の色に色づき、

山という山には赤い夕日が照り映えているだけ。

「行行」はいつまでも終わりのない「行」（旅）の反復・継続を表す例、「樹樹」「山山」はともにそれぞれの複数・総体を表す例である。前者の「古詩十九首」は、『文選』に収められている五言古詩の最も古い作品に属するものであるが、畳語を多用することで知られており、中でも次の一首は六句続けさまに畳語を用いる「畳字詩」として古来名高い。このような作品を見ると、中国の人々が昔からいかにこの種の表現を好んだかよく理解できるのである。

青青河畔草
鬱鬱園中柳
盈盈楼上女
皎皎当窗牖
娥娥紅粉粧
纖纖出素手
昔為倡家女
今為蕩子婦
蕩子行不帰
空牀難独守

青青《せいせい》たり 河畔《かはん》の草《くさ》
鬱鬱《うつうつ》たり 園中《えんちゅう》の柳《やなぎ》
盈盈《えいえい》たる 楼上《ろうじょう》の女《じょ》
皎皎《こうこう》として窓牖《そうゆう》に当《あ》たる
娥娥《がが》たり 紅粉《こうふん》の粧《よそおい》
纖纖《せんせん》として 素手《そしゅ》を出《い》だす
昔は倡家《しょうか》の女《じょ》為《た》り
今《いま》は蕩子《とうし》の婦《つま》為《た》り
蕩子《とうし》行《ゆ》きて帰《かえ》らず
空牀《くうしょう》 独《ひと》りで守《まも》り難《がた》し

(古詩十九首、其二)

〔訳〕 ああおあおと生える川岸の草、
こんもりと茂る庭のヤナギ。
春の盛りの若々しい高殿《たかどの》の女性、
かがやくばかりに美しく、窓辺に立っている。
あざやかに紅おしろいで化粧して、

かぼそき白い腕《かいな》をのぞかせている。
昔は妓楼《ぎろう》の歌い女《め》、
今は旅商人の妻。
夫は旅に出たまままいつまでも帰らず、
さびしい独り寝にとてももたえられない。

○鬱鬱　木々がこんもりと茂るようす。○盈盈　ふくよかで若々しい女性の形容。○皎皎　白くかがやくようす。○窗牖　窓。○娥娥　眉目秀麗な女性の形容。○纖纖　かぼそく柔らかな形容。○素手　白い手。○倡家　妓楼。娼家に同じ。○蕩子　旅に出たまま帰らない人。○空牀　独り寝のベッド。

畳語の中にはほかにも、「多多」「僅僅」「少少」のように程度の強調を表す畳語もある。総じて畳語は、同じ文字を重ねることによって、視覚的、聴覚的な印象をつよめる効果が生まれるのである。

このように畳語は最も単純な漢字造語法の一つであるが、同一の文字を用いるだけの畳語と違って、中国語の表現には異なる二つの漢字を用いて熟語を作る場合が多い。それらは中国人が漢字を使用する過程で自然に生まれたものと考えられるが、この種の熟語を詩に効果的に利用するのが詩人の工夫である。それらの中から、双声・畳韻を取り上げて検討してみよう。

二　双声

中国の漢字が例外なくすべて一音節（単音節）であることは、すでに述べた（第三章参照）が、もう一度それを繰り返して説明すれば、一音節とは、一つの子音（声母）と一つの母音（韻母）によって構成される音声の一単位である。漢字一字の音は原則として決して二つ以上の音節（複音節）をもたない。

子音はただ単に「声」ともいわれるほか、「声紐《せいちゅう》」という呼び方もあり、母音もただ「韻」と呼ばれる場合がある。母音はさらに介音・主母音・韻尾に細分され、その上高低抑揚の声調をもつこともすでに述べたことである。これらをまとめて漢字の音素 phoneme を伝統的に「声・韻・調」という。

一漢字＝一声母（子音）＋一韻母（母音＝介音・主母音・韻尾）＋声調

そして、漢字音が時代とともに変化して来たこと、及び漢字が基本的には一字一義の表意文字であることも思い返してほしい。

古代中国語では、もちろん漢字一字が一語として、それぞれ単独に使用されることが多かったが、長い間によく並列される語、あるいは修飾語と被修飾語、動詞と賓語（目的語）などで、結びつきのつよい二字が熟語を形成した。今では漢字三字以上の熟語（複合語）もたくさん存在するが、古い時代では固有名詞を除けば、二字熟語が最も一般的であったといってよい。故事成語では四字の熟語が多く存在するが、それらも実は二字熟語を組み合わせたものが多いのである。

漱石枕流《そうせきちんりゅう》　漱石＋枕流　石に漱ぎ、流れに枕す（負け惜しみのつよいたとえ）

蛍窓雪案《けいそうせつあん》　蛍窓＋雪案　蛍の窓、雪の案《つくえ》（苦学して勉学に励むこと。蛍雪の功）

双声は、このような二字熟語の中で、それぞれの文字の子音が同じ熟語をさす。いくつか実例を挙げて説明しよう。読み仮名は漢音の歴史仮名づかいを示し、呉音と違いのあるものは括弧内に示す。

古今コキン（ココン）　死生シセイ（シシヤウ）　鴛鴦ヱンヲウ（ヲンヲウ）　［並列］

佳句カク　白盤ハクハン（ビヤクバン）石城セキセイ（ジヤクジヤウ）［修飾・被修飾］

命名メイメイ（ミヤウミヤウ）　断腸タンチヤウ（ダンヂヤウ）　［動詞・目的語］

磊落ライラク　玲瓏レイロウ（リヤウル）　［擬態語］

いずれも日本漢字音をみればおおよその見当がつくが、それぞれローマ字で表記してみれ

上古音：先秦・漢代の音
中古音：隋・唐代の音
中世音：宋・元・明代の音

	上古音	中古音	中世音	現代音(現代表記)
古	kag	-ko	-ku	-ku（gǔ）
今	kıəm	-kıəm	-kiəm	-tsiən（jīn）
				-
石	dhiak	-ʒıɛk	-ʃıəi	-ṣï（shí）
城	dhieŋ	-ʒıɛŋ	-tʃ'iəŋ	-ṭṣ'əŋ（chéng）

(学研『漢和大辞典』より)

ば、同じ子音であることがよりはっきり理解できる。これらはみな伝統的な中国詩がもちいる漢字の古音にもとづく双声の語であって、現代中国語の発音ではかえって分からないものが少なくない。たとえば、「古今」「死生」「石城」「断腸」などは現代中国語で発音すると、「gǔjīn」「sǐshēng」「shíchéng」「duàncháng」などのように、だいぶ発音が違っていて、とても同じ子音とは思えない。

ある熟語が双声か否か、すなわち二字の子音が同じかどうかを判断するためには、まず漢和辞典の類で上記のように日本漢字音を確かめてみなければならない。より厳密に調べるためには中国語音韻学の知識を必要とするので、誰もが簡単に調べられるとはかぎらない。しかし、これなども第三章で利用した学習研究社の『漢和大辞典』などを利用すれば、古い漢字音——唐代以後の詩韻の基礎となっているのは、中古音——を調べることが可能である。

日本漢字音が中国詩を読むときに役立つのは、それが主として中古音を反映しているからである。

双声語のおもしろさは、熟語の二字が頭韻 alliteration を踏むことである。これを詩句に用いると一種の音楽的な効果が生まれ、さらに畳語を対称的に並べる「連珠対」のように一聯の対句にそれぞれ双声語を用いると詩の音楽的な効果は倍加するのである。

実例をあげよう。双声の語はやはり漢音をカタカナの歴史仮名づかいで記す。

所向無空濶　向う所　空濶《コウクワツ》無く　空濶（呉音）クウクヮチ。

真堪託死生　真《まこと》に死《シ》生《セイ》を託するに堪《た》えたり

（杜甫・房兵曹胡馬［房兵曹《ぼうへいそう》が胡馬《こば》］）

〔訳〕（房兵曹がお乗りの異国の馬は）向かうところ空間も存在しないように駆けぬけ、
まことに命を託するに足る駿馬《しゅんめ》だ。

空濶　子音 k- を共通にする双声語

○● ↔ ●○　◇双声語を用い、しかも平仄も対称的。

死生　子音s-を共通にする双声語

鳥去鳥来山色裏　鳥は去り鳥は来《きた》る　山色《サンソク》の裏《うち》　山色（呉音）センシキ。色・ショクは慣用音。

人歌人哭水声中　人は歌い人は哭《こく》す　水声《スイセイ》の中　水声（呉音）スイシャウ。

（杜牧・題宣州開元寺水閣閣下宛渓夾渓故人

〔宣州開元寺《せんしゅうかいげんじ》の水閣《すいかく》に題《だい》す、閣下《かくか》の宛渓《えんけい》、渓《けい》を夾《さしはさ》みて故人《こじん》あり〕）

〔訳〕鳥は行ったり来たり、山のみどりを縫って飛び交い、

人は谷川の水音《みなおと》に和して、うたい且つ泣く。

山色
○●
↔　◇ともに子音ʃ-の双声語、平仄は対称的。
●○
水声

双声は中国語の古くからの表現法で、『詩経』巻耳《けんじ》のうたに次のような例がある。

陟彼高岡　彼《か》の高岡《カウカウ》に陟《のぼ》れば　高岡（呉音）カウカウ：岡は山の尾根。
我馬玄黄　我が馬は玄黄《ケンクワウ》たり　玄黄（呉音）ゲンワウ：目がくらむこと。
我姑酌彼兕觥　我れ姑《しばら》く彼の兕《じ》觥《こう》に酌《く》み
維以不永傷　維《こ》れ以て永《なが》く傷《いた》まざらん
（『詩経』巻耳）

〔訳〕あの高山の尾根にのぼれば、
我が馬は目がくらんだ。
わたしはサイの角の杯で酒を飲みつつ、
いつまでも悲しむのはやめよう。

○兕觥　兕は犀の一種。觥は角で作った杯。

「高岡」（k-）と「玄黄」（ɦ-）がともに上古音の子音を等しくする双声の言葉である。「玄黄」は、普通はゲンクヮウ（コウ）と読まれているが、漢音で正しく読めば双声語であることが理解しやすい。

杜甫の「江畔《こうはん》独《ひと》り歩きて花を尋《たず》ぬ　七絶句」の第六首には、双声と畳語の両方を含む対句が見える。この作品は、春の成都の情景を描写したものである。

黄四娘家花満蹊　黄四娘《こうしじよう》が家《いえ》は　花　蹊《けい》に満《み》つ
千朶万朶圧枝低　千朶《せんだ》　万朶《ばんだ》　枝を圧《あつ》して低《た》る
留連戯蝶時時舞　留連《リウレン》の戯蝶《ぎちよう》は時時《じじ》に舞《ま》い　留連（呉音）ルレン‥居続ける。
自在嬌鶯恰恰啼　自《シ》在《サイ》の嬌鶯《きようおう》は恰恰《こうこう》として啼《な》く　自在（呉音）ジザイ。
（江畔独歩尋花七絶句、其六）

〔訳〕黄四娘の家では、花が小道いっぱいに咲き乱れ、
千万もの花々が、重く枝をおさえてたれている。
花にひかれて居続け戯れるチョウが、ときどき舞い飛び、
気ままに飛びまわる可憐なウグイスが、ちょうどなきだした。
○恰恰　ちょうど。まさに。

「留連」（l- ○○）と「自在」（dz- ●●）が韻律的にも対称関係にある双声語であり、また「時時」（○○）と「恰恰」（●●）もやはり平仄が対称的な畳語である。きわめて巧みな対句の一聯といえよう。

三　畳韻

熟語の子音が同じものを双声というのに対して、母音（韻母）を同じくするものを畳韻という。つまり、熟語の二字が韻 rhyme を踏むといってもよい。これもまた詩句の中に音楽的な効果を生み出す働きがある。双声と同じ方式で畳韻の語をいくつか見てみよう。

翡翠ヒスヰ　平生ヘイセイ（ビャウシャウ）　徘徊ハイクヮイ（バイヱ）

極楽キョクラク（ゴクラク）　荒涼クヮウリャウ（クヮウラウ）

経営ケイエイ（キャウヤウ）　傾城ケイセイ（キャウジャウ）

縹緲ヘウベウ（ヘウメウ）

畳韻語は双声語と同様に日本漢字音でもだいたいの見当がつくが、双声語と違って現代中国音でも母音がほぼ同じになり、しかも声調も等しくするために平水韻などの韻書で同じ韻部に属するので、双声語よりはずっと調べやすい。

畳韻が古くから詩歌に用いられていたことを知るために、『詩経』関雎《かんしょ》のうたをもう一度見てみよう。

関関雎鳩　　関関《かんかん》たる雎鳩《しょきゅう》は

在河之洲　河《かわ》の洲《す》に在り
窈窕淑女　窈窕《エウテウ》たる淑女《しゆくじよ》は
君子好逑　君子の好逑《こうきゆう》

参差荇菜　参差《しんし》たる荇菜《こうさい》は　参差シンシ・双声。
左右流之　左右にこれを流《もと》む
窈窕淑女　窈窕たる淑女は
寤寐求之　寤寐《ごび》　これを求む

求之不得　これを求むれども得ず
寤寐思服　寤寐　思服《しふく》す
悠哉悠哉　悠なる哉　悠なる哉
輾転反側　輾転反側《テンテンはんそく》す　輾転テンテン・畳韻・双声。
（『詩経』関雎）

〔訳〕カンカンと鳴き交わすミサゴは、
黄河の中洲に仲むつまじい。
たおやかな良きむすめは、

すぐれたおのこの良きつれあい。

高く低く生い茂るアサザは、
左や右にさがしてつみとる。
たおやかな良きむすめは、
寝ても覚めてもさがし求める。

さがし求めて見つからなければ、
寝ても覚めても思い悩む。
思いははるか、はるかかなた、
夜もすがら寝返りうって思いわずらう。

「窈窕《ようちょう》」(-ög)と「輾転」(-an)がともに母音を共通にする畳韻の語であり、「窈窕」は二字とも平水韻の上声・篠《しょう》韻に属し、「輾転」は上声・銑《せん》韻に属する。また「輾転」は子音(t-)をも同じくする双声の語でもある。ついでに言えば、「参差」はts-を共通の子音とする双声の語である。

ほかに畳韻を対句に使用している例を数例あげておこう。

為感君王輾転思　君王《くんのう》の輾転《テンテン》の思いに感ずるが為に
遂教方士慇懃覓　遂《つい》に方士《ほうし》をして慇懃《インギン》に覓《もと》め教《し》む
（白居易・長恨歌）

〔訳〕玄宗皇帝がいつまでも楊貴妃を思って眠れぬ日々を送っているのに心うたれて、とうとう方術師に、ねんごろに楊貴妃の霊魂をさがし求めさせた。

「輾転」（●●　上声・銑韻）と「慇懃」（○○　上平声・文韻）の畳韻対である。

蹉跎暮容色　蹉跎《サタ》たり　暮《くれ》の容色《ようしょく》
悵望好林泉　悵望《チヤウバウ》す　好林泉《こうりんせん》
（杜甫・重過何氏五首、其五「重ねて何氏《かし》に過《よぎ》る五首　其の五」）

〔訳〕人生につまずいたわたしは、晩年の年老いた顔つきで、ただ、うらやましくこの何《か》さんのすばらしい庭園を眺めるだけだ。

「蹉跎」（○○　下平声・歌韻）と「悵望《ちょうぼう》」（●●　去声・漾韻）の畳韻対。「重ねて何氏に過る五首」は杜甫四十数歳のときの作品であり、安禄山の乱の直前、まだ仕官のめども立た

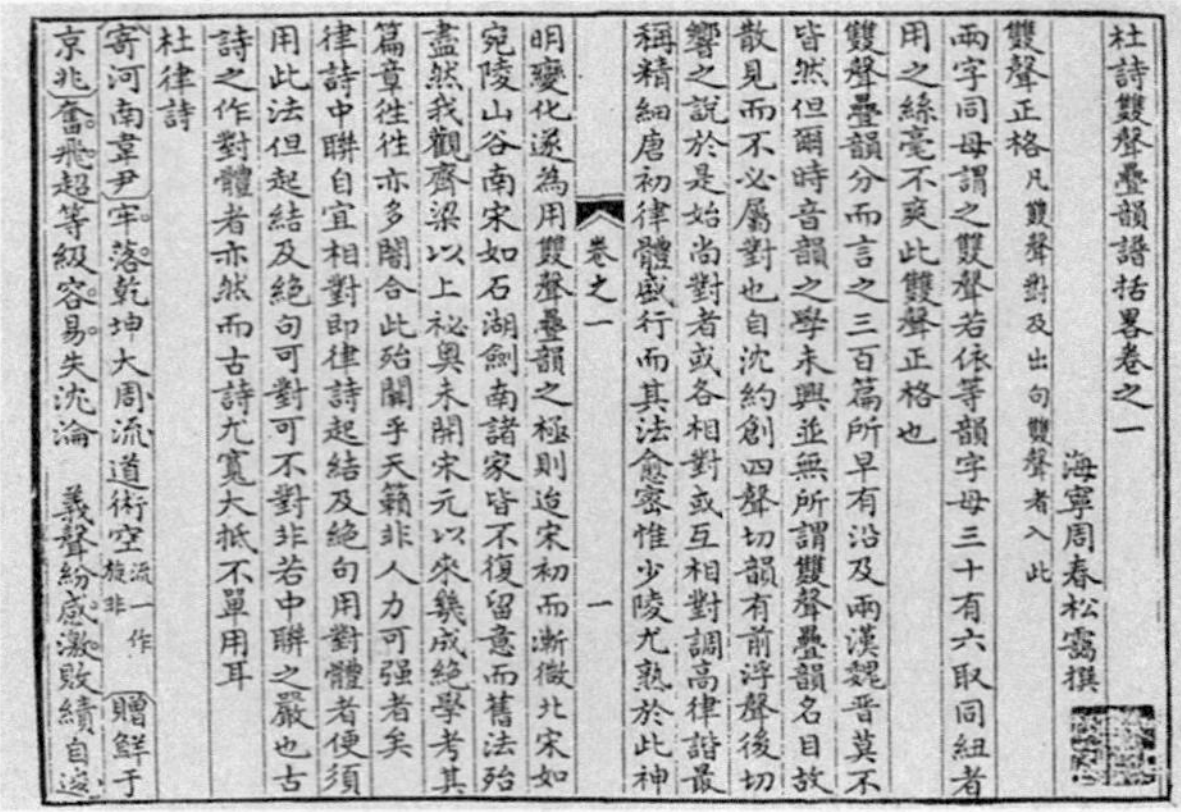

杜詩雙聲疊韻譜括畧卷之一
海寧周春松靄撰
雙聲正格 凡雙聲對及出句雙聲者入此
兩字同母謂之雙聲若依等韻字母三十有六取同紐者
用之絲毫不爽此雙聲正格也
雙聲疊韻分而言之三百篇所早有沿及兩漢魏晋莫不
皆然但爾時音韻之學未興並無所謂雙聲疊韻名目故
散見而不必屬對也自沈約創四聲切韻有前浮聲後切
響之說於是始尚對者或各相對或互相對調高律諧最
稱精細唐初律體盛行而其法愈密惟少陵尤熟於此神
卷之一　一
明變化遂為用雙聲疊韻之極則迨宋初而漸微北宋如
宛陵山谷南宋如石湖劍南諸家皆不復留意而舊法殆
盡然我觀齊梁以上祕奥未開宋元以來幾成絶學考其
篇章往往亦多闇合此殆關乎天籟非人力可强者矣
律詩中聯自宜相對即律詩起結及絶句用對體者便須
用此法但起結及絶句可對可不對非若中聯之嚴也古
詩之作對體者亦然而古詩尤寛大抵不單用耳
杜律詩
寄河南韋尹牢落乾坤大周流道術空 流一作旋非 贈鮮于
京兆奮飛超等級容易失沈淪 義聲紛感激敗績自逡

『杜詩双声畳韻譜括略』

ずにうだつのあがらない生活を送っていた杜甫が、何という姓の将軍の山林を再度訪れた際に作った五言律詩の連作である。ここにあげたのは、第五首の頷聯である。

以上、詩における畳語・双声・畳韻の概略を説明した。これらの特別な言葉の使用は、古く『書経』や『詩経』の時代から存在していたことを述べたが、六朝時代に詩文の修辞が発達した時期にはますます盛んに用いられるようになったのである。

ところで、本章で引いた実例に、杜甫の作品が多いのに気づいた人がいるかもしれない。実は、これらの言葉を最も巧みに対句の中に取り込み、詩句の韻律と内容の両面にわたる技巧を完成したのは杜甫であったのである。杜甫は、唐代に完成された律詩の実質的な完成者といわれているが、律詩の句法を練り上げる過程で、畳語・双声・畳韻などの言葉の用法にも心を砕き、六朝以来の修辞をさらに発展させた人であった。清朝の周春《しゅうしゅん》に『杜詩双声畳韻譜括略《としそうせいじょういんふかつりゃく》』という著述（前頁図版）があり、杜甫の詩を中心に歴代の詩の双声・畳韻のようすを詳細に論考しているが、それもこの分野における杜甫のすぐれた功績に着目したからにほかならない。

7

中国詩の技巧（三）——省略法・倒置法

どの国の文学においても、詩と文の境界はたいへん曖昧なところがあり、両者を厳密に区別することが難しい。なぜならば、散文詩と呼ばれるような詩文の境界的な作品が数多く存在するからである。中国の場合でも、「有韻の文」と呼ばれる「辞賦《じふ》」は、脚韻を踏み対句を多用するなど、韻律的工夫の面で詩文のどちらにも属し得る形式をもっている。

このように詩文の厳密な境界をひくことは難しいが、しかし一般には詩と文はそれぞれ特徴的な形式と表現様式をもっているために、通常ある作品が詩文のいずれに属するかに迷うことは少ない。特に詩の場合は、すでに述べたような伝統的形式の枠組みがはっきりしているので、形式的にはその範囲内に含まれるものを詩と判断すればよいわけである。

このことを確かめるために、まず詩と文の相違の実例を見てみよう。いずれも題材は、唐の玄宗《げんそう》と楊貴妃《ようきひ》の物語の中で、玄宗の要請によって方術士（方士）が亡き楊貴妃の霊魂を捜し求める場面である。同じ題材を、散文体の伝奇《でんき》小説「長恨歌伝《ちようごんかでん》」（陳鴻《ちんこう》）と七言古詩の「長恨歌」（白居易）では、それぞれ次のように表現する。

適有道士自蜀来、　　適々《たまたま》道士有りて蜀《しよく》より来《きた》り、
知上皇心念楊妃如是、　　上皇の心に楊妃《ようひ》を念《おも》うこと是の如《かく》き《ごと》を知り、
自言有李少君之術。　　自《みずか》ら言う「李少君《りしようくん》の術有り」と。
玄宗大喜、　　玄宗大いに喜び、

命致其神。　命じて其の神《しん》を致さしむ。
方士乃竭其術以索之、　方士乃ち其の術を竭《つく》して以てこれを索《もと》むれども、
不至。　至らず。
又能游神馭気、　又能《よ》く神《しん》を游《あそ》ばせ気に馭《ぎょ》し、
出天界、没地府以求之、　天界に出で、地府《ちふ》に没して以てこれを求むれども、
不見。　見えず。
又旁求四虚上下、　又旁《あまね》く四虚《しきょ》上下に求め、
東極天海、跨蓬壺。　東のかた天海《てんかい》を極め、蓬壺《ほうこ》を跨《こ》ゆ。
見最高仙山、　最も高き仙山を見るに、
上多楼闕、　上に楼闕《ろうけつ》多く、
西廂下有洞戸、　西の廂下《しょうか》に洞戸《どうこ》有り、
東嚮闔其門、　東嚮《とうきょう》して其の門を闔《とざ》し、
署曰、玉妃太真院。　署《しょ》して曰く、「玉妃太真院《ぎょくひたいしんいん》」と。
（陳鴻・長恨歌伝）

〔訳〕そのときちょうど仙術を使う道士が蜀からやってきて、上皇（玄宗）がかくも楊貴妃のことを思い慕っておられるのを知ると、みずから「わたしは漢の李少君のような仙術を心得ております」と言った。玄宗はたいそう喜び、楊貴妃の

神霊を招くように命じられた。そこで道士の弟子の方士たちは秘術を尽くして楊貴妃の霊を捜し求めたが、霊はやって来なかった。そこでまた方士たちはみずからの魂を遊離させて大気に乗り、天界や冥土に出没して霊を探したが、どこにもその霊は見当たらなかった。さらにまた広く世界の四方上下をくまなく探索し、東方の天と海の果てまできわめて蓬萊山まで来ると、最も高い仙山が目に入り、山上にはたくさんの楼閣がそびえ、西の回廊に入り口があって、東向きに其の門を閉ざしていた。門の上には「玉妃太真院」と記してあった。

○**上皇**　玄宗。粛宗に天子の位を譲ったあと上皇となる。○**李少君**　漢の武帝時代の方士。○**其神**　楊貴妃の神霊、霊魂。○**游神馭気**　肉体から魂を遊離させて、大気に乗じて自由に動く。○**四虚上下**　東西南北と上下。宇宙全体。○**蓬壺**　蓬萊山。東海に存在したと伝えられる仙山。○**楼闕**　高楼と大門。広大な建物。○**洞戸**　入り口。○**東嚮**　東に向いている。嚮は向に同じ。

臨邛道士鴻都客●　臨邛《りんごう》の道士　鴻都《こうと》の客
能以精誠致魂魄●　能《よ》く精誠《せいせい》を以て魂魄《こんぱく》を致す
為感君王輾転思　君王が輾転《てんてん》の思いに感ずるが為に
遂教方士慇懃覓●　遂《つい》に方士をして慇懃《いんぎん》に覓《もと》めしむ
排空馭気奔如電▲　空《くう》を排《ひら》き気に馭《ぎょ》して　奔《はし》ること電《いなずま》の如《ごと》く

天に昇り地に入りて これを求むること遍《あまね》し
上は碧落《へきらく》を窮《きわ》め 下は黄泉《こうせん》
両処《りょうしょ》 茫茫《ぼうぼう》として 皆見えず
忽《たちま》ち聞く 海上に仙山有り
山は虚無縹緲《きょむひょうびょう》の間《かん》に在り
楼閣は玲瓏《れいろう》として 五雲《ごうん》起《お》こり
其の中《うち》 綽約《しゃくやく》として仙子《せんし》多し
中に一人《いちにん》有り 字《あざな》は太真《たいしん》
雪の膚《はだ》 花の貌《かんばせ》 参差《しんし》として是《こ》れなりと

昇天入地求之遍▲
上窮碧落下黄泉
両処茫茫皆不見▲
忽聞海上有仙山○
山在虚無縹緲間○
楼閣玲瓏五雲起×
其中綽約多仙子×
中有一人字太真
雪膚花貌参差是×
（白居易：長恨歌）

〔訳〕 おりしも蜀の臨邛の道士で都に滞在していた者が、念力で死者の霊魂を招きよせることができた。

道士は上皇の楊貴妃をあきらめきれないあつい思いに心うたれて、ついに配下の方士に命じてねんごろに霊魂をさがし求めさせることになった。

方士は大空をおし開き大気に乗じて稲妻のように疾走し、天に昇り地にもぐってくまなくさがし求めた。

上は天空のはて、下は黄泉《よみ》の国までさがしたが、両所ともただ茫々とひろがるばかりで、どこにも霊魂はみつからない。
ふと耳にしたのは、――海のかなたに仙山があり、
その山ははるかかなたの虚無の空間にあって、
高く美しい楼閣がたち、五色の雲がわきおこっている。
そこには多くのあでやかな仙女たちがいて、
中に一人太真という名の仙女は、
白い雪の肌、美しい花の顔《かんばせ》の美女で、おそらく楊貴妃ではないか――と。

○臨邛　今の四川省邛峡《きょうらい》県。**○鴻都**　もと漢代の城門の名。ひいては都の長安の意。**○精誠**　まごころをこめた精神力。念力。**○碧落**　天空。道家の用語。**○縹緲**　はるかかなたにあるさま。**○玲瓏**　かがやいて美しいさま。**○五雲**　五色の雲。**○綽約**　あでやかで美しいさま。**○仙子**　仙女。**○参差**　近似していること。ほぼ……らしい。

小説の一〇一字と詩の七言一四句九八字では、字数はほとんど変わらないのに、両者の表現方法は全く異なっている。まず、それぞれ描写の内容に前後・粗密があって詩と文の発想の違いが理解できるが、形式的な相違は、当然のことながら、小説の自由な字数による句造りと、詩の定形的句造りが異なっており、それゆえに文の説明的な表現と、詩の縮小され省略された表現の違い、

〔長恨歌伝〕

適有道士自蜀来、

知上皇心念楊妃如是、

自言有李少君之術。

〔長恨歌〕

臨邛道士鴻都客

為感君王輾転思（詩は順序を変えている）

能以精誠致魂魄

そして句末の脚韻（原詩の句末に付した符号を参照）の有無である。「長恨歌伝」でも対句の表現（「出天界、没地府」）があって、決して修辞が考慮されていないわけではないが、全体に叙述はていねいで説明的であるのに対して、「長恨歌」の方は古体詩の自由さを残しながらも表現に飛躍があり、修辞的な形容語に富み、「乃」「又」「以」などの接続詞・助辞が少なく、全体的に非説明的である。中には、文の語順とは異なる表現（〔詩〕「其中綽約多仙子」↔〔文〕「其中多綽約仙子」）も存在する。このように、詩にはしばしば文とは異なる簡潔で特徴的な表現様式が見受けられる。これらの特徴は、前回までに述べた「対句法」「双声」「畳韻」が文でもよく見られる中国語共通の表現技巧であるのに対して、より詩的な表現技巧と言ってよい。今回は詩の特徴的な文法のうちから、特に省略法と倒置法をとりあげて考察してみよう。

一　省略法

先の「長恨歌」の中に「上窮碧落下黄泉」(上は碧落を窮め　下は黄泉)の句があることに注目してほしい。この句は、方士が「上は天空のはてまで行き、下は黄泉の国のすみずみまで行って」楊貴妃の霊魂をさがし求めることを詠じているのだから、当然、

上窮碧落下窮黄泉　上は碧落を窮め　下は黄泉を窮む

と書かれるべき句である。すなわち、下三字に動詞(窮)が省略されているのである。省略された理由は明らかで、七言の句を作るために同じ言葉の重複を避けたからである。この場合、読者に誤解の生じるおそれはまったくない。

また上述のように、詩は文で多用される「乃」「又」「而」などの接続的働きをする助辞(助字または虚辞・虚字ともいう)がしばしば省略されるが、それも、一句の字数に制限があって、表現をできるだけコンパクトにまとめなければならない詩特有の現象である。

このように、通常の散文体ならば当然用いられるはずの言葉が省かれる表現法を「省略法」と呼ぶ。省略される言葉は最も多いのが助辞類の言葉であり、次は動詞類であろうが、そのほかにも数種の言葉が省略される。前回の「対句法」と同じように、王力の『漢語詩律学』がそれをこまかに分類しているのを参考にしながら、いくつか重要なものを検討し

てみよう。

（1） 固有名詞の省略

方朔金門侍　方朔《ほうさく》 金門《きんもん》に侍《じ》し
班姫玉輦迎　班姫《はんき》 玉輦《ぎょくれん》もて迎《むか》えらる
（王維：早朝〔早《あした》に朝《ちょう》す〕）

〔訳〕東方朔《とうぼうさく》は未央宮《びおうきゅう》の金馬門《きんばもん》にはべり、班婕妤《はんしょうよ》は玉の輿《こし》で天子に迎えられた。

○方朔　東方朔。漢代の人。**○金門**　金馬門。漢の宮殿の門。**○班姫**　漢の班婕妤。成帝に愛され、帝が同じ輦に乗るようすすめたとき、帝を諫めた女性。

「東方朔」は漢代の諧謔滑稽な言動で知られ、武帝の側近くに仕えた人である。東方が姓（複姓）、名は朔。したがって、ここでも本来なら「東方朔」とすべきところを、姓の一部を省略したものである。また、「方朔」の下の「金門」も、漢の未央宮《びおうきゅう》にあった「金馬門」の省略形で、「方朔」とともに固有名詞の省略である。同種の省略は決して少なくなく、東方朔と同じ漢代の文学者である司馬相如《しばしょうじょ》（字《あざな》は長卿《ちょうけい》）も姓と字《あざな》が省略されて「馬卿」と書かれる場合がある。

（2）動詞の省略

前掲の「長恨歌」の詩句のほかにも次のような例がある。

袖中呉郡新詩本　袖中《しゆうちゆう》　呉郡《ごぐん》新詩《しんし》の本《ほん》

襟上杭州旧酒痕　襟上《きんじよう》　杭州《こうしゆう》旧酒《きゆうしゆ》の痕《あと》

（白居易：故衫《こさん》）

〔訳〕（着ふるした着物の）袖の中にはここ呉郡でできた新しい詩のノートがあり、襟にはかつて杭州でつけた酒の染みがのこっている。

この二句とも動詞を欠いているが、「有」という動詞を補えば散文と同じになる。

袖中有|呉郡新詩本　袖中に呉郡新詩の本有り

襟上有|杭州旧酒痕　襟上に杭州旧酒の痕有り

諸姑今海畔　諸姑《しよこ》は今《いま》　海畔《かいはん》　→　諸姑今〔在〕海畔（諸姑は今海畔に在り）

両弟亦山東　両弟《りようてい》も亦《また》　山東《さんとう》　→　両弟亦〔在〕山東（両弟も亦た山東に在り）

（杜甫：送舎弟穎赴斉州〔舎弟《しやてい》穎《えい》の斉州《せいしゆう》に赴《おもむ》くを送《おく》る〕）

〔訳〕伯母たちはいま海辺におり、
二人の弟もまた山東にいる。

○動詞「在」の省略。

（3）同一語の重複を避ける省略

やはり「長恨歌」の「上窮碧落下黄泉」がこの例になり、ほかにも例は少なくない。

翻手作雲覆手雨　手《て》を翻《ひるがえ》せば雲《くも》と作《な》り　手《て》を覆《おお》えば雨《あめ》←手を覆えば雨〔と作る〕

（杜甫：貧交行）

〔訳〕手のひらを上に向ければ雲となり、手のひらを下に向ければ雨となる。

○下三字の「覆手雨」に動詞「作」を省略。

相見時難別亦難　相見《あいみ》る時《とき》は難《かた》く　別《わか》れも亦難《またかた》し←相見る時は難く　別〔るる時〕
も亦難し

（李商隠：無題）

〔訳〕あなたに会うときは難しかったが、別れのときもまた難しい。

○下三字の「別亦難」に名詞「時」の省略。

以上のいくつかの省略法の実際を見てきたが、上例で補足した省略語はあくまでも一般的に妥当と思われる言葉を推定したものであって、詩人の本意がはたしてそうであったかどうかまでは分からない。ほかの言葉を補うことも十分可能であり、ある種の「あいまいさ」が残る。実はこのような「あいまいさ」が、詩の「含蓄」を生み出しているともいえるのである。

二 倒置法

まず、唐の王維の「山居《さんきょ》の秋暝《しゅうめい》」（山居秋暝）を見てみよう。題意は「山家住まいの秋の夕暮れ」の意であり、おそらくは長安の南、終南山のふもとの藍田《らんでん》県にあったかれの別荘の輞川荘《もうせんそう》で作られた作品である。

空山新雨後　　空山《くうざん》　新雨《しんう》の後《のち》
天気晩来秋　　天気　晩来《ばんらい》　秋《あき》なり
明月松間照　　明月　松間《しょうかん》に照り

清泉石上流　　清泉《せいせん》　石上《せきじょう》に流る
竹喧帰浣女　　竹　喧《かまびす》しくして　浣女《かんじょ》帰り
蓮動下漁舟　　蓮動《はすうご》きて　漁舟下《ぎょしゅうくだ》る
随意春芳歇　　随意《ずいい》なり　春芳歇《しゅんぽうつ》くること
王孫自可留　　王孫《おうそん》　自《みずか》ら留《とど》まるべし

（山居秋暝）

〔訳〕ひとけのない山の中、雨あがりのあと、
夕暮れどきともなれば、あたりの気配はひときわ秋めいてくる。
明るい月が松の枝の間にのぼって皓々《こうこう》と照りかがやき、
清らかな泉の水が石の上をさらさらと流れゆく。
竹林がさわがしくなったと思ったら、洗濯の娘たちが帰るところ、
ハスの葉がゆれ動いていると思ったら、漁師の小舟が川を下るところ。
春の花は散りたければ勝手に散ってしまっても、少しもかまわない。
貴公子が帰らなかったように、わたしもこの景色を愛して山中にとどまるのだ。

○浣女　洗濯の娘たち。○王孫　貴公子。男子の美称。作者自身をいう。

補注
最後の二句は、「楚辞」「招隠士」の句にもとづく。

王孫遊兮不帰（王孫遊びて帰らず）
春草生兮萋萋（春草生じて萋萋《せいせい》たり）
…………
王孫兮帰来（王孫よ帰り来れ）
山中兮不可以久留（山中は以て久しく留《とど》まるべからず）

王維のこの作品には、詩によく見られるいくつかの特徴的な表現がある。まず、中間の頷聯と頸聯の対句の二聯を取り出してみよう。

明月松間照　明月　松間に照り
清泉石上流　清泉　石上に流る
竹喧帰浣女　竹喧しくして　浣女帰り
蓮動下漁舟　蓮動きて　漁舟下る

上の二聯とも形式・内容ともに名句として知られるきれいな対句であるが、明らかに散文の書き方と違っていることに気づく。たとえば、頷聯の二句を散文で書くとすれば、

明月照於松間　明月　松間に照り

清泉流於石上　清泉　石上に流る

と書くのが普通である。散文でも「於」という助辞を省略することは可能であるが、その場合には、

明月照松間

清泉流石上

と書くだけで、主語の「明月」「清泉」に対応する動詞の「照」「流」を「松間」「石上」の後に置くことはほとんどない。これに対して、詩の場合は散文と同じように書いても、また王維の詩のように動詞を後にもってきても、どちらでもかまわない。ここでは「流」の字を脚韻を踏む韻字（秋・流・舟・留〔平声尤韻〕）に用いるために後置されているのである。このような散文の文法では語順の変わる句造りを、「倒置法」または「倒装法《とうそうほう》」という。

言葉の倒置は次の頸聯でより明瞭である。

竹喧帰浣女　竹喧しくして　浣女帰り

蓮動下漁舟　蓮動きて　漁舟下る

この聯にも各句に動詞があるが、散文の表現からいうとその位置がおかしい。本来ならば、次のように「主語＋動詞」という語順にすべきである。

竹喧浣女帰　竹喧しくして　浣女帰り
蓮動漁舟下　蓮動きて　漁舟下る

ただし、こうなると前の頷聯と動詞の位置が同じになって変化に乏しくなるのと同時に、なによりも「舟」の字で脚韻を踏むことができなくなってしまう。そこで、二句とも主語と動詞の位置を逆にして、倒置法による対句を作ったのである。

王力の『漢語詩律学』は、倒置法（同書の用語は「倒装法」）を次の五種類に分類する。

（1）主語の倒置

春日繁魚鳥　春日《しゆんじつ》　魚鳥《ぎよちよう》繁《おお》く　↑春日魚鳥繁
江天足芰荷　江天《こうてん》　芰荷《きか》足《おお》し　↑江天芰荷足
（杜甫・暮春陪李尚書李中丞過鄭監湖亭泛舟
「暮春《ぼしゆん》　李尚書李中丞《りしようしよりちゆうじよう》に陪《ばい》して鄭監《ていかん》の湖亭《こてい》を過《よぎ》り舟《ふね》を泛《うか》ぶ」）

〔訳〕うららかな春の日ざしをあびて、魚や鳥が群れており、
大空と一つになった長江の岸辺には、ヒシとハスがたくさん生えている。

上述の王維詩の頸聯「竹喧浣女帰／蓮動漁舟下」もこの類に属する。

（2）目的語の倒置

楚塞三湘接　楚塞《そさい》は　三湘《さんしょう》に接し

荊門九派通　荊門《けいもん》は　九派《きゅうは》に通ず

（王維：漢江臨汎《かんこうりんはん》）

〔訳〕楚のとりでの山々は、はるか南の三湘地方にまで連なり、

荊門の山々は、南東の九江の地にまで通じている。

王維が今の湖北省襄陽《じょうよう》で漢江の船遊びをしたときの、五言律詩の冒頭の一聯である。漢江は湖北省の北部から東南に流れて、やがて長江と合流する大河であり、「臨汎」は「流れに臨んで舟を汎《うか》ぶ（浮かべる）」の意味。詩句の「楚塞」と「荊門」はいずれも襄陽近辺の風景で、「楚塞」は古代の楚国のとりでとなった山々であり、「荊門」は襄陽の南にある山である。「三湘」は湖南省の洞庭湖に長江・湘水・沅水の三つの大河が流れ入ることから洞庭湖付近をさし、「九派」は長江が現在の江西省九江市近辺で九つに分派して流れるために九江のあたりをさす言葉である。

この一聯の動詞は「接」と「通」であるが、それらが句末にあるのは先の王維「山居秋

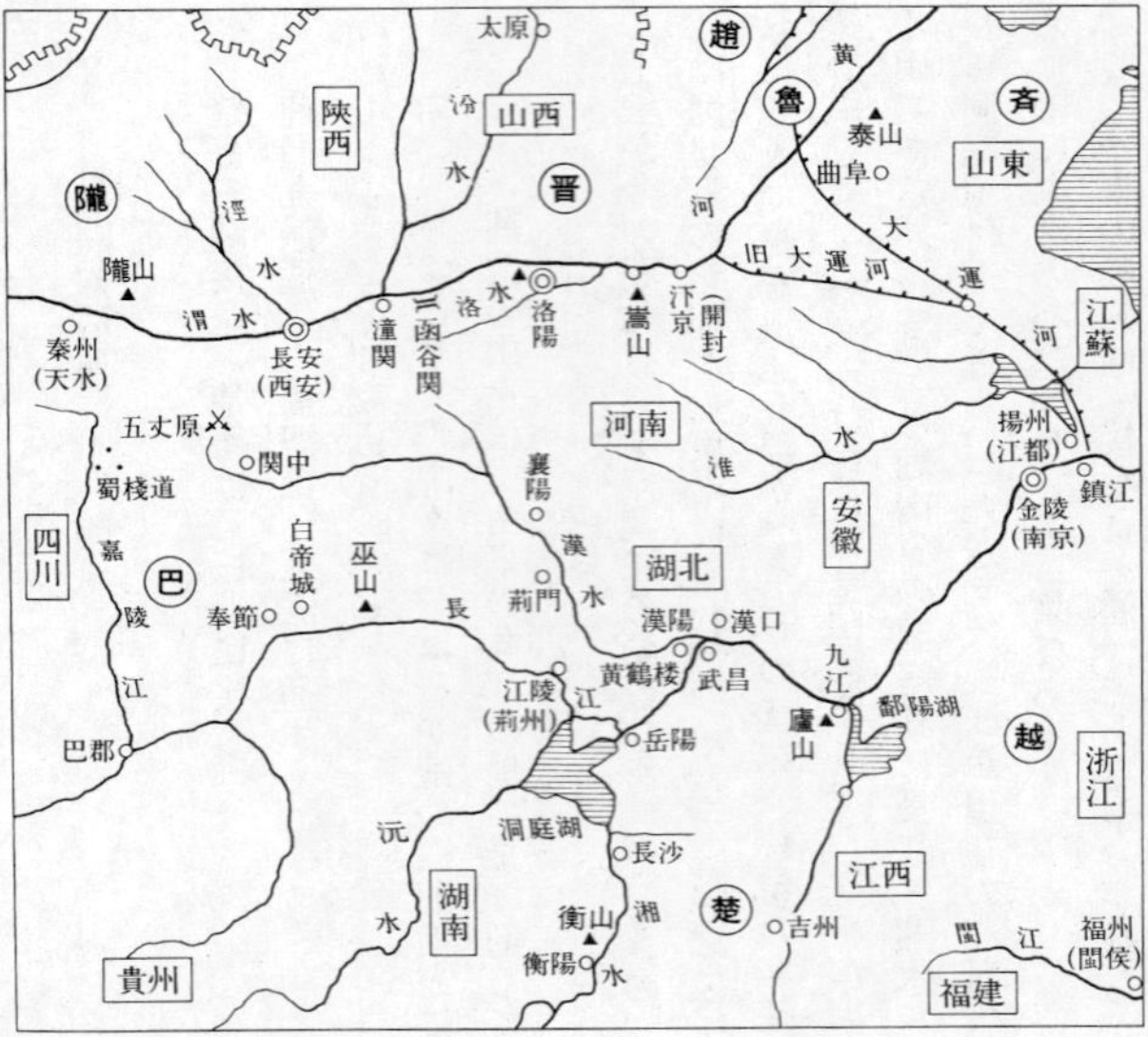
太原
陝西
山西
汾水
晋
趙
魯
黄河
斉
泰山
曲阜
山東
隴
隴山
涇水
渭水
長安
(西安)
秦州
(天水)
潼関
函谷関
洛水
洛陽
嵩山
汴京
(開封)
旧大運河
大運河
江蘇
揚州
(江都)
鎮江
金陵
(南京)
五丈原
関中
蜀桟道
四川
嘉陵江
巴
白帝城
巫山
奉節
長江
襄陽
漢水
荊門
河南
淮水
安徽
湖北
漢陽
漢口
黄鶴楼
武昌
九江
廬山
鄱陽湖
江陵
(荊州)
岳陽
越
浙江
巴郡
洞庭湖
沅水
長沙
湘水
衡山
衡陽
湖南
楚
吉州
江西
閩江
福州
(閩侯)
福建
貴州

漢江・三湘・九江周辺地図

暝」詩の頷聯（明月松間照／清泉石上流）に等しい。この一聯は、

楚塞三湘接　←　三湘接（於）楚塞
荊門九派通　←　九派通（於）荊門

と、「楚塞」と「荊門」を目的語とする倒置とも考えられるが、しかし、いま詩人が現実に漢江の船上から見ているのは「楚塞」と「荊門」であり、これらが両句の主語ととる方が自然である。したがって、現実には見えない心象風景の「三湘」「九派」は、それぞれ「接」と「通」の目的語である。すなわち、二句の述語の下三字は「動詞＋目的語」を倒置した形と解釈されるのである。

楚塞三湘接　←　楚塞接（於）三湘
荊門九派通　←　荊門通（於）九派

いずれにしても、「通」字を脚韻とする作詩上の必要が関係している。

（3）主語及び目的語の倒置

緑垂風折笋　緑《みどり》は垂《た》る　風に折るる笋《たけのこ》　←　風折［之］笋垂緑
紅綻雨肥梅　紅《くれない》は綻《ほころ》ぶ　雨に肥《こ》ゆる梅《うめ》　←　雨肥［之］梅綻紅

（杜甫・陪鄭広文遊何将軍山林十首、其五

［鄭広文《ていこうぶん》に陪《ばい》して何将軍《かしようぐん》の山林《さんりん》に遊《あそ》ぶ十首　其の五］）

〔訳〕風に折れたタケノコが、緑の頭を垂れていて、

雨にふとった梅の実が、あかくはじけかけている。

主語と目的語を入れかえた句造りである。訓読は語順どおりに「緑は垂る」「紅は綻ぶ」と「緑」と「紅」が主語のように読む――それはそれで色彩に目を奪われた詩人の感性に忠実な読み方である――が、もし理屈を考えて「緑を垂る（垂らす）風に折るる笋」「紅を綻ぶ（綻ばす）雨に肥ゆる梅」と訓読するならば、あまりにも散文的となり、詩の味わいを損ねてしまうだろう。

（4）主語の倒置及び目的語の一部の倒置

これはいささか複雑な倒置である。

香稲啄余鸚鵡粒　香稲《こうとう》　啄《ついば》み余《あま》す　鸚鵡《おうむ》の粒《つぶ》

碧梧棲老鳳凰枝　碧梧《へきご》　棲《す》み老《お》ゆ　鳳凰《ほうおう》の枝《えだ》

（杜甫・秋興八首、其八［秋興《しゆうきよう》八首　其の八］）

〔訳〕かぐわしい稲は、オウムがついばみ残したコメ粒、
　　アオギリの木は、ホウオウがながく棲みついていた枝。

詩句の倒置法の例として古来有名な句である。晩年の杜甫が到達した詩の語法の最も高い水準を示す聯のひとつで、かつて見た長安城の西の景勝地、渼陂《びは》の堤のありさまを回想したものである。大暦元年（七六六）放浪の旅の途中で作られた。

この二句は一見してアナグラム的句造りであることに気づく。意味はおそらく訳文に示したようなものに相違ない。

鸚鵡啄余香稲粒　　鸚鵡は香稲の粒を啄み余し
鳳凰棲老碧梧枝　　鳳凰は碧梧の枝に棲み老ゆ

とでも表現すれば、ずっと分かりやすい。

なぜこのような複雑な句が作られたかについては、むかしから多くの議論があるが、要するに、晩年の杜甫が往時を懐かしみ、秋の渼陂の田に収穫のすんだ稲の落ち穂がのこり、岸辺には葉を落としたアオギリの枝が亭々とそびえていた光景を思い出して詠じた句であることは疑問の余地がない。重点はあくまでも「香稲」と「碧梧」にあり、それぞれ句頭に置かれた理由である。「鸚鵡」と「鳳凰」は「香稲」「碧梧」から連想された言葉にすぎない。杜甫は、散文的に書き表すならば、

香稲則鸚鵡啄余之粒　香稲は則ち鸚鵡の啄余《たくよ》（啄み余す）の粒
碧梧乃鳳凰棲老之枝　碧梧は乃ち鳳凰の棲老《せいろう》（棲み老ゆ）の枝

となるものをさらに複雑な詩句にしたてたのである。かりに「鸚鵡」と「鳳凰」を句頭に置くと重点がそちらに移り、こころに描いたイメージと異なるものになってしまうので、通常の散文的表現とはまったく違った表現となったのであろう。

（5）　助辞的な動詞の倒置

ここでいう助辞的な動詞というのは、本来は動詞でありながら動詞的性格が薄れて、英語の前置詞 with・by のような働きをする言葉をさす。次の句の「共」「同」がその例である。

片雲天共遠　片雲《へんうん》に天と共《とも》に遠《とお》く　↑　片雲共天遠
永夜月同孤　永夜《えいや》に月と同《とも》に孤《こ》なり　↑　永夜同月孤
（杜甫・江漢《こうかん》）

〔訳〕ひとひらの雲が浮かぶところ、わが身は異国の天とともに故郷から遠く離れ、秋の夜長に、わたしは月と同じく孤独の身をかこつ。

「江漢」は、前の王維の「漢江臨汎」同様、漢江の流れをいうが、実際には長江の中流ないしは洞庭湖の南の長沙で作られた、杜甫晩年の五言律詩の作品である。「片雲」「永夜」はともに作詩の場所の状況と時間を示す言葉であり、主語ではない。主語は「我」、すなわち作者自身である。

この両句は、もしも通常の表現の「片雲共天遠／永夜同月孤」とすると句中の平仄が近体のルール（二四不同）からはずれることに注意してほしい。

片雲天共遠　●○○●●　　片雲共天遠　●○●○●
永夜月同孤　●●●○○　　永夜同月孤　●●○●○

平仄を調べれば、ここで倒置を必要とする理由が理解できるだろう。

（6）その他の倒置法

詩句ではしばしば二字熟語の倒置が行われる。

出戸独彷徨　　戸《こ》を出《い》でて独《ひと》り彷徨《ほうこう》するも
愁思当告誰　　愁思《しゅうし》　当《まさ》に誰《たれ》にか告《つ》ぐべき
引領還入房　　領《うなじ》を引《ひ》きて還《かえ》りて房《ぼう》に入《い》れば
涙下沾裳衣　　涙は下りて裳衣《しょうい》を沾《うるお》す

（古詩十九首、其十九）

〔訳〕戸口を出て、ただひとりあたりを歩き回ってみるが、
この悲しい思いをいったい誰に告げたらよいのだろう。
首を伸ばして遠くをみやり、また戻って部屋に入ると、
涙はながれ落ちて衣裳をぬらす。

最後の句の「裳衣」は、「衣裳」を押韻のために逆に入れ替えたのである。

是時山水秋　是《こ》の時　山水《さんすい》秋《あき》なり
光景何鮮新　光景《こうけい》は何ぞ鮮新《せんしん》

（韓愈・酬裴十六功曹巡府西駅途中見寄「裴十六功曹《はいじゅうろくこうそう》の府西駅《ふせいえき》を巡《めぐ》る途中《とちゅう》に寄《よ》せらるるに酬《むく》ゆ」）

〔訳〕このとき、山や川はすっかり秋の色に染まっており、
その景色はなんとまあ新鮮で美しいのでしょう。

「新鮮」が、やはり「新」を脚韻に用いる必要から「鮮新」と変えられたものである。
ほかにも、「慷慨《こうがい》」を「慨慷」、「往還」（行き帰り）を「還往」、「紅白」を「白紅」に変

える例があり、まれに三字の語においても文字の順序を変えることがある。いずれも脚韻ないしは平仄を合わせる必要から、この種の倒置が行われるのである。

以上、省略法と倒置法の概略を説明したが、これらの手法が詩の韻律、及び詩人の発想と感性に深くかかわっていることをあらためて注意しておきたい。

8

中国詩の技巧（四）——典故・詩語

前章までに、「中国詩の技巧」として、対句法から畳語・双声・畳韻、省略法・倒置法などの詩によく見られる特別な表現法と用語の検討を行った。本章では、やはり詩の用語に関連して、詩人や詩を読む人に学問と知識が要求される「典故《てんこ》」及びそれと深く結びついている「詩語《しご》」について検討して、「中国詩の技巧」をしめくくりたい。

一　典故

前章に挙げた王維の「山居の秋暝」（山居秋暝）の最後の一聯（尾聯）をもう一度見てみよう。

随意春芳歇　　随意《ずいい》なり　春芳《しゆんぽう》歇《つ》くること
王孫自可留　　王孫《おうそん》　自《みずか》ら留《とど》まるべし

この二句をいま文字通りに訳せば、

春の花は散りたければ勝手に散ってしまっても、少しもかまわない。
貴公子（王孫）は自ら（の意志で）ここにとどまる（ことにする）。

という意味になり、ただ文字をおうだけでは、なぜ「秋の夕暮れ（秋暝）」の詩に「春の花（春芳）」がうたわれなければならないのか、そしてまた「貴公子（王孫）」という古風な言葉がなぜ使われなければならないのか、よく分からない。

しかしながら、すでに前掲の本詩の補注で述べたように、この二句が「楚辞」「招隠士」の表現をふまえたものであることに気づけば、これらの疑問は解消する。

再度「招隠士」の該当箇所をあげてみよう。

王孫遊兮不帰　　王孫《おうそん》遊びて　帰らず
春草生兮萋萋　　春草生《しょう》じて　萋萋《せいせい》たり
…………
王孫兮帰来　　王孫よ　帰り来《きた》れ
山中兮不可以久留　　山中《さんちゅう》は　以《もっ》て久しく留《とど》まるべからず

〔訳〕貴公子は旅に出たままお帰りにならない、
お留守のあいだに、はや春の草花が生い茂るころになりました。
…………
貴公子よ、早くお帰りください、
山の中など、長く逗留されるところではありませんから。

すなわち、「招隠士」では、家を捨てて山にこもったまま帰らない貴公子に向かって、「春の草花が生い茂っているうちにお帰りください、山中はあなたが長くとどまるべきところではありませんから」と呼びかけているのである。読者は「春芳」(句の平仄の関係から、仄声の「草」が平声の「芳」に代えられていることに注意)と「王孫」の二語から容易に「招隠士」の「王孫遊びて 帰らず」の表現に思い至り、さらに王維がその典故を逆に用いて、「秋景色がすばらしいから、山中にとどまって帰らない」と詠じたことに気づくのである。

　春の花は散りたければ勝手に散ってしまっても、少しもかまわない。
貴公子が帰らなかったように、わたしもこの景色を愛して山中にとどまるのだ。

「招隠士」はもともと、これを収める後漢・王逸《おういつ》の『楚辞章句』の解説によれば、作者は漢代の人(淮南小山《わいなんしょうざん》)で屈原の霊を悼《いた》んで作ったと伝えられており、「王孫」は屈原をさすと解釈されているが、現在では必ずしも屈原をさすとは限らないとする解釈が有力である。いずれにせよ、「招隠士」の「王孫」が山野に隠れた失意の人をさす言葉であることはまちがいない。したがって、王維がみずからを「王孫」になぞらえているからには、彼自身の失意・不遇の思いが「山居の秋暝」には含まれていると解することができる。

また、古典や先人の作品からだけでなく、歴史上の事件(史実)や故事などから、それを暗示する簡潔な言葉が選ばれる場合も少なくない。例えば、次のような例がある。唐の杜牧(八〇三—八五二)の「秦淮《しんわい》に泊《はく》す」(泊秦淮)と題する作品である。「秦淮」は、南京の南を流れて、長江に注ぐ秦淮河。当時、遊廓のあった所である。

煙籠寒水月籠沙　煙《けむり》は寒水《かんすい》を籠《こ》め　月《つき》は沙《さ》を籠《こ》む
夜泊秦淮近酒家　夜《よる》　秦淮《しんわい》に泊《はく》せば　酒家《しゅか》に近し
商女不知亡国恨　商女《しょうじょ》は知らず　亡国《ぼうこく》の恨《うら》み
隔江猶唱後庭花　江《かわ》を隔《へだ》てて猶《な》お唱《うた》う　後庭花《こうていか》
（杜牧・泊秦淮）

〔訳〕夕もやが寒々とした川面にたちこめ、月の光が岸辺の砂をつつみこむ。
今夜、秦淮河《しんわいが》の川岸に船をとめた場所は、酒楼に近いところ。
酒席に侍《はべ》る歌い女《うため》たちは亡国の恨みがこもっているとも知らずに、
川を隔てた対岸の酒楼で、いまもまだ「玉樹後庭花《ぎょくじゅこうていか》」の歌をうたっている。

この詩は歴史を回顧するいわゆる「詠史」または「懐古」の詩であるが、最後の句の「後庭花」が南朝最後の王朝の陳《ちん》の滅亡という史実をふまえる言葉であることに気づかないと、この詩の内容が理解できない。

禎明初、後主作新歌。詞甚哀怨、令後宮美人習而歌之。其辞曰、玉樹後庭花、花開不復久。時人以歌讖、此其不久兆也。（『隋書』五行志上・詩妖）

禎明《ていめい》の初め、後主《こうしゅ》新しき歌を作る。詞《ことば》は甚《はなは》だ哀怨《あいえん》、後宮《こうきゅう》の美人をして習《なら》いてこれを歌わしむ。其《そ》の辞《ことば》に曰《いわ》く、「玉樹後庭花《ぎょくじゅこうていか》、花開くも復《ま》た久《ひさ》しからず」と。時の人 以《おも》えらく歌讖《かしん》なり、此《こ》れ其《そ》の久《ひさ》しからざるの兆《ちょう》なりと。

○禎明　陳の後主叔宝の年号。五八七―五八九○歌讖　歌による予言。

この『隋書』の記述から「後庭花」（奥庭の花）が後主叔宝《しゅくほう》の「玉樹後庭花」の歌をさし、さらに当時の人々がそれを間もなく国が滅亡する前兆の歌と語り合ったことが分かる。すなわち、歌舞音曲にうつつをぬかして国を滅ぼした「亡国《ぼうこく》の音《おん》」であり、「亡国の恨み」がこもっている歌が「後庭花」である。

「春草」「春芳」「後庭花」などのように、古典的な作品のある部分や歴史的事実（史実）・故事の内容を伝える特定の簡潔な言葉によって表現されるものが、「典故」（あるいは「典拠《てんきょ》」）である。つまり、「後庭花」という言葉が、陳の後主の亡国の故事を引き出すためのキーワードの役割を担っているわけで、この種の語句を「典故をもつ（踏まえる）語句」といい、それを含む作品を「典故をもつ作品」というのである。作品に典故を用いることを「用典《ようてん》」・「用事《ようじ》」ともいう。逆に、典故を用いない作品を「白描《はくびょう》」の作品という。

詩文を書くときに典故を用いることは、決して必要条件ではない。しかし、あることがらや情景を描写する場合、それらと関連する典故をうまく用いると、簡潔なキーワードによって多くの情報を伝達することが可能になり、詩文の内容を豊かにする効果が期待できる。特に上例のような限られた短い字数の詩句においては、典故の効用は無視できない。

ただ、典故は使い方ひとつで、作品全体が奥深く豊かにもなり、逆にペダンティック（衒学的）で謎めいたものにもなる。

上にあげた王維や杜牧の詩などは、用いられている典故が一般によく知られたもので、典故の存在が比較的容易に分かるのであるが、中には典故を用いていることさえはっきりせず、また典故を用いているとは分かってもその出処、いわゆる「出典《しゅってん》」がはっきりしない場合が少なくない。もちろん典故の難易は作品の善し悪しとは無関係であるが、通常、知識人が教養として学ぶ儒教の経典《けいてん》の「経書《けいしょ》」や歴代王朝の歴史を記す「正史」、あるいは古くから知られた作品などにもとづく典故は最も正統的な典故とみなされて、「正典《せいてん》」と呼ばれ、民間の伝承とか俗諺《ぞくげん》（ことわざ）、野史《やし》・稗史《はいし》の類にもとづく正統な教養からはずれる典故を「僻典《へきてん》」という。原則的には、作者の用いた典故が理解できなければ、作品の完全な理解はありえない。作品を読む読者には作者と同じ教養が要求されるのである。したがって、非正統的な書物を出典とする僻典となると、作者の意図を理解することはたいへん難しい。

宋の蘇軾に「雪後《せつご》　北台《ほくだい》の壁《かべ》に書《しょ》す」と題する二首連作の作品がある。その第二首の典故に関して興味深いエピソードが伝えられている。詩は、密州（山東省諸城県）の北の城壁近くにあった楼台（蘇軾が改修して超然台《ちょうぜんだい》と名づけた）で眺めた雪景色を詠じた作品である。熙寧《きねい》八年（一〇七五）春、時に蘇軾は数え年三九歳、密州知州（知事）の職にあった。

城頭初日始翻鴉
陌上晴泥已没車
凍合玉楼寒起粟
光揺銀海眩生花
遺蝗入地応千尺
宿麦連雲有幾家
老病自嗟詩力退
空吟氷柱憶劉叉

城頭《じょうとう》の初日《しょじつ》　始めて鴉《からす》を翻《ひるがえ》し
陌上《はくじょう》の晴泥《せいでい》　已《すで》に車《くるま》を没《ぼっ》す
凍《こおり》は玉楼《ぎょくろう》に合《がっ》し　寒《さむ》くして粟《ぞく》を起《お》こし
光《ひかり》は銀海《ぎんかい》に揺《ゆら》ぎ　眩《まばゆ》くして花《はな》を生《しょう》ず
遺蝗《いこう》　地《ち》に入《い》りて　応《まさ》に千尺《せんせき》なるべし
宿麦《しゅくばく》　雲《くも》に連《つら》なりて　幾家《いくいえ》か有《あ》る
老病《ろうびょう》　自《みずか》ら嗟《なげ》く　詩力《しりょく》の退《しりぞ》くを
空《むな》しく氷柱《ひょうちゅう》を吟《ぎん》じて　劉叉《りゅうさ》を憶《おも》う

（宋・蘇軾：雪後書北台壁二首、其二〔雪後《せつご》　北台《ほくだい》の壁《かべ》に書《しょ》す二首　其《そ》の二〕）

〔訳〕城壁のうえに朝日が昇り始めると、カラスが飛びたち、
日の光をうけて街道の雪がとけ、車輪がすでに泥にうまっている。
氷は北台の高楼を白玉の楼にかえ、寒さのために鳥肌が立ち、
光は一面の銀世界に揺れうごいて、キラキラとまぶしく目がくらむ。
雪のためにイナゴの幼虫はきっと地下千尺の深さにもぐったにちがいない。
はるかな雲に連なるムギ畑のなかに、農家が何軒あるのだろう。
年老いて病む身のわたしは、詩を作る力の衰えたのを嘆き、

臧克家「蘇東坡的〝超然台〟」(『文物』1978第10期より)

ただむなしく「冰柱《ひょうちゅう》」の詩を吟じながら、唐の劉叉《りゅうさ》のことを思い出すばかり。

○陌　街道。○起粟　鳥肌がたつ。○生花　目がくらむ。○遺蝗　越冬のイナゴ。○宿麦　ムギ。秋にまいたムギが年を越すので宿麦という。○冰柱　つらら。○劉叉　唐代の詩人。

学問好きの宋人の詩は典故を用いるのが普通で、典故のない白描の詩はほとんどないといってよい。この詩にも最後の句に、「冰柱」「雪車《せっしゃ》」の二詩を詠じて名を残した唐の劉叉の故事が用いられている。『新唐書』劉叉伝によれば、劉叉は奇行の人ではあったが、「冰柱」「雪車」の二詩は当時詩名の高かった盧仝《ろどう》(七九五?—八三五)や孟郊《もうこう》(七五一—八一四)を凌駕するとたたえられた人物である。いま『全唐詩』巻三九五には奔放なイメージを展開する長篇古詩の「冰柱」詩が収録されている。

蘇軾の詩の最後の二句は、同じ雪景色を詠じながらも、長篇の「冰柱」詩を作った劉叉の作詩の気力をうらやみ、「老病」の我が身の気力の衰えを詠嘆したものである。

この「冰柱」詩の典故は、いわば正統的な典故の使い方といえるのであるが、問題はほかの句に用いられている典故である。本詩に対する宋人の注によれば、頷聯の「玉楼」と「銀海」の言葉には重要な典故があるという。もともと、「玉楼」の語は、漢の東方朔《とうぼうさく》の『海内十洲記《かいだいじっしゅうき》』に見える仙界崑崙山《こんろんさん》の玉で造られた美しい楼閣を意味する言葉で、典故をもつ言葉といってよい。ここでは雪と氷に覆われた北台の建物を仙界の玉楼にたとえているのである。一方、「銀海」の語は、一面に広がる白銀の雪景色を意味する詩的な言葉ではあるが、ことさらに典故を意識しなくてもよい言葉である。

ところが宋人の注は、蘇軾より少し先輩の王安石《おうあんせき》（一〇二一―一〇八六）の次のようなエピソードを載せている。――この詩を見た王安石は、「蘇軾の典故の使い方はこんな段階にまで至ったか」と感嘆した。それを聞いた人が、「これは単に雪景色を詠じただけではありませんか」というと、王安石はその人に「これは道教の書物に典故があるのだ」と語った――というのである。そして宋人の注は「道教の書物には項《うなじ》から肩にかけての骨を《玉楼》といい、眼を《銀海》という」と続けている。もしそうだとすれば、これは「僻典」の最たるものであり、頷聯の意味は、「凍りつくような冷気が肩の骨にまでしみとおって寒さのために鳥肌がたち、雪の反射光が眼の中にちらついて、眩しくて眼がくらむ」となる。このような宋人の注にもかかわらず、「道教の書物」の正体が不明であり、蘇軾がはたして本当に道教の書物を典故としたのかどうか、きわめて疑わしい。清朝の学者はこれを牽強付会の説だとして否定している。現在では宋人の説を疑問視しているが、少なくとも宋代では「道教の書物」に典故をもつとする説を信じる人が少なくなかった。

さらにまた、頸聯の「遺蝗」「宿麦」の二句は、農家の人々が語りついでいる言葉が典故になっていると、やはり宋人の注は指摘する。この指摘は信じてもよいように思われる。すなわち、「イナゴは秋の末に卵（子）を地面にうえつけるが、地中に残されたイナゴの子（つまり《遺蝗》）は、雪が一尺積もると地下に一丈もぐり、秋にまかれて年を越すムギ（つまり《宿麦》）は、大雪であればあるほどよく成長して豊作がのぞめる」というのである。雪が豊年の瑞祥であることは古書にも見え、昔から言い伝えられているものである。

この典故を忠実に解釈すれば、「遺蝗　地に入りて　応に千尺（百丈）なるべし」は、積雪が一〇〇尺（一〇丈＝約三〇〇メートル）となり、明らかに詩的誇張はあるものの、要は雪が多くつもっていることを寓意したものであり、「宿麦　雲に連なりて　幾家か有る」は、ムギの豊作を期待しているであろう農家が幾つ見えているだろうと、ほとんど農家の見えないことを描写したものと考えられる。さらに、前のイナゴの句にはイナゴの幼虫が地下深くもぐって春に地上に出てくるのも少なくなり、秋の虫害が避けられるだろうという明るい希望が込められていると解釈できる。前聯（頷聯）で寒さにふるえ雪の眩しさに眼がくらむ詩人の個人的なマイナスの情感に対して、頸聯では大雪をプラスとする農家の状況を詠じて、雪景色を対比的かつ大局的にとらえているのである。

このように、作品に用いられている典故を読み取ることはなかなか難しい。読者が読み取ることが難しいばかりでなく、実は作る詩人の方もやはり典故の選択とそれをうまく詩の中に溶け込ませるのに苦心するのである。作詩を学ぶには「多くの書物を読み、多くの詩を読み、多くの作品を作ってみなければならない」といわれる所以である。

詩における典故の使用は、詩の修辞に関心が強まってきた六朝時代からしだいに盛んになり、時には詩人同士がことさらに難解な典故の当て比べをしたとも伝えられているが、典故を用いれば確かに作品の内容を豊かにできるために、六朝から唐代にかけて典故は作詩の技巧として定着した。中国の詩人の中で典故を最も巧みに用いた人は盛唐の杜甫といわれており、杜甫の詩は一字として根拠のないものはない（杜詩ハ一字トシテ来歴無キハ無シ「杜詩無一字無来歴」）と称されるほど、古典や史実にもとづく言葉を巧みに自分の言葉にかえて作品の中に溶け込ませたのである。中唐以後、さながら六朝期を再現するかのように、奇を衒ってめずらしい典故を用いる傾向がうまれてきたが、言い古された陳腐な表現を避けたい詩人の性情としては無理からぬ趨勢といえるだろう。中でも、晩唐の李商隠《りしょういん》（八一二―八五八？）は、艶麗（あでやか）な詩風で後世多くの模倣者を生んだ詩人であるが、かれの作品はその政治的立場や社会的条件の束縛に影響されて屈折晦渋の表現を余儀なくされたために、あまり一般的でない「僻典」を多く用いていて、難解極まりない。宋人の典故好きは上述の通りであるが、江西派の代表の黄庭堅などは「学問を以て詩を為る」といわれたように、詩の典故をとりわけ重視した。その結果、典故を用いない白描の作品がしだいに軽視されるようになり、詩と典故は切り離せないものになった。

典故を用い典故を理解する基礎は知識である。知識は読書を基礎とする学問によって獲得される。しかし、多くの書物を読破することは決して容易なことではない。とりわけ印刷術が未発達であった古い時期には、筆写によって伝えられた書物の部数も少なく、誰もが好きなときに自由に読めるという状況ではなかった。そのために、多くの書物から故事や史実などの関連事項と関連の作品などを集めた一種の事典のような書物が編纂され、詩文を作る際の参考書として利用された。多くの古書の記載を、天・地・人・器物・草木・鳥獣等の事項別に分類して集めるために「類書《るいしょ》」と呼ばれる書物が、それである。類書の具体的な内容については、次の第九章「中国詩のテーマ（一）――政治と戦乱」のところでやや詳しく述べることにしよう。

類書の編纂は、典故に関心が向けられた六朝以来さかんに行われた。しかし、六朝期の類書の完本はすでに忘失して、いまは部分的にしか伝わらない。現在完本として残っているのは唐代以後の類書である。次にあげる唐代に編纂された類書は、日本にも早くに伝わり、日本人にも大いに利用された。唐代の「四大類書」といわれている。

北堂書鈔《ほくどうしょしょう》　一六〇巻　虞世南《ぐせいなん》編　一九部門八五一類
藝《げい》（芸）文類聚《もんるいじゅう》　一〇〇巻　欧陽詢《おうようじゅん》等編　四六部門七二七類
初学記《しょがっき》　三〇巻　徐堅《じょけん》等編　二三部門三一三類
白氏六帖事類集《はくしりくじょうじるいしゅう》　三〇巻　白居易《はくきょい》編　一一三〇門（類）

このうち『北堂書鈔』は隋末唐初、『藝文類聚』は唐の初めに編纂され、『初学記』は玄宗の時代に編纂された。『初学記』は引用資料の確実さで他の類書をはるかに凌駕し、書物の引用の後に故事のキーワードを対句の形で挙げるなどの工夫をこらしている。『白氏六帖事類集』は大詩人の白居易が編纂したもので、宋の孔伝《こうでん》の『続六帖』と併せて『白孔六帖』という形でも伝わる。

やがて宋代にはいると李昉《りぼう》等が『太平御覧《たいへいぎょらん》』一〇〇〇巻を編纂し、清の陳夢雷《ちんぼうらい》等は康熙《こうき》帝の勅命によって『古今図書集成《ことんとしょしゅうせい》』一万巻を編纂した。いずれも現存している。これまでに編纂された類書中の最大のものは、明の永楽帝の勅命をうけて解縉《かいしん》等が編纂に当たった『永樂大典《えいらくたいてん》』二万二九三七巻であるが、しかし明末以後の相つぐ戦乱のために焼失したり散逸したりして、現在では八〇〇巻ほどしか残っていない。このほかにも、唐代以後に編纂された類書が数多く現存する。

類書の記載例を一つだけあげておこう。本章の最初にあげた王維の「山居の秋暝」の「楚辞」の典故はどの類書にも必ず載っているものであるが、『藝文類聚』で見てみると、巻三「歳時上・春」のところに「楚辞……又曰ク、王孫遊ビテ帰ラズ、春草生ジテ萋萋タリト」と載っている（前頁図版）。

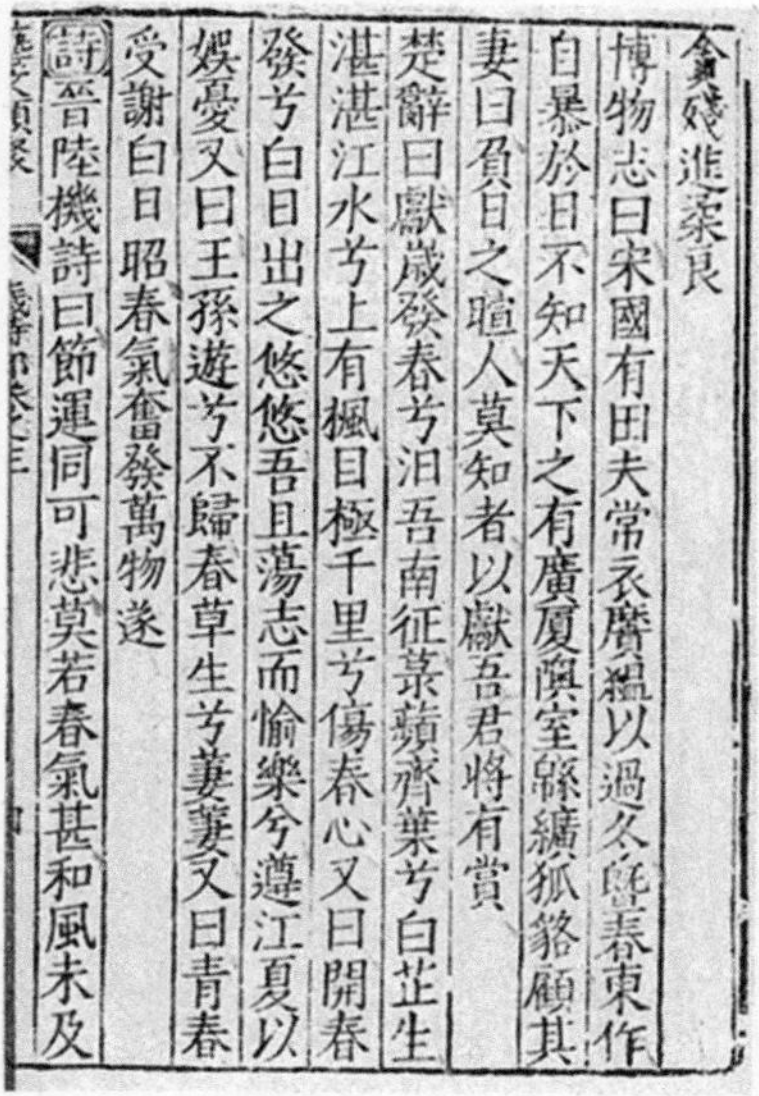
貧賤進業良
博物志曰宋國有田夫常衣黂緼以過冬曁春東作
自暴於日不知天下之有廣廈隩室綿纊狐貉顧其
妻曰負日之暄人莫知者以獻吾君將有賞
楚辭曰獻歲發春兮汨吾南征菉蘋齊葉兮白芷生
湛湛江水兮上有楓目極千里兮傷春心又曰開春
發歲兮白日出之悠悠吾且蕩志而愉樂兮遵江夏以
娛憂又曰王孫遊兮不歸春草生兮萋萋又曰青春
受謝白日昭春氣奮發萬物遂
〔詩〕晉陸機詩曰節運同可悲莫若春氣甚和風未及

明刊大字本『藝文類聚』巻三「歳時上・春」

われわれが詩の典故を調べる参考書は類書だけとはかぎらない。最近では中国及び日本で「典故辞典」の類が多く出版されていて、随分便利になった。

二 詩語

「詩語」とは、「散文によりも詩に使われることが比較的多く、詩人が特別に工夫して豊かな詩的イメージを内包する言葉」と定義することができよう。「詩に使われることが比較的多い」と漠然とした言い方しかできないのは、詩語を詩に特有の、詩だけに使われる言葉と定義すると、詩語の認定が極めて困難だからである。なぜならば、有韻（韻を踏む）の散文ともいわれる「辞賦《じふ》」等は詩文の境目が必ずしも明確でなく、しかも「辞賦」に用いられる言葉の多くは詩語と見なしうるし、逆に『詩経』の言葉は散文にもたくさん用いられ、「詩に特有」という原則からはずれてしまうからである。

まず、具体的に詩語を検討してみよう。さきの王維の「山居の秋瞑」詩でいえば、「空山」「新雨」「明月」「清泉」「春芳」「王孫」等の言葉は詩に使われることが多く、それぞれ詩的イメージも豊かで、詩語と認定しうる言葉である。例えば、「空山」（ひっそりと人の気配のない山）、「新雨」（降ったばかりの雨）などは、もちろん現実にそのような山や雨があることは否定できず、現実をありのまま描写（直叙）する散文に使って少しもおかしくない。しかし、詩人はしばしば現実を超越して、主観的観念的に山を「空」ととらえ、降る雨を「新」と意識する。

王維の五言絶句の名作「鹿柴《ろくさい》」に、

空山不見人　空山《くうざん》人を見《み》ず

但聞人語響　但《た》だ人語《じんご》の響《ひび》きを聞くのみ

とあるのを、「《人語の響き》が聞こえてくるからには山に人がいて、《空山》であるはずがない」という議論などおよそナンセンスな議論で、詩人はおのれの孤独と俗世間とは隔絶した山中の奥深さ・清浄（きよらか）さを主観的に感じ取ったからこそ、「空山」という言葉を選んで用いているのである。

また、詩語が典故と深いかかわりをもつことは、「春芳」の語で理解できる。いま簡単に典故と詩語の区別をするとすれば、前者はその言葉の出所が特定でき、しかもその言葉の背後にある種の「物語」が存在すること、後者はその言葉の明確な出所は必ずしも必要でなく、もっぱらある種の情感や詩的イメージの喚起に重点があること、といえよう。しかし、この境界は極めて微妙で、あいまいである。一つの言葉が両者の機能を併せもつことも、決してまれではない。「春芳」=「春草」が、直接「楚辞」の「王孫遊びて帰らず／春草生じて萋萋たり」を踏まえて「家に帰らない貴公子」の物語を伝えていれば、それは典故といえるが、この言葉はまた、文字通り春の美しい花を意味する言葉であると同時に、春の華やかな季節、青春の若々しさ、美しい女性の比喩・象徴する言葉としても用いられる。また、「楚辞」の用例から別離・隠棲をも寓意する言葉である。このようなイメージを呼び起こすところが、「春草」の詩語としての機能である。王維は歴代の詩人によって使い古された「春草」を典故として用いるとともに、この言葉が詩語として内包する隠棲のイメージを併せ用いているのである。

詩語は「空山」のように、必ずしも明確な出所を必要としない。そのイメージは、主として古典の用例や、伝承・風俗・習慣などによって形成されるのである。また、詩人が独自に詩語を作り出す場合も少なくない。その場合にはそれまでは普通の言葉であった漢語（漢字）のイメージを増幅したり、新たな意味を付加したりして、言葉に詩語としての機能が付与されるのである。例えば、唐代にはじめて人々が珍重するようになった牡丹（ボタン）の花は、美しく高貴な花のイメージを当初からもってはいた。しかし、最初はそれだけのことで、牡丹は植物の花以上の特別の意味をもたない言葉であった。ところが、李白の一つの作品によって、牡丹が美しく高貴な女性のイメージを内包する詩語に生まれ変わった。作品の背景は「沈香亭《じんこうてい》の故事」としてよく知られている——ある時、玄宗は楊貴妃とともに長安の興慶宮《こうけいきゅう》の沈香亭で美しく咲いた牡丹の花を観賞しながら酒宴を催し、李白に詩を作らせた。李白は「清平調詞《せいへいちょうし》三首」を作って楊貴妃を牡丹になぞらえて次のような詩を作った。この時、李白は酒屋で酔いつぶれていたのを、急遽呼び出されたという逸話も伝えられている。

雲想衣裳花想容
春風払檻露華濃
若非群玉山頭見
会向瑶台月下逢

雲には衣裳を想《おも》い　花には容《かんばせ》を想《おも》う
春風《しゅんぷう》　檻《かん》を払《はら》って　露華《ろか》濃《こまや》かなり
若《も》し群玉山頭《ぐんぎょくさんとう》にて見るに非《あら》ずんば
会《かな》らず瑶台月下《ようだいげつか》に向《お》いて逢《あ》わん

（李白：清平調詞三首、其一）

〔訳〕雲を見れば楊貴妃《ようきひ》の美しい衣裳が連想され、ボタンの花を見れば貴妃《きひ》のあでやかな容貌が思い浮かぶ。
春風《はるかぜ》は貴妃の立ってすりをさっと吹き抜け、しっとりと下りた露がキラキラとなまめかしい。
貴妃のような美しい人には、仙女の住む群玉山でお会いできなければ、きっと月光に照らされた仙女の宮殿の瑶台でしか、お逢いできない。

題の「清平調詞」は清平調（メロディの名）の音楽につけられた歌詞の意味。「群玉山」「瑶台」は、ともに仙人が住むという伝説上の山と楼台。一首の意味は、楊貴妃の容姿がこの世のものとも思われない美しさであることを、仙女にたとえたものである。すなわちこの作品によって、牡丹ははじめて楊貴妃、ひいては楊貴妃のように美しい高貴な女性のイメージが付加されることになったのである。

さらにもう一例、ごく普通の言葉が詩人の優れた表現によって詩語に生まれ変わった例を紹介しておこう。それは、宋初の隠逸詩人の林逋《りんぽ》（九六七—一〇二八）の七言律詩「山園の小梅」の言葉に由来する。彼は一生官職につかず、杭州西湖《こうしゅうせいこ》の中にある孤山《こざん》で鶴と梅を愛して暮らした人物である。

衆芳揺落独暄妍　　衆芳《しゅうほう》　揺落《ようらく》して　独《ひと》り暄妍《けんけん》たり
占尽風情向小園　　風情《ふうじょう》を占《し》め尽《つ》して　小園《しょうえん》に向《む》かう
疎影横斜水清浅　　疎影《そえい》　横斜《おうしゃ》して　水は清浅《せいせん》
暗香浮動月黄昏　　暗香《あんこう》　浮動《ふどう》して　月は黄昏《こうこん》
霜禽欲下先偸眼　　霜禽《そうきん》下《お》りんと欲《ほっ》して　先《ま》ず眼《め》を偸《ぬす》み
粉蝶如知合断魂　　粉蝶《ふんちょう》如《も》し知《し》らば　合《まさ》に魂《たましい》を断《た》つべし
幸有微吟可相狎　　幸《さいわ》いに微吟《びぎん》の相狎《あいした》しむべき有り
不須檀板共金尊　　須《もち》いず　檀板《たんばん》と金尊《きんそん》とを

（宋・林逋：山園小梅二首、其一）

〔訳〕　多くの花が散り落ちたあと、ただ白い梅だけがあざやかに美しく咲いており、
この小さな庭の風情を独り占めにしている。

梅のまばらな枝は斜めにのびて、浅く清らかな湖水に影をおとし、梅のほのかな香りは、たそがれどきの淡い月光の中に人知れずただよう。霜をおく白い鳥が梅の枝に下りようとして花の白さに迷い、まずこっそりとあたりをうかがい、

白いチョウがもし梅の花の白さを知ったならば、きっと死ぬほど驚くだろう。幸いわたしはそっと小声で詩を吟じながら梅の花と親しみあえるから、にぎやかな拍子木や酒樽などは、まったく必要ない。

○暄妍　美しいさま。○霜禽　白い霜をおく鳥。○粉蝶　白いちょう。○檀板　拍子木。○金尊　酒の容器。

梅の花を詠じた作品としては中国古典詩を代表する一首であり、頷聯の二句がことのほか名高い。この印象深い作品によって、頷聯に用いられている「疎影」（まばらな影）「暗香」（ほのかな香り）という別にめずらしくもなんともない言葉が、梅花のイメージとしっかりと結び付き、新しい詩語に生まれ変わったのである。林逋以後の詩人たちは、梅といえばこの二語を必ず思い出し、この二語を目にすれば直ちに梅花あるいは林逋の人柄や生涯を連想するようになった。二語は後に詞の曲名にも採用されて、多くの作品が作られたのである。

最後に、詩人の詩語創造の例を述べて詩語のしめくくりとしたい。もう一度、蘇軾の「雪後北台の壁に書す」詩を取り上げるが、この詩の第二句目「陌上の晴泥 已に車を没す」の「晴泥」の言葉は、すでに訳で示したように「晴れた日の光をうけてとけだした雪どけ道の泥」の意味である。しかし、この言葉は蘇軾以前の用例が見つからない。どうやらこれは蘇軾の造った新語であるらしい。「晴」と「泥」はもともと相反するイメージをもつ語で、この詩からはずして単独でこの言葉を見た場合には、まことに奇妙な言葉と映る。「晴泥」は、詩にしか許されない独特の造語による詩語の好例といってよいだろう。

以上検討して来た詩語あるいはさきの典故を調べる場合に、もしも使用頻度の高い言葉であれば、「漢和辞典」の類でも十分役立つことが少なくない。大型の「漢和辞典」であればあるほど収録の語数が多いので、多くの詩語や典故が収録されている可能性が大きい。しかしながら、「漢和辞典」だけではどうしても中国詩を詳しく専門的に読むためには十分でない。そこで、上述の類書のほかに、詩語や典故のキーワードを網羅的に集める『佩《はい》文韻府《ぶんいんぷ》』の助けを借りなければならないのである。

『佩文韻府』一〇六巻・拾遺一〇六巻は、清朝の康熙帝の勅命によって編纂された古典や詩文の用語用例集である。分類は熟語の最後の文字の韻によって一〇六韻（平水韻）に分類され、各韻字の中は、該当文字を語（句）末におく二字熟語・三字熟語・四字熟語などそれぞれ字数順に並べられている。熟語の後には「対語」「摘句」が付されている項目もある。最後の字による分類であるので、一種の逆びき辞典といってよい。

ただし、この書物は豊富な用例を集めてはいるが熟語の解釈は一切ない。利用者はもっぱら言葉の出典や用例を調べるために用いるもので、通常の辞典とは基本的に異なっている。そして、網羅的に集めているとはいえ少なからぬ遺漏と誤記があるので、利用には注意を要する。たとえば、さきに述べた王維詩の「空山」は唐詩の二例、「新雨」は六朝から明代までの用例一一例を挙げるが、いずれも王維の作品は引いていないし、蘇軾詩の

有小岡阜起伏亦||之別支也早飯罷遊||山南
後登山路極險巇凡三四里有兩道人持湯飲迎勞于
視西山如蛟龍奔放爭赴川谷謝朓 宂山 琴操卞和獻
似陶潛又陸游詩稍通密竹露|| 宂山 ||採玉
盧山 揚雄諫不受單于朝書運府庫之財塡||之
盧山 中山羽獵賦前入圍口後陳||又蘇軾超然臺
陳琳荅東阿王牋飛 憶山 謝靈運道路||中詩存
兔流星||越海 憶山 鄉爾思積||我憤懣
遠壑晩蕊見 空山 張說詩||寂歷道心生杜甫 蒼山
巑羅雲水間 空山 詩澗水||道柴門老樹村
國淸寺出雲遊適閭丘胤出守台州問彼有賢達否曰
庫院走使厨中看火閭丘至任入寺于厨中見二人拜
其遺物唯于林間 曉山 杜甫詩鼓角悲荒 屋山 韓愈寄
詩附||集中 曉山 塞星河落|| 屋山 幽渾余

『佩文韻府』(東京鳳文館出版)

「晴泥」は本書に見えない。それにもかかわらず本書の利用価値はすこぶる高く、中国詩文の典故・詩語の利用のおおよその状況を把握する手掛かりを与えてくれる書物である。

元来は文字の韻を知らないと『佩文韻府』を使いこなすことはできなかったが、最近では通常の辞書と同じに熟語の上の文字から検索できる索引付きの『佩文韻府』も刊行されていて、気軽に利用できるようになっている。

三　品詞の変化

詩語などの詩の言葉の検討のついでに、もう一つ詩の言葉として重要な「品詞の変化」について述べておこう。やはり、王維の「山居の秋暝」詩の第二句に注意してほしい。

天気晩来秋　　天気　晩来　秋なり

〔訳〕夕暮れどきともなれば、あたりの気配はひときわ秋めいてくる。

この句の「秋」の字は、「秋なり」という訓が示すように、「秋らしい」あるいは「秋めいている」という意味の明らかに名詞とは異なった形容詞的な性格を帯びている。いうなれば、「品詞の変化」が生じているのである。

このような「品詞の変化」は詩ではしばしば起こり、ほかにもたくさん例を挙げることができる。例えば、杜甫の「春望」詩の冒頭にも「春」の字が名詞と異なった用い方をされている例がある。

国破山河在　国破れて　山河在り
城春草木深　城春にして　草木深し

〔訳〕長安城にも春が訪れ、草木がこんもりと生い茂った。

すなわち、名詞の「春」が「春らしい」「春めいている」の形容詞的変化をしているのである。前の句が「破」「在」と動詞を用いているのに対して、「春」「深」の形容詞を述語とする対句の聯である。

烽火城西百尺楼　烽火城西《ほうかじょうせい》　百尺《ひゃくしゃく》の楼《ろう》
黄昏独上海風秋　黄昏《こうこん》　独《ひと》り上《のぼ》れば　海風秋《かいふうあき》なり
（唐・王昌齢・従軍行）

〔訳〕ノロシをあげるための城塞の西に、百尺の高さにそびえたつ高い楼台、たそがれどき、ただひとり楼に上れば、砂漠から吹きくる風はすでに秋めいている。

この「秋」もやはり形容詞化しているものである。

宋の王安石の「船を瓜洲《かしゅう》に泊す」と題する七言絶句の作品にも、品詞の変化の例が見られる。王安石は自作の詩にたえず手を入れて推敲した人として知られるが、この作品でもかれは一字にこだわった。作品の背景は、一度は宰相の職を辞して南京の近くの鍾山《しょうざん》に隠棲していた王安石が、再び宰相に任命されて北の都に赴く途中、長江から大運河に入る入り口の瓜洲渡に船を停泊した時の情景を詠じたものである。長江をはさんで瓜洲渡の対岸にあるのが京口《けいこう》、すなわち今の江蘇省鎮江《ちんこう》市であり、南京から長江を下ってきた作者が、いよいよ江南の地を離れて北への旅路につく感慨を詠じた作品である。

京口瓜洲一水間　京口《けいこう》　瓜洲《かしゅう》　一水《いっすい》の間《かん》
鍾山祇隔数重山　鍾山《しょうざん》　祇《た》だ隔《へだ》つ　数重《すうちょう》の山《やま》
春風又緑江南岸　春風《しゅんぷう》　又緑《またみどり》にす　江南《こうなん》の岸《きし》
明月何時照我還　明月《めいげつ》　何《いず》れの時《とき》か　我《われ》の還《かえ》るを照《て》らさん
（宋・王安石：泊船瓜洲〔船《ふね》を瓜洲《かしゅう》に泊《はく》す〕）

〔訳〕京口と瓜洲は長江の流れひとすじをはさんで向き合い、
なつかしい鍾山とはただいくつかの山を隔てるだけ。
春風はまた江南の岸辺をみどり色にかえるだろうが、
明月が鍾山にかえるわたしを照らすのは、今度はいつのことになるだろう。

宋の洪邁《こうまい》（一一二三―一二〇二）の『容斎随筆《ようざいずいひつ》』巻八に、ある人が所蔵していた王安石のこの詩の草稿を見てみると、第三句の「緑」の字は最初は「又到江南岸」となっていたのを「到」の字を筆でけして「不好」（よくない）と注記し、まず「過」に直し、またそれをけして「入」に改め、つぎに「満」に改めるなど一〇字ばかり改めたあとがあり、最後に「緑」の字にしてあった、と記してある。つまり、「春風　又緑にす　江南の岸」は推敲に推敲をかさねた苦心惨憺の句であったのである。

『容斎随筆』の記事は、詩人が短い詩句の平仄や脚韻の規則に縛られながらもさまざまな工夫をこらして、心にわいた感動やイメージをなんとかして文字に表そうと努力したことを如実に物語っているが、「緑」の文字が選ばれたのは、仄声のしかも動詞的な文字が思考されたことを示している。つまり、「緑」はここでは名詞や形容詞ではなく、「みどりにする」という動詞的な性格を付与されているのである。「形容詞の動詞化」という品詞の変化が生じた例である。

このような例は決して少なくなく、詩人はあらゆる技巧を駆使して自己の情感を最も忠実にうつすと思われる文字表現に苦心惨憺するのである。

9 中国詩のテーマ（一）——政治と仕官

一　詩の内容と分類

詩のテーマは多種多様である。詩は自然界に存在するあらゆるもの、生起するすべての事柄、すなわち森羅万象を題材にして詩人の情感を写し出す芸術である。詩人はまた、時には現実にはあり得ない、起こり得ない虚構の事物までも題材にして作品を生み出す。中国の詩の場合、はるか『詩経』の時代から現実生活に対する人々の関心がつよく、詩の伝統はリアリズムにあるといわれているが、幻想的な非現実の世界を詠じた作品ももちろんないわけではない。たとえば、鬼才といわれた中唐の詩人李賀《りが》（七九一―八一七）の「神絃曲《しんげんきょく》」などは、その虚構の事物を全面的に詠じた作品である。

「神絃曲」は六朝以来の伝統的な楽府歌謡の曲名であり、もとは祭礼のときの神降ろし（迎神《げいしん》）のための神楽歌であったらしい。李賀のこの作品はその曲題から連想された奇怪なイメージを詠じたもので、本来の神楽歌として作られた作品ではない。作詩の動機や背景について詳しいことが分からないので、作品のほんとうの主題やそれぞれの詩句の意味などにやや明瞭さを欠くが、次々に展開する非現実的なイメージによって超自然の怪奇不可思議な世界が現出する。

西山日没東山昏
旋風吹馬馬踏雲
画絃素管声浅繁
花裙萃蔡歩秋塵
桂葉刷風桂墜子
青狸哭血寒狐死
古壁彩虬金帖尾
雨工騎入秋潭水
百年老鴞成木魅
笑声碧火巣中起
（李賀・神絃曲）

西山《せいざん》に日《ひ》没《ぼっ》し　東山《とうざん》は昏《くら》し
旋風《せんぷう》　馬を吹いて　馬は雲を踏《ふ》む
画絃《がげん》　素管《そかん》　声は浅繁《せんぱん》
花裙《かくん》　萃蔡《すいさい》として　秋塵《しゅうじん》に歩《ほ》す
桂葉《けいよう》　風に刷《はら》われ　桂《けい》は子《こ》を墜《おと》し
青狸《せいり》は血《ち》に哭《こく》し　寒狐《かんこ》は死す
古壁《こへき》の彩虬《さいきゅう》　金《きん》　尾《お》に帖《ちょう》す
雨工《うこう》　騎《き》して入る　秋潭《しゅうたん》の水《みず》
百年の老鴞《ろうきょう》　木魅《ぼくみ》と成《な》り
笑声《しょうせい》　碧火《へきか》　巣中《そうちゅう》に起《おこ》る

〔訳〕西の山に日が落ちて、東の山は薄暗く、
つむじ風が神馬《しんめ》のまわりに吹き起こり、神の乗る馬は雲を踏みつつ降りてきた。
美しい琴と素朴な笛の奏でる楽《がく》の音《ね》が、軽くまたにぎやかに鳴りひびき、
色あざやかな裳《もすそ》をサラサラ翻《ひるがえ》して、神を迎える巫女《みこ》が秋の塵をあげて現れる。
モクセイの葉が風に吹き払われ、金色のモクセイの実が散り落ちるとき、
神の降臨で、青いタヌキは血を吐いて泣き叫び、痩せこけたキツネは息絶える。

古びた壁には彩《いろど》り鮮やかに描かれた虬《みずち》の絵、尾には金箔が貼ってあり、
雨の神はその虬の背にまたがって、秋の淵の深い水底《みなそこ》に沈む。
百年の刧《こう》を経たフクロウは、木の精と化し、
笑い声と碧《みど》り鬼火《おにび》が、どっとその巣の中からわき起こる。

○画絃 絵模様を施した弦楽器。**○素管** 装飾のない管楽器。**○花裙** 美しいスカート。**○萃蔡** きぬずれの音の擬音語。**○桂** モクセイ。**○彩虬** 美しく描かれた竜。虬はつののある竜の子。**○雨工** 雨の神。**○秋潭** 潭は深いふち。**○老鴞** 年老いたふくろう。**○木魅** 木の精。**○碧火** 緑色の鬼火。

この詩のテーマとしては、あやしげな巫術が流行していた当時の風潮を風刺したものという解釈が有力であるが、はたしてそうであろうか。夕闇とともに天駆ける神馬、鳴り響く糸竹の音、美しく装った巫女たち、血を吐く青いタヌキ、黄金の尾をもつミズチ、それに跨がる雨の神、はては木の精と化したフクロウと、その巣のなかにわき起こる笑い声と鬼火等々、読む者はさながら極彩色の絵筆で描かれた怪奇絵巻を見るような心地にさそわれ、現世的な風刺など念頭から消えてしまう。そして、怪奇美を言葉によって創り出すこと、それこそがこの「神絃曲」のテーマであると思えてくるのである。この解釈の方が、鬼才の李賀にふさわしい。

もちろん、現実の事象をうたうために比喩や象徴として非現実のイメージが用いられることは詩においてはごく一般的な手法であり、現実と非現実がないまぜになった作品が少なくない。前の第五章「中国詩の技巧（一）」対句法で、隔句対の例に四句だけをあげた白居易の「夜、箏中《そうちゅう》に瀟湘送神《しょうしょうそうしん》の曲を弾ずるを聞き、旧《きゅう》に感ず」は、非現実の楚《そ》の襄王《じょうおう》と契りを交わした巫山《ふざん》の神女の故事と、亡夫を慕って瑟《しつ》（おおごと）を奏でる湘水《しょうすい》の女神の伝説に託して、現実の別れた女性への思慕の情をうたうのである。

縹緲巫山女　　縹緲《ひょうびょう》たり巫山《ふざん》の女《じょ》
帰来七八年　　帰り来《きた》ること　七八年
殷勤湘水曲　　殷勤《きんぎん》たり　湘水《しょうすい》の曲
留在十三絃　　留《とどま》りて十三絃に有り
苦調吟還出　　苦調《くちょう》は吟《ぎん》じて還《ま》た出づるも
深情咽不伝　　深情《しんじょう》は咽《むせ》びて伝わらず
万重雲水思　　万重《ばんちょう》たり　雲水《うんすい》の思い
今夜月明前　　今夜　月明《げつめい》の前
（白居易：夜聞箏中弾瀟湘送神曲感旧）

〔訳〕　すでにおぼろな思い出となった巫山の女性、

別れて帰ってから、はや七、八年の歳月が過ぎ去った。
だが、かつて彼女が心をこめて弾いてくれた湘水の曲は、
今なおこの十三絃の琴の音に残っている。
悲しく切ない調べは、歌声とともにいつまでも続くが、
彼女への深い思いは、心のたかぶりのため口ごもって言葉にならない。
幾重《いくえ》もの雲と水に隔てられた我が思いは、
今夜、明るい月光のもと、はるかかなたに馳せる。

このように多様な題材によってさまざまな内容やテーマをもつ作品を、中国の人々はどのように分類していたのであろうか。具体的なテーマの検討に入る前に、中国詩の分類について概観しておこう。

中国最古の詩集の『詩経』は風《ふう》・雅《が》・頌《しょう》という独特の分類によって三〇五篇の作品を収めている。「風」は、周王朝諸国の主として抒情的な民謡を集めたもので、さらにその中が一五の地方別に編集されているので「十五国風《じゅうごこくふう》」と呼ばれている。「雅」は「小雅《しょうが》」「大《たい》雅《が》」の二つに分けられ、中央の宮廷や貴族の宴会、あるいは狩猟などの際にうたわれた歌がその中心となっている。また「頌」は、祖先を祀る宗廟《そうびょう》の儀式に用いられた舞曲、すなわち神楽歌が集められていて、周王朝の「周頌《しゅうしょう》」、魯《ろ》の国の「魯頌《ろしょう》」、商すなわち殷《いん》王朝

の子孫が封じられた宋国の宗廟歌の「商頌《しょうしょう》」の三部分から成る。

『詩経』三〇五篇
- 風（地方の民謡）一六〇篇…十五国風
- 雅（中央の宴楽）一〇五篇…小雅　七四篇
  - 大雅　三一篇
- 頌（祭祀の舞曲）四〇篇…周頌　三一篇
  - 魯頌　四篇
  - 商頌　五篇

すなわち、作品のうたわれた「場」によって分類されているのであるが、場の違いは当然のことながら作品内容の違いとなって現れている。このような『詩経』独特の分類法は、後の詩集の編纂において直接そのままの形で採用されることはなかったが、後世民謡を地方別に集めたり、詩人の出身地によって地方別に作品を分類したり、また公的な儀式の歌を一括してまとめるといったことなどは、しばしば行われた。

『詩経』の後を継ぐ「楚辞」は、それぞれの作品の作者名がはっきりしているので、後漢末の王逸《おういつ》が編纂した『楚辞章句』では、冒頭の屈原《くつげん》の「離騒《りそう》」から末尾の王逸の「九思《きゅうし》」

に至るまで、戦国時代から後漢の時期にかけての時代順・作者別に作品を収録する、いわば最も単純な分類法で分類されている。

多様な詩の内容をさまざまに分類する試みは、現存する詩集で判断する限り、六朝・梁の時代に編まれた『文選』の詩の分類が最も早く、注目に値する。

『文選』は詩文の作品を文体別に三八種（同書の「目録」＝目次では三七種に分類するが、実際には三八種）に分類し、「詩」はさらに二三類に細分されている。二三類の細分の基準は、作詩の動機・題材・スタイルなど雑多ではあるが、動機やスタイルなども詩の内容と密接にかかわっているため、概括的にいえば詩の内容別の分類法である。

補亡《ほぼう》・述徳・勧励《かんれい》・献詩・公讌《こうえん》・祖餞《そせん》・詠史・百一《ひゃくいつ》・遊仙・招隠《しょういん》・反招隠・遊覧・詠懐・哀傷・贈答・行旅・軍戎《ぐんじゅう》・郊廟《こうびょう》・楽府・挽歌《ばんか》・雑歌・雑詩・雑擬

この中で、「補亡」は『詩経』の目次に詩題だけあって作品が亡佚《ぼういつ》していた六篇を晋の束皙《そくせき》（二六一―三〇三）が補足した六首が収められている。また「百一」は、三国・魏《ぎ》の応璩《おうきょ》（一九〇―二五二）が時局を風刺した作品一篇が収録されている。「百一」詩という名称については、「百慮に一失あり」という「一失」を批判するためであったとか、もとは百一篇の数があったからとか、百言（百字）で一篇が構成されているためとか、諸説があってはっきりしない。いずれにせよ、「百一」は「補亡」とともに『文選』独自の分類項目である。

「招隠」と「反招隠」は、前述の王維の「山居の秋暝」に典故として用いられていた「楚辞」の「招隠士」の流れに沿う晋の時代の作品を収録する。『文選』は「詩」に次いで「騒」という項目を立てて、別に屈原の「離騒」を代表とする「楚辞」本来の作品を十数篇選んで載せている。こちらにはもとの「招隠士」も取られており、『文選』の編者が「楚辞」と「詩」を明確に区別していることは明らかである。今日の考えからすれば「楚辞」の作品も広義の「詩」の中に入れることが普通であるので、この「騒」を「詩」に入れれば、結局『文選』は詩を二四類に分けているといってよい。

『文選』と同じころに編纂された徐陵《じょりょう》の『玉台新詠』は、『文選』のような細かな分類は行っていない。五言古詩・楽府歌謡を大まかに分けるほか、ほぼ時代順に内容別・詩体別に分類しようとした編纂意図はうかがえるものの、その分類基準は必ずしも明確でない。

『文選』の編纂者によって試みられた詩の内容・題材による分類法は、その後の詩集の編纂に大きな影響を与えた。唐代では顧《こ》陶《とう》の『唐詩類選』二〇巻が唐詩の分類を行ったが、現在は同書の序文しか残っていないので、分類の詳しいことは分からない。しかし、宋代の初め（九八七）に成立した『文苑英華《ぶんえんえいが》』一〇〇〇巻は、『文選』の後を継ぐことを意図して編まれた書物で、梁から唐・五代までの詩文を三七種の文体に分けるなど、明らかに『文選』の分類法を継承する。同書は「詩」一八〇巻、「謌《か》行《こう》」二〇巻を大分類・小分類に分けるが、たとえば、同書の巻一五一から巻一五八（「詩一」から「詩八」）までは「天部」

に大分類され、さらにその中が次のように小分類されている。

巻第一百五十一　詩一　天部一　日十六首　月二十一首　中秋月十九首
翫月四首　対月四首　共六十四首

巻第一百五十二　詩二　天部二　望月二十六首　雑題月三十五首　星十首
共七十一首

巻第一百五十三　詩三　天部三　雨十七首　喜雨九首　対雨十二首
苦雨九首　雑題雨三十首　共七十七首

巻第一百五十四　詩四　天部四　詠雪三十二首　対雪十七首　喜雪七首
共五十六首

巻第一百五十五　詩五　天部五　詠雪雑題二十八首　晴霽三十首
共五十八首

巻第一百五十六　詩六　天部六　風十七首　雑題風十三首　雲八首
雑題雲六首　霜二首　露九首　霧六首
煙霞二首　天河三首　虹蜺二首
共六十八首

巻第一百五十七　詩七　天部七　元日二首　春四十三首　人日三首

上元三首　寒食二十首　上巳五首
夏八首　端午二首　伏日一首
共八十八首
秋三十首　七夕十九首　九日十六首
冬九首　除夜十四首
共八十八首

巻第一百五十八　詩八　天部八

具体的にいえば、杜甫の「春夜　雨を喜ぶ」（春夜喜雨）は、巻第一百五十三・詩三・天部三・「雨」の「雑題雨」に「春夜の雨」（春夜雨）と題して見え、隋の薛道衡《せつどうこう》の「人日帰るを思う」（人日思帰）は、巻第一百五十七・詩七・天部七の「人日」に載せられている。

このような『文苑英華』の分類には、『文選』の分類法のほかに、前章で紹介した『類書』の分類法がつよく影響しており、その目的もまた『文選』や『類書』同様、詩を作る人の実際的な便宜が考慮されていたに違いない。たとえば、「送別」をテーマに詩を作る場合には、『文選』の「祖餞《そせん》」や『文苑英華』の「送行《そうこう》」（巻二六六―巻二八五）などの項目を見れば、先人の関連の作品が並んでいて参考にすることができるのである。

詩の内容あるいは題材別の分類は『文選』や『文苑英華』のような数多くの人の作品を

集める「総集《そうしゅう》」ばかりとは限らない。個人の作品だけを集める「別集《べっしゅう》」においても盛んに行われた。たとえば、李白の『分類補注李太白詩』、杜甫の『杜少陵先生詩分類集註』などはいずれも内容別に分類されている。我が国の平安時代に編まれた『千載佳句《せんざいかく》』や『和漢朗詠集』なども中国の書物の影響を受けて部分けの編集法を採用しているが、『千載佳句』は一五部二五八門、『和漢朗詠集』は春・夏・秋・冬・雑の五部一一四門に分類している。日本の書物が分ける部門と中国のそれとはもちろん重なる部分が少なくないが、立てられている部門、配列の順序などに両国の違いが見いだされ、日本と中国の文化や感性の相違を示すものとして、比較文化・比較文学的に興味深い問題を提供する。

以上述べたように、中国詩の内容や題材、言い換えれば「詩のテーマ」は、時代が下るにつれてますます精密に分類され、網羅的になって来たが、それらの中から歴代の中国の詩人たちにとって最も中心的であったと思われるテーマをいくつか選んで、実際の作品を見てみよう。

二 政治と戦乱

すでに第一章にあげた『詩経』の「大序」で見たように、中国の詩人にとって詩と政治とは切り離せないものであった。かれらは善政を喜び、悪政を悲しみ憤って詩を作り、詩によって政治のあり方を論じるのを詩人の役目と考えた。すなわち「儒家の詩観」がそれである。一見、政治とは無関係に見える田園自然をうたう作品でも、ほとんどその背後に詩人の政治の世界からの疎外感や逃避の思いがこめられている点を考えれば、これらの作品もまた政治と深くかかわっているということができる。中国の詩はすべて直接的あるいは間接的に政治と結びついているといっても決して過言ではない。

政治を直接的にうたう作品は、先の『文選』の分類でいうと、時の政治を風刺する目的で作られた「百一」詩が代表であるが、政治の理想を述べ、政治の得失に言及する作品となると、ほかの「述徳」「勧励」「献詩」「詠史」「贈答」などの中にも数多く見いだすことができる。たとえば、「献詩」に収める晋《しん》の潘岳《はんがく》（二四七—三〇〇）の「関中詩《かんちゅうし》」は、当時の北方異民族の反乱によって生じた社会の混乱を詠じ、それを平定した天子と忠臣の功績を讃えて、天子に献上した作品である。詩の中で、反乱軍との戦いに苦しむ民衆の姿を次のように描写する。

哀此黎元　　哀しいかな　此の黎元《れいげん》
無罪無辜　　罪《つみ》無く辜無し
肝脳塗地　　肝脳《かんのう》　地に塗《まみ》れ
白骨交衢　　白骨　衢《く》に交《まじ》わる

夫行妻寡　夫は行きて　妻は寡《やもめ》となり
父出子孤　父は出でて　子は孤《みなしご》となる

（晋・潘岳：関中詩）

○黎元　民衆。○辜　重い罪。○衢　道路、大通り。

このように時の政治的事件を題材にするリアリズムの作品を、「時事詩」と呼ぶ場合があるが、唐代の杜甫がこの時事詩の代表的詩人であり、かれの作った作品は「詩で書いた歴史」という意味で「詩史」とも呼ばれている。現代では「社会詩」ということもあるが、要するに現実社会の様相、つまりは時事を、リアリスティックに描写して、社会の不条理や矛盾を告発するような作品をいうのである。

政治が行き詰まるところ、内乱や外敵の侵略が起こり、やがては旧王朝が倒れて次の新たな王朝が登場する。歴史はこのくり返しといってよいのであるが、その過程で最も苦しむのは、例外なくなんの罪も無い一般の民衆であり、戦いで命を落とす名もない兵士たちである。

沢国江山入戦図　沢国《たくこく》　江山《こうざん》　戦図《せんと》に入《い》る
生民何計楽樵蘇　生民《せいみん》　何の計あってか樵蘇《しょうそ》を楽しまん
憑君莫話封侯事　君に憑《よ》る　話《かた》る莫《な》かれ　封侯《ほうこう》の事

一将功成万骨枯　一将功成《いっしょうこうな》りて　万骨《ばんこつ》枯る

（唐・曹松《そうしょう》・己亥歳〔己亥《きがい》の歳《とし》〕）

〔訳〕ここ沢や湖の多い江南の山河《やまかわ》も戦場にまきこまれ、民衆はきこりや草刈りなど、ふだんの生活を楽しむこともできなくなった。君にお願いする、どうか戦功をあげて諸侯に出世することなど口にしないでほしい、一人の将軍が戦功をあげたあとには、万の兵士の骨が戦場に枯れはてるのだから。

○沢国　湖沼の多い地方。○戦図　戦場。○生民　一般の民衆。○樵蘇　きこりと草刈り。○憑君　君にお願いする。○封侯　諸侯に封じられること。

この作品は、唐末の僖宗《きそう》の乾符《けんぷ》六年（八七九）、己亥（つちのと・い）の歳の出来事を題材にしているものである。すなわち、唐末に起こった黄巣《こうそう》の乱（八七五―八八四）をその背景とする。唐王朝は全国をまきこんだこの黄巣の乱によって挽回不可能な打撃をうけ、やがて間もなく崩壊した。

第三句の「憑君」は、「君に頼む、お願いする」の意味であるが、「君」のさすものについては、諸説がある。一般には、不特定の戦功をあげて出世を願う人、つまり諸侯になり

州橋遺址

たいと考えている人をさすと解釈されているが、特定の人物（高駢《こうべん》という将軍）を当てる説もあり、また戦争に出かけて行く夫に妻が語りかけていると取る説もある。

また、この詩の最後の一句「一将功成りて万骨枯る」は、戦争の非情な本質をみごとに表現した句として、単独で格言に用いられる句である。強制的に戦争に駆り出される民衆の悲劇や戦乱に逃げ惑う人々の悲惨さは、中国の古典詩の長い歴史を通じて決して途絶えることのない不変のテーマであった。詩人は自らの体験としてそれらをうたったほか、時代の観察者として人々の悲哀や怨嗟を代弁したのである。

戦乱によって滅んだ王朝や荒廃した遺跡・古都をテーマとする、先の杜牧の「秦淮《しんわい》に泊《はく》す」（泊秦淮）のような作品は「詠史詩《えいしし》」「懐古詩」と呼ばれ、これまた中国の詩の重要なジャンルを形成する。このジャンルには歴史上の人物を詠じる作品も含まれるが、第二章で見た唐の陳子昂《ちんすごう》の「薊丘覧古《けいきゅうらんこ》」などはこれに属する。それらの歴史上の人物の多くはやはり政治と戦乱に結びついており、戦乱の中から身を起こした英雄、一代の栄華を誇りながら悲惨な末路をたどった王者、亡国の際の悲劇の忠臣など、人々の記憶に残る人々である。ここで典型的な「懐古詩」を一首見てみよう。

南宋の范成大《はんせいだい》（一一二六―一一九三）が、乾道《けんどう》六年（一一七〇）に国使の命を帯びて北の金に使いしたとき、かつて北宋の都として栄えた汴京《べんけい》（河南省開封市）の跡を訪れて作った作品である。詩の題の「州橋《しゅうきょう》」は、宮城から南にのびる大通りの御街《ぎょがい》（または御路《ぎょろ》）にかかっていた橋の名で、正式には天漢橋《てんかんきょう》という。

州橋南北是天街　　州橋の南北　是《こ》れ天街《てんがい》
父老年年等駕迴　　父老《ふろう》　年年　駕《が》の廻《かえ》るを等《ま》つ
忍涙失声詢使者　　涙を忍び　声を失いて　使者に詢《たず》ぬ
幾時真有六軍来　　幾時《いつ》か真《まこと》に六軍《りくぐん》の来《きた》る有らんと
（宋・范成大・州橋）

〔訳〕州橋の南も北も、かつての都大路、
土地の古老は年々天子の車の帰りを待ち望む。

涙をこらえ声をひそめて、使者にたずねた、
いつになったら、本当に天子さまの軍隊が来るのでしょうか、と。
○天街　すなわち御街。○父老　年寄り。古老。○駕　天子の乗り物。○六軍　天子の軍隊。

この時、范成大は州橋のほかにも宜春苑《ぎしゅんえん》や相国寺《しょうこくじ》などの汴京の旧跡を尋ねて、合計一〇首の七言絶句の作品を残している。

結論的にいえば、中国の詩はその基底に大テーマの「政治」をおいて、そこからさまざまな小テーマが派生するということができよう。

三　仕官と科挙

中国の人々が官吏になるのに憧れたのは、もちろん第一には生活のためであったことは間違いない。しかし単にそれだけではなく、儒家の思想を信奉するかれらにとって、政界に入って実際の政治に参与し、君主を補佐して理想の政治を行うことが大きな夢でもあった。いわゆる「経世済民《けいせいさいみん》」の夢である。「仕官」こそは、かれらの現実と理想の二つの夢を実現する重要な手段であったのである。杜甫は政治への参加を夢見た若い日々を、次のようにうたった。

甫昔少年日　　甫《ほ》は昔　少年の日
早充観国賓　　早くも観国《かんこく》の賓《ひん》に充《あ》てらる
読書破万巻　　書を読みて万巻《ばんかん》を破り
下筆如有神　　筆を下せば神《しん》有るが如し
賦料揚雄敵　　賦《ふ》は揚雄《ようゆう》の敵《てき》と料《はか》られ
詩看子建親　　詩は子建《しけん》の親《しん》と看《み》なさる
李邕求識面　　李邕《りよう》は面《めん》を識《し》らんことを求め
王翰願卜隣　　王翰《おうかん》は隣《となり》を卜《ぼく》さんことを願う
自謂頗挺出　　自《みずか》ら謂《おも》えらく　頗《すこぶ》る挺出《ていしゅつ》し
立登要路津　　立ちどころに要路《ようろ》の津《しん》に登りて
致君尭舜上　　君《きみ》を尭舜《ぎょうしゅん》の上に致し
再使風俗淳　　再び風俗をして淳《あつ》から使《し》めんと

（杜甫：奉贈韋左丞丈二十二韻［韋左丞丈《いさじょうじょう》に贈り奉《たてまつ》る　二十二韻］）

〔訳〕　わたくし甫は、昔まだ若かったとき、
早くも科挙の受験生の資格が与えられました。
読書は一万巻もの書物を読破し、

筆をとって詩文を書けば、神の助けがあるかのようでした。
賦の作品は漢の揚雄《ようゆう》の好敵手と思われましたし、
詩を作れば魏の曹植《そうしょく》の血筋を引くと見なされました。
文壇の長老の李邕《りよう》さんもわたしの顔を見てみたいと仰せられ、
高名な詩人の王翰《おうかん》さんさえわたしの隣に住みたいと望まれました。
そのころ、わたしはこう思っていました、「自分はなかなかの優れ者、すぐさま政界の重要な地位にのぼって、
我が君を助けていにしえの尭舜《ぎょうしゅん》以上の聖天子にさせ申し、
ふたたび世の風俗を上古のごとき純朴なものにしたい」と。

○**勧国賓**　上京して科挙試験の受験者になること。『易経』観卦《かん》「国の光を観《み》る、用《も》って王に賓《ひん》たるに利《よろ》し」にもとづく。なお、「充」は、充当に同じく、資格を与えられること。○**破**　読破する。○**有神**　神の助けがあること。○**揚雄**　前漢末の賦の大家。○**子建**　魏の曹植の字《あざな》。○**親**　近親者。血縁のある人。○**李邕**　当時の文壇の長老。○**王翰**　当時の著名な詩人。○**卜隣**　土地を占って隣に住む。○**挺出**　抜きん出る。○**要路津**　重要な地位。要職。○**尭舜**　古代の聖天子。○**淳**　純朴で、正しい。○**韋左丞丈**　尚書左丞の職にあった韋済という人物。「丈」は、丈人というのに等しく、親しい年長者を呼ぶ言葉。

しかしながら、杜甫の青年期の夢は空しく潰え去り、科挙の試験に合格することもなく流浪の生涯を終えたように、王族や門閥貴族などからはずれた一般の知識人には仕官は決して容易なことではなかった。とにかく、まず官吏登用試験の関門を越えなければならなかったのである。中国の官吏の登用はさまざまな形で古くから行われてきたが、隋・唐の時代に整備された科挙の試験制度がそれ以後の中国の官吏登用試験として長く続き、詩とも深いかかわりをもつことになった。

官吏の登用はもともと「選挙」または「貢挙《こうきょ》」といい、それは在野の優秀な人材を選び推挙して朝廷に貢《みつ》ぐことを意味していた。古くは地方の長官が優れた人材を発掘して推薦する推薦任用制度であったのが、隋代になって選抜試験制度に変わり、次の唐代でそれがより整備されて、科目別の選抜試験制度が官吏登用試験として定着した。この科目別選抜による選挙（または貢挙）の制度に由来する科挙という名称は、宋代以後に用いられたものであるが、一般に唐代の選挙制度を科挙と呼び習わしている。

唐代の科挙の試験は時期によって試験内容や実施方法に差異があるが、原則として毎年実施された。毎年一〇月、各地方の試験をパスした受験生（郷貢《きょうこう》）と国立の学校で学んだ生徒が都に勢ぞろいして、年が明けた正月に礼部省《れいぶ》主催の試験が行われた。そして二月から三月にかけて合格発表があり、四月には官吏を統括する吏部省《りぶ》に送られて任用のための再試験を受けるという手順であった。科挙は、この礼部省における試験をさすのである。

科挙の中でもとりわけ難しく、それだけに他より重視されたのが進士科《しんじか》の試験であり、進士科の試験には作詩が課せられた。その結果、官界に入って高い地位につくためには難関の進士科に合格しなければならず、進士科に合格するためには作詩の腕を磨かなければならないという特殊な現象が生まれたのである。前述（第二章）の如く、「詩を以て士を取る」状況が、すなわちこれである。第四章「中国詩の形式（二）」で述べたように、答案の詩は一二句六韻の五言排律で作るのが標準であった。それらを「試帖詩《しじょうし》」と呼ぶ。

唐代の科挙の合格者と試験官の名前や、作詩の課題・作品の一部などが、清代の徐松《じょしょう》の編纂した『登科記考《とうかきこう》』に記載されている。ほとんどみな規格どおりの五言排律の試帖詩が並んでいる中で、型破りの作品もないわけではない。同書の開元十二年（七二四）の項に見える祖詠《そえい》（六九九―七四六？）の作品は、その一例である。

終南陰嶺秀　　終南《しゅうなん》　陰嶺秀《いんれいひい》で
積雪浮雲端　　積雪　雲端《うんたん》に浮かぶ
林表明霽色　　林表《りんぴょう》　霽色《せいしょく》明らかに
城中増暮寒　　城中《じょうちゅう》　暮寒《ぼかん》を増す

（唐・祖詠：終南山望余雪［終南山《しゅうなんざん》に余雪《よせつ》を望む］）

〔訳〕終南山の北の峰は美しくそびえ立ち、

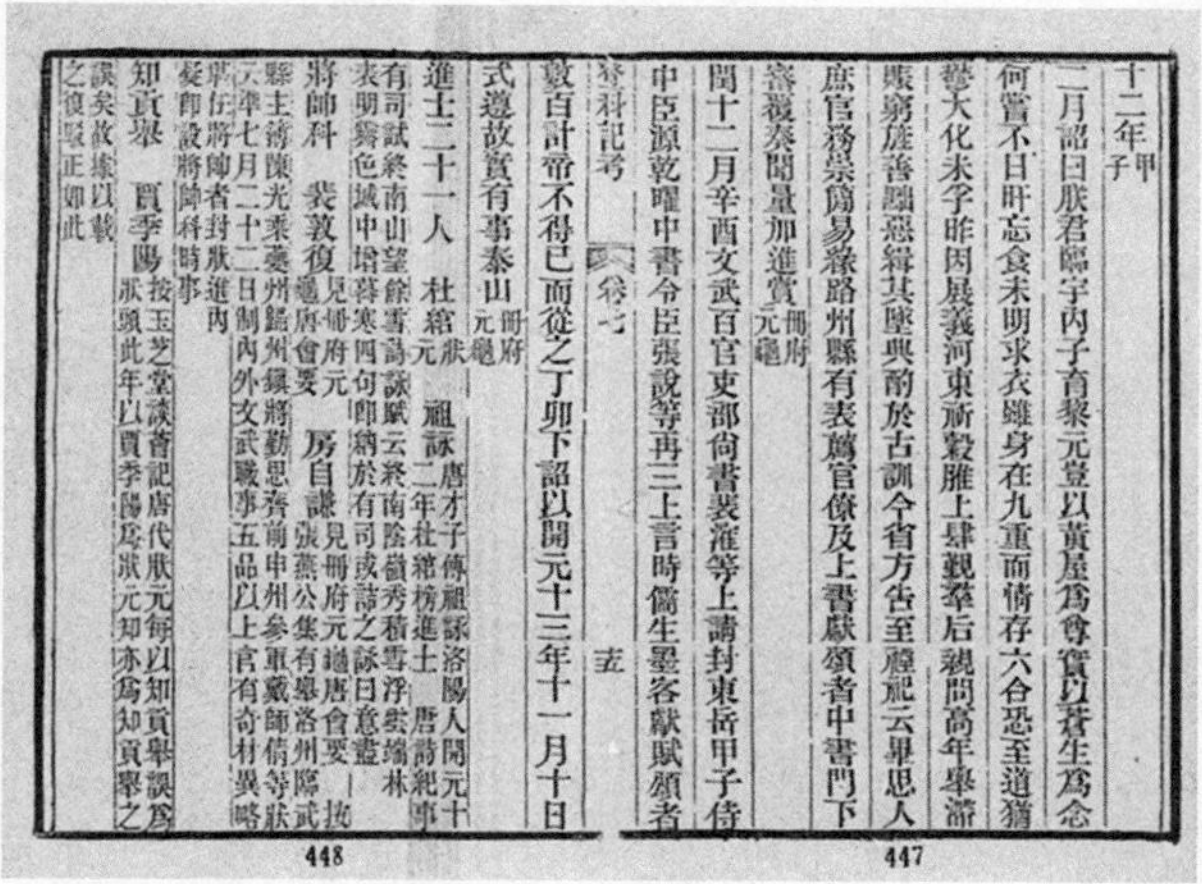
十二年甲子
二月詔曰朕君臨宇內子育黎元豈以黃屋爲尊實以蒼生爲念
何嘗不日旰忘食未明求衣雖身在九重而情存六合恐至道猶
鬱大化未孚昨因展義河東祈穀脽上肆覲羣后親問高年舉滯
賑窮旌善黜惡緝其墜典酌於古訓令省方告至禮祀云畢思人
庶官務崇簡易緣路州縣有表薦官僚及上書獻頌者中書門下
審覈奏聞量加進賞冊府元龜
閏十二月辛酉文武百官吏部尚書裴漼等上請封東岳甲子侍
中臣源乾曜中書令臣張說等再三上言時儒生墨客獻賦頌者
登科記考　卷七　去
447
數百計帝不得已而從之丁卯下詔以開元十三年十一月十日
式遵故實有事泰山冊府元龜
進士二十一人　杜綰元狀　祖詠唐才子傳祖詠洛陽人開元十二年杜綰榜進士　唐詩紀事
有司試終南山望餘雪詩詠賦云終南陰嶺秀積雪浮雲端林
表明霽色城中增暮寒四句即納於有司或詰之詠曰意盡｜摭
將帥科　裴敦復見冊府元龜府會要　房自謙見冊府元龜唐會要
縣主簿陳光乘夔州鹽州錄將勤思齊前申州參軍戴師倩等狀武
六年七月二十二日制內外文武職事五品以上官有奇材異略
堪任將帥者封狀進內
擢即設將帥科時事
知貢舉　賈季陽按玉芝堂談薈記唐代狀元每以知貢舉誤爲
狀頭此年以賈季陽爲狀元知亦爲知貢舉之
誤矣敘集以載
之復駁正如此
448

清・徐松『登科記考』開元十二年の記事

山頂の積雪が雲の上端に浮かんでいる。

林の上空には明るく晴れあがった空が広がっているが、長安の城内には夕暮れの寒さがつのってきた。

○陰嶺　北側の峰。○林表　林の上方。○霽色　雪や雨が晴れ上がった景色。

終南山は長安の南に連なる秦嶺《しんれい》山脈中の一つの峰であり、昔から俗世を避けた隠者が多く住んだところとして名高い。長安から見える峰は、まさしく日の当たらない北側の「陰嶺」である。テキストによっては、詩の題を「終南望余雪」（終南に余雪を望む）と、「山」

の字を欠くものもあるが、もちろん意味に変わりはない。この作品は短い五言絶句の形式であり、試帖詩としてはまことに異例である。祖詠がこの詩を提出したとき、ある人が「短いではないか」と詰問すると、彼は「言いたいことは全部言い尽くした」と答えたというエピソードが伝えられている。

さて、首尾よく科挙の試験に合格した者には晴ればれしく楽しい行事がひかえていた。それは、長安城東南隅にあった曲江池《きょくこうち》における宴会である。曲江池は漢代の御苑として知られた場所であったが、長い年月の間にすっかり寂びれていたのを、唐の玄宗は修復を加えるとともに多くの美しい建物を造って、王侯貴族の行楽の地に変えたところである。科挙の合格者たちは特に許されて、春の花が爛漫と咲き誇るこの曲江池で試験官を招いて謝恩の宴会を開いた。宴会の後はうち揃って近くの慈恩寺《じおんじ》の大雁塔《だいがんとう》に行き、塔の壁に自分の名前を書き記した。いわゆる「題名《だいめい》」である。

合格の大きな喜びは、中唐の詩人孟郊《もうこう》（七五一―八一四）の「登科後《とうかご》」にみごとに描写されている。彼は何度も失敗したあと高齢で合格したため、それだけに喜びも人一倍大きかったに相違ない。

昔日齷齪不足誇　　昔日《せきじつ》　齷齪《あくせく》　誇るに足らず
今朝放蕩思無涯　　今朝《こんちょう》　放蕩《ほうとう》　思い涯《はて》無し

春風得意馬蹄疾　　春風《しゅんぷう》　意を得て　馬蹄《ばてい》疾《はや》し
一日看尽長安花　　一日《いちじつ》看尽《みつ》くす　長安の花
（孟郊・登科後）

〔訳〕過ぎし日々、齷齪《あくせく》と勉強に苦しんだことなど、別に自慢するまでもない。
今朝《けさ》は心晴ればれと、思いははてしなく広がる。
春風《はるかぜ》のなか、長年の夢がかない、馬の歩みも軽やかに、
一日《いちにち》のうちに、長安の花という花すべてを見てしまった。

○得意　思いを遂げる。

しかし、試験に合格した人の喜びとはまったく逆に、不合格で泣いた人の方がはるかに多かったことは言うまでもない。合格を「登科」「及第」というのに対して、不合格を「落第」というが、落第して失意のまま郷里に帰る者、それを見送って慰める者、そのような人々の作品がおびただしく残されている。中唐の李廓《りかく》の「落第」詩を次にあげよう。

牓前潜制涙　　牓前《ぼうぜん》　潜《ひそ》かに涙を制《おさ》え
衆裏自嫌身　　衆裏《しゅうり》　自《みず》から身を嫌《いと》う
気味如中酒　　気味《きみ》は酒に中《あた》るが如《ごと》く

情懐似別人
煖風張楽席
晴日看花塵
尽是添愁処
深居乞過春

情懐《じょうかい》は人に別るるに似たり
煖風《だんぷう》に楽席《らくせき》を張り
晴日《せいじつ》に花塵《かじん》を看《み》る
尽《ことごと》く是《こ》れ　愁《うれ》いを添《そ》うる処
深居《しんきょ》して春の過ぎんことを乞《こ》う

（李廓・落第）

〔訳〕　合格発表の札の前でひそかに涙をこらえ、
群衆の中でわが身がなさけなく、いやになった。
気分はまるで酒に酔ったように落ち着かず、
心は人と別れるのにも似て悲しみがいっぱい。
合格者たちは暖かい春風に吹かれて楽しい宴《うたげ》を開いており、
明るい日の光にもとで、美しく舞い飛ぶ花びらを見ている。
それらはみな、わたしの悲しみをつのらせるもの、
家にこもって、ただただ春の過ぎ去るのを待つばかり。

○牓前　合格発表のふだ。○中酒　酒に酔う。酩酊。

落第の切ない悲しみがまことにリアルに詠じられている。もっとも、この作者は元和十

三年（八一八）には首尾よく進士の試験に合格しているので、これはそれ以前の作品である。

だが科挙に合格したとしても、誰もが出世できるとは限らない。唐代においては結局ものをいうのは家柄であり、血筋であった。たとえば、祖詠は官職についた記録が残っていないし、孟郊は地方の小県の役人で一生を終えている。仕官の道は実に困難であったといわざるを得ない。結局、詩の才能、ひいては科挙の試験結果が仕官と密接に結びつくのは、宋代に入ってからのことであった。

また一方、どうしても科挙に合格できない者は、ほかの方法で仕官の道を探すか、仕官そのものをあきらめなければならない。ほかの道といえば、杜甫は、安禄山の乱の最中に都から避難していた天子のもとに駆けつけてようやく官職を得たし、李白は彼の文学的才能を評価した有力者の引きで、念願の宮中の職につくことができた。しかし、仕官をあきらめて官界に背を向けた人や、あるいは最初から政治や仕官に関心のない人は、世を捨てて隠棲するしか仕方がなかったのである。

10 中国詩のテーマ（二）——隠棲と自然

一　隠棲

中国詩において隠棲のテーマは政治のテーマと並んで、極めて重要なテーマである。

前章で述べたように、「経世済民《けいせいさいみん》」を人生の目標として自己の修養に努めた中国の知識人にとって、官職を得て政界に入ることがその目標達成のための第一歩であり、そのために官吏登用試験（科挙）の関門を乗り越える努力をかさねた。しかし、その第一関門で挫折する人が少なくなく、またせっかく難関を突破して官吏になっても、与えられた官職が思惑とはほど遠い小官や閑職であったり、政争に巻き込まれて左遷の憂き目にあったりして、失意と不遇のまま生涯を終える人も決して少なくなかった。中国の詩には、そのような中途で挫折した人々の落胆怨嗟の声が満ちあふれている。政治社会のこの苛酷な状況が、中国の隠者を生み出す大きな原因の一つであったのである。

挫折と失意によって隠棲するのがいわば受け身の処世術であるのに対して、権謀術策の渦巻く汚辱の政治社会に最初から背を向けて、もっぱら精神的な自由と高潔さを求めて自発的に隠棲する場合もある。そしてまた、特に政治が乱れて政変や戦乱のつづく時期にあっては、何よりもまず身の安全を守るために山野に隠れる人が増えるのは、理の当然である。このように見てくると、政変と戦乱が絶え間なくつづいた中国の歴史状況こそが、隠者を生み出す最大の原因であったということができよう。いずれにしても、隠棲と政治は密接不可分の関係にある。隠者とは、簡単に定義すれば、現実社会の秩序や規範からはずれたアウトサイダーであり、社会の目の届かない所でひっそりと隠れ住む人たちである。隠者を、ほかに隠士《いんし》・隠逸《いんいつ》、逸民《いつみん》・逸士、または幽人《ゆうじん》などと呼ぶ場合も、すべてその意味は等しい。

本来は人目にたたない隠れた存在であるべきアウトサイダーは、その反社会的存在ゆえにかえって目立つことにもなる。事実、中国の隠者の歴史ははるか上古にさかのぼり、伝説によれば、すでに聖天子の堯の時代に、政治を嫌って樹上に巣を作って住んだ巣父《そうほ》や、政治の話を聞いて耳が汚れたと川の水で耳を洗った許由《きょゆう》なる人物がいたと伝えられており、隠者の系譜は古くから連綿と続いているが、隠者が広く社会的に注目され、高い評価を受けるようになったのは、後漢末から魏・晋にかけての頃であった。それは第一章で述べたように、阮籍・嵆康など「竹林の七賢」が生きた、政変と戦乱の時期に重なるのである。晋の皇甫《こうほ》謐《ひつ》（二一五―二八二）が『高士伝』三巻を著して上古からの隠者七〇余人を記録したことや、六朝・宋の范曄《はんよう》（三九八―四四五）の『後漢書』に「正史」では初めての「逸民伝」が立てられたことなどは、いずれもこのころ隠者の存在が社会的に公認された状況を具体的に反映するものであった。

『後漢書』逸民伝の序には、人が世を捨てて隠棲するさまざまな動機と目的を、次のように記す。

或隠居以求其志、或回避以全其道、或静己以鎮其躁、或去危以図其安、或垢俗以動其概、或疵物以激其清。

或いは隠居して以て其の志を求め、或いは回避して以て其の道を全うし、或いは己を静かにして以て其の躁《そう》を鎮《しず》め、或いは危《き》を去って以て其の安きを図り、或いは俗を垢《けが》るるとして以て其の概《がい》を動かし、或いは物《ぶつ》を疵《そし》りて以て其の清を激《げき》す。

〔訳〕ある者はひっそりと隠れ住んで自らの人生の目的（志）を追求し、ある者は権力からの誘惑や強制を回避してその道義（道）を全うし、ある者はその自己中心の心（己）を静めてその性急さをおさえ、ある者は生命の危険を遠ざけてその身の安全をはかり、ある者は俗世間を汚れたものとしてその高潔な気概をふるい起こし、ある者は物欲をしりぞけてその清廉潔白の心をはげました。

この文章は、当時の隠棲観を知るうえでたいへん興味深い。しかも、この文章の後に続けて、逸民の皆が皆、魚や鳥を友とし山林の風趣を楽しむ満足の生活を送ったわけではないと述べ、逸民になるならないは結局かれらの「性分《せいぶん》」によるのだと言っていることから、当時の人々が、隠者は本来みずから「性分」（個性と意志）で自発的に隠棲を選ぶべきこと、そして山林で魚鳥を友とする悠々自適の心静かな生活を送るべき人たち、と考えていたことが理解できる。范曄の文章は、隠者の理想と現実のギャップに深い同情と多少の皮肉をこめているように感じられる。
もともと、隠棲の思想は「無為自然」の生活を理想とする道家の思想にもとづくものであり、貧富の物欲や富貴の出世欲などとはまったく無縁に生きることを至上としたので、貧窮などは関心外のことであった。その代わりに隠棲の人々は、俗世間の煩わしいしがらみを超越して自由に生きる解放感を獲得したのである。したがって、世間一般の人からは、隠者は清らかな心をもつ高潔な人格者と見なされた。先の『後漢書』の文章にも見えるように、かれらの多くは普通、俗塵を避けるために深山幽谷に住んで魚や鳥獣を友とし、自然の風趣を満喫する生活を送るものとされ、粗衣粗食と深山の風物は、いわば隠者のトレードマークとなったのである。ところが、隠者の隠棲のあり方について、晋の王康琚《おうこうきょ》が興味深い詩を残している。かれの伝記的詳細はまったく不明であるが、この作品は『文選』に収録されている。

小隠隠陵藪　　小隠《しょういん》は陵藪《りょうそう》に隠《かく》れ
大隠隠朝市　　大隠《たいいん》は朝市《ちょうし》に隠る
伯夷竄首陽　　伯夷《はくい》は首陽《しゅよう》に竄《のが》れ
老聃伏柱史　　老聃《ろうたん》は柱史《ちゅうし》に伏《かく》る
昔在太平時　　昔　太平《たいへい》の時に在りて

亦有巣居子　亦《また》巣居《そうきょ》の子《し》有り
今雖盛明世　今盛明《せいめい》の世なりと雖《いえど》も
能無中林士　能《よ》く中林《ちゅうりん》の士《し》無からんや
（晋・王康琚：反招隠詩）

〔訳〕小物の隠者は山や林の中に身を隠すが、
大物の真の隠者は、かえって朝廷や市場など人の集まるところに隠れている。
伯夷は首陽山に逃げ隠れた小物の隠者だが、
真の隠者の老子は、書物番の「柱下の史」としてひっそりと暮らしていた。
はるかいにしえの昔、天下太平のときでさえも、
やはり木の上に巣を作って住んだ巣父のような隠者がいたのだから、
いまよく栄えた御代であっても、山林に身を隠す人がいないはずがない。

○**陵藪**　人里離れた山や林。○**朝市**　朝廷や人の集まる市場。○**伯夷**　殷《いん》の名士。周の招聘を断り、弟の叔斉《しゅくせい》とともに首陽山に隠れた。○**老耼**　老子。「柱史」は「柱下の史」といわれる書物番。

題の「反招隠詩」は、「楚辞」の「招隠士」にならう作品の意味である。「反」は「擬」に等しい。この作品のおもしろい点は、隠者を「大隠」と「小隠」に分け、当時こぞって山林に隠れた隠者たちを皮肉っているところである。

王康琚からやや後の陶淵明《とうえんめい》は、「古今隠逸詩人の宗《そう》」（鍾嶸《しょうこう》『詩品』）と呼ばれて後世の人々から尊敬されているが、かれなどは「大隠」とは言えないまでも、さりとて「小隠」のように深山に隠れて世間とまったく没交渉であったわけでもないので、「大隠」に近いひとりに数えてよいかも知れない。なぜなら、すでに第一章にあげた「園田の居に帰る」が示しているように、かれは生来田園に憧れた自由人であり、十数年の役人生活をなげうって故郷の村に帰ってからも「廬《ろ》を結んで人境《じんきょう》に在り、而《しか》れども車馬《しゃば》の喧《かまびす》しき無し」と、農民とともに農村での生活を楽しんだからである。

結廬在人境　廬《ろ》を結んで人境《じんきょう》に在り
而無車馬喧　而《しか》れども車馬《しゃば》の喧《かまびす》しき無し
問君何能爾　君に問う　何《なん》ぞ能《よ》く爾《しか》ると
心遠地自偏　心遠く　地《ち》自《おのず》から偏《へん》なればなり
采菊東籬下　菊を采《と》る　東籬《とうり》の下《もと》
悠然見南山　悠然《ゆうぜん》として南山《なんざん》を見る
山気日夕佳　山気《さんき》　日夕《にっせき》に佳《か》なり
飛鳥相与還　飛鳥《ひちょう》　相与《あいとも》に還《かえ》る
此中有真意　此《こ》の中《うち》に真意《しんい》有り

欲弁已忘言　弁《べん》ぜんと欲して已《すで》に言《げん》を忘る

（晋・陶淵明：飲酒二十首、其五）

〔訳〕質素な家を構えているのは、世間のただ中、

だが、役人たちのうるさい車や馬の音は聞こえない。

「君はよくそんな生活ができるね」と問う人がいるが、

答えは、「出世など思いもしないので、土地も自然とへんぴになるからさ」。

東の垣根で菊の花を折り取っていると、

南の廬山のゆったりとした姿が目にはいる。

山のたたずまいは夕暮のなかにすばらしく、

鳥たちが群れをつくって巣に帰って行く。

この光景の中にこそ、人間の生きる真理があるのだ、

それを説明しようにも、もう言葉を忘れてしまった。

○人境　人の住むところ。世間。○車馬　役人の乗る車や馬。○爾　このような状態。○偏　へんぴ。○東籬　東のまがき。○南山　南の山。廬山。○山気　山の気配、たたずまい。○日夕　夕方。○欲弁　説明しようと思う。

陶淵明が人々に敬愛されるのは、菊と酒と田園の風物をこよなく愛するその悠々たる生

きざまである。彼自身の確固たる人生哲学がありながらしかつめらしく呻吟することもなく、彼もまた東晋末期の政局の混迷に翻弄されながらあからさまの愚痴をこぼすでもなく、無邪気なまでに自由に生きた自由人として人々に慕われたのである。

陶淵明はいささか例外的な存在ではあったが、魏晋以後、乱世を逃れる隠者の数は増大し、時代が下るにつれて多くの隠者が隠れ住んだ土地がしだいに隠棲に最もふさわしい場所として知られるようになった。古来、隠者の住んだ場所として最もよく知られたのが長安（現在の陝西省西安市）の南の終南山であり、他にも河南省の洛陽近くの嵩山《すうざん》、そして陶淵明の郷里に近い南方江西省の廬山《ろざん》などが名高い。

生粋の道家の人々以外にも、上述のようにさまざまな動機で隠棲する人がいたが、魏・晋・六朝期を経て、高潔な人格者として隠者の社会的評価が高まるにつれて、逆に隠者であることが仕官の足掛かりになるという逆説的な傾向が現れてきた。特に、終南山の隠者で優れた人格者という評判がたつと、立派な隠者を配下におけば主人としての名声が高まると計算した人が隠者を召し抱えようとしたので、隠者に仕官のチャンスが生まれたのである。そこで今度は、仕官のために終南山に隠棲する人が現れはじめ、やがて唐代には出世の早道という意味の「終南の捷径《しょうけい》」という言葉さえ生まれた。後には、通常のルートによらずに姑息《こそく》な手段で目的を遂げる意味の成語になった言葉である。

一般に、中国の知識人は昔から隠棲に対する憧れの気持ちを根強くもっていた。たとえ官僚として安定した生活を送っている人でも、官吏の生活や政治の世界に束縛と窮屈を感じるのは昔も今も変わりはなく、心の奥底では隠者の自由な生活に憧れるのである。かれらは政治的な立場では儒家の思想を尊重しながら、生活のレベルでは道家の思想につよく引かれていたといえる。唐の詩人としては異例の高い官職についた白居易でさえも、官僚生活の束縛を嘆き、自由に憧れる心情を詠じた多くの詩篇を残している。『白氏文集』の中に詩人自ら「閑適《かんてき》」と分類している作品群に、かれの隠棲の志向を見ることができる。たとえば、元和年間の初め、かれが翰林学士・左拾遺として天子のそば近くに仕えていた時の作品に、「禁中」と題する小品がある。三〇歳後半にさしかかった白居易は、順調に政界の出世の階段を上り始めた時であった。それは、文学と政治の改革に情熱を燃やして、「新楽府五十首」を作った時期でもあった。そのような状況の中で作られた作品にしては、「禁中」は隠棲への願望がすこぶるつよい。

門厳九重静　門は厳《げん》として　九重《きゆうちよう》静かに
窗幽一室閑　窗《まど》は幽《しず》かにして　一室閑《かん》たり
好是修心処　好《こ》く是れ心を修《しゆう》する処
何必在深山　何ぞ必ずしも深山にあらんや
（白居易・禁中）

〔訳〕九重の宮門は厳重で、中は静まりかえっており、
窓辺には人影もなく、部屋の中は閑静そのもの。
この部屋こそ、心の修養をするのに最適の場所、
どうしてわざわざ深い山にすむ必要があろうか。

○窗　窓に同じ。

「修心」は『荘子』（田子方篇）に典故をもつ道家の言葉であり、それだけでも隠棲への志向が十分読み取れるのであるが、結句の「何ぞ必ずしも深山にあらんや」に至って、われわれはかれの隠棲志向がいかにつよいものであったかを知るのである。なぜならば、この言葉は、深山へのつよい憧れがあればこそ、その不要を自己に納得させるための言葉であるからである。

また、王康琚の詩に因んで白居易は「中隠」と題する作品も作っている。先の「禁中」の時よりもはるかに重職についていた時、すなわち洛陽で留守東都分司の官職にあった時の作品で、半隠半官の我が身を詠じたものである。次にあげるのは、五言古詩三二句のうちの冒頭六句。

大隠住朝市　　大隠は朝市《ちょうし》に住み

小隠入丘樊　小隠は丘樊《きゅうはん》に入る
丘樊太冷落　丘樊は太《はなは》だ冷落《れいらく》
朝市太囂諠　朝市は太だ囂諠《ごうけん》
不如作中隠　如《し》かず　中隠と作《な》り
隠在留司官　隠れて留司《りゅうし》の官に在るには
（白居易：中隠）

〔訳〕大物の真の隠者は朝廷や人の集まる市場に住み、
小物の隠者は丘や林の中に入ってすむ。
だが、丘や林は寂しすぎるし、
朝廷や市場は騒がしすぎる。
だから中隠となって、
留司の官に隠れているのに越したことはない。

○丘樊　丘と林。○囂諠　がやがや騒がしいこと。○留司　留守東都分司を短くして言ったもの。

また、仕官の志をもちながら、その夢を果たせずに隠棲の生活を余儀なくされた人物として、唐の隠遁詩人として名高い孟浩然《もうこうねん》（六八九―七四〇）の作品を見てみよう。

八月湖水平　八月　湖水平らかにして
涵虚混太清　虚《きょ》を涵《ひた》して　太清《たいせい》に混《こん》ず
気蒸雲夢沢　気は蒸《む》す　雲夢《うんぼう》の沢《たく》
波撼岳陽城　波は撼《ゆる》がす　岳陽城《がくようじょう》
欲済無舟楫　済《わた》らんと欲するも　舟楫《しゅうしゅう》無く
端居恥聖明　端居《たんきょ》して聖明《せいめい》に恥ず
坐観垂釣者　坐《そぞ》ろに釣《つりばり》を垂るる者を観れば
徒有羨魚情　徒《いたず》らに魚《うお》を羨《うらや》むの情有り

（孟浩然・臨洞庭上張丞相［洞庭《どうてい》に臨みて張丞相《ちょうじょうしょう》に上《たてまつ》る］）

〔訳〕八月、洞庭湖の湖面は平らかに広がり、
湖水は大空をひたして、はるかな天上と湖が渾然とひとつになっている。
湖面から立ちのぼる水蒸気が雲夢の地一帯にたちこめ、
湖岸に打ち寄せる波が岳陽の町を揺り動かす。
さて、この湖を渡ろうにも乗る舟とてなく、
さりとて、なにもせずにいるのは天子の御恩に対してまことに恥ずかしい。
なんとなく釣り糸を垂れている人を見ては、
ただむなしく魚が欲しいと思うだけだ。

○**虚**　虚は虚空、大空。○**涵**　水にひたす。○**太清**　天。最上の天。道家の語。○**雲夢沢**　洞庭湖付近の古地名。○**岳陽城**　洞庭湖の東北岸の町。○**舟楫**　舟と舟を漕ぐかい。○**端居**　なにもせずに暮らすこと。閑居に同じ。○**羨魚情**　魚を欲しがる気持。『漢書』董仲舒伝《とうちゅうじょでん》「淵に臨んで魚を羨むは、退いて網を結ぶに如かず」にもとづく言葉。ただ希望するだけで行動しないたとえ。○**張丞相**　詩人としても名高い張九齢《ちょうきゅうれい》（六七三―七四〇）という人物。丞相は宰相。

「済らんと欲するも舟楫無く」は、洞庭湖を渡りたいが舟とかいがない、つまり官職につきたいのにその手づるがない意味で、明らかに仕官を臨みながらそれが果たせない状況をうたっているのである。かれが仕官できなかった理由については、不遜な態度が玄宗に嫌われたというエピソードも伝えられているが、ともかく「春眠暁を覚えず」（春眠不覚暁）と、悠々と隠遁生活を楽しんでいたかに見える孟浩然も、はじめは「聖明」の天子に仕えることを渇望していたのである。

おそらく、中国の隠者の中には孟浩然のような人が数多くいたに違いない。前の白居易の例とも考え合わせると、一見相反するもののように見える「仕官」と「隠棲」の意外に密接な関係を、われわれは理解することができる。

二　自然

中国の自然思想は、先秦時期の老荘思想の形成とともに成立した。古代の人々にとって不可知的な尊敬と畏怖の対象であった自然を、人間と親しい関係に引き寄せたのは、老荘思想を信奉する道家の人々の功績であった。かれらは、自然こそ人為的な秩序や束縛に相対する、自由と解放の世界である、と考えたのである。『荘子』知北遊篇に次のような言葉が見える。

山林与、皐壌与、使我欣欣然而楽与。

〔訳〕山林か、皐壌《こうじょう》か、我をして欣欣然《きんきんぜん》として楽しましむるかな。

おお山林よ、水辺の地よ、わたしをなんとまあ愉快に楽しませてくれることか。

○皐壌　川や湖沼のある水辺の地。

上述の隠遁生活を志す人々が深山幽谷に身を隠す根拠が、すなわちこれである。この『荘子』の言葉をうけて、六朝・梁の劉勰《りゅうきょう》の『文心雕竜』物色《ぶっしょく》篇には、

若乃山林皐壌、実文思之奥府。

〔訳〕乃《すなわ》ち山林皐壌の若《ごと》きは、実《まこと》に文思《ぶんし》の奥府《おうふ》なり。

すなわち山林や水辺の地の類は、まことに詩情を喚起する源泉である。

と、自然が詩歌を生み出す源であることを述べた文章が見える。この言葉が記されている「物色篇」は、篇名の「物色」が「自然の風物の様態」を意味することからも分かるように、もっぱら文学と自然のかかわりを論じている篇であるが、篇末で劉勰は文学における自然の重要さを「江山《こうざん》の助《じょ》」（自然の援助）があって始めて優れた詩歌が生まれると、一篇の趣旨を簡潔に結論する。

劉勰の言葉は中国詩の自然詩の流れを考察する上できわめて重要である。なぜならば、道家の人々が発見した自然の価値を、文学者が再発見したことをその言葉は意味するからである。自然の再発見とは、つまり、自然が純粋に文学の対象となり得ることを見いだしたと言ってよい。実際に中国の古代文学の流れを見てみれば、自然が純粋に詩文の対象になったのはそう古いことではない。もちろん、古代歌謡の『詩経』や戦国期の「楚辞」などにも印象深い自然の描写が見られないわけではないが、それらは作品全体から見れば、より主要な事柄や情感を表現するために、その手段ないしは背景として自然の景物が選ばれたにすぎなかった。たとえば、『詩経』豳風《ひんぷう》・七月のうたに、ウグイスが鳴き、クワやヨモギが葉をのばす陽春の農村の自然がうたわれている。

春日載陽　　春の日は載《すなわ》ち陽《あたた》かく
有鳴倉庚　　鳴く倉庚《そうこう》有り

女執懿筐
遵彼微行
爰求柔桑
春日遅遅
采蘩祁祁
女心傷悲
殆及公子同帰

女《むすめ》は懿《ふか》き筐《かご》を執《と》り
彼《か》の微行《びこう》に遵《したが》い
爰《ここ》に柔かき桑《くわ》を求《もと》む
春の日は遅遅《ちち》として
蘩《はん》を采《と》るもの祁祁《きき》たり
女《むすめ》の心は傷《いた》み悲しみ
殆《ねが》わくは公子《こうし》と同《とも》に帰らん

（『詩経』豳風・七月）

〔訳〕春の日はあたたかく、
ウグイスが鳴きはじめる。
娘は深い籠を手にもって、
あの塀沿いの小道づたいに、
そこで柔らかいクワの葉をさがす。
春の日はのんびりと暮れ、
ヨモギをとる者が群れつどう。
ふと娘の心にわく悲しみ、
殿御といっしょに帰りたい。

○倉庚　ウグイス。○懿筐　もの入れの深いかご。○微行　塀の下のほそい小道。○蘩　シロヨモギ。養蚕に用いる。○祁祁　数の多いさま。○殆　願望の語。○公子　若い男性。

全篇八章八八句の第二章のほぼ全句である。「七月」の詩篇は、一年の季節の移り変わりを植物・鳥獣などを用いてこと細かに描写し、当時の農村の自然が生き生きとよみがえるが、しかし、このうたは農村の一年間の農作業のありさまをうたうのに主眼があって、自然はそのための素材にすぎない。

自然の微妙な美しさや花鳥山水をテーマとする自然詩が作られるようになったのは、第一章で述べたように六朝・宋の謝霊運《しゃれいうん》の山水詩に始まるのである。謝霊運に先立つ陶淵明の田園詩もまた田園の風物を描いて独自の世界を切り開いてはいるものの、陶淵明の詩的世界が一般に評価されるようになったのは唐代に入ってからで、謝霊運の山水詩が彼以後の詩人に与えた大きな影響力に比べれば、田園詩の系譜は一時途絶えてしまった。しかも、よくよく陶淵明の作品を吟味してみると、彼の詩の最も主要なテーマは田園の「生活」であり、自由を謳歌する隠逸の情感である。田園の自然そのものを詩の主題にすることに、彼の主たる関心が必ずしも十分に向けられていないように思えるのである。

六朝以後、中国の自然詩は大量に作られ、山水詩の流れを汲む「遊覧詩」「登覧詩」、四季の移り変わりを題材にする「歳時詩」などのジャンルに分類されることが多い。自然詩は中国の詩の主要なテーマに成長したのである。

山際見来煙　山際《やまぎわ》に来煙《らいえん》を見
竹中窺落日　竹《たけ》の中より落日を窺《うかが》う
鳥向簷上飛　鳥は簷上《えんじょう》に向《お》いて飛び
雲従窗裏出　雲は窗裏《そうり》より出ず
（梁・呉均《ごいん》・山中雑詩三首、其一）

〔訳〕山ぎわにただよい来るもやが見え、
竹林の中から沈む夕日をかいま見る。
鳥は軒端に飛びかい、
雲は窓からわき出る。

○来煙　流れくるもや。○向　於と同じく、場所を示す助辞。○簷　家の軒。

いわゆる「古絶句《こぜつく》」に属する、二聯とも対句構成の全対格の作品であるが、四句すべてが自然の「景」を詠じ、「情」を表す言葉が一字も使われていない。叙景に徹した自然詩の一つの到達点を示す作品といえよう。

自然詩は、唐代に入って飛躍的に作者を増し、才能豊かな詩人が数多くの優れた作品を

藍田県

作った。それらの代表が「王・孟《もう》・韋《い》・柳」と並称される王維・孟浩然・韋《い》応物《おうぶつ》（七三七—七九二）・柳宗元《りゅうそうげん》（七七三—八一九）の四人である。このうち王維と孟浩然は盛唐期の詩人であり、韋応物と柳宗元は中唐期に活躍した。

四人の中でもとりわけ重要な詩人は王維であり、自然詩派の巨匠として彼が同時代及び後世の詩人に与えた影響はすこぶる大きい。

王維の自然詩の多くは、彼の別荘の輞川荘《もうせんそう》で作られた。若くして天才をうたわれ、早くから王侯貴族の屋敷に出入りして都の寵児となっていた王維は、しかしたびたび挫折も味わい、また妻をも亡くした傷心をいやすために、都長安の南、終南山の麓の藍田《らんでん》県（現在の陝西省西安市の南）にある、かつて初唐の詩人宋之《そうし》問《もん》の所有していた別荘を購入したのは、三〇歳前後のことと推定されている。奥深い山間に抱かれたその別荘は、その中を流れる輞川（または輞水）に因んで輞川荘と呼ばれ、かれは仕事の合間にここに来ては自然観照に静かな時を過ごした。すでに見た「山居《さんきょ》の秋暝《しゅうめい》」などもここで作られた作品の一つである。

王維詩の特徴は、清浄な自然へ自己の没入と、自然の静寂なたたずまいの視覚的イメージの確かさにあり、その作品を読む者にさながら一幅の絵を見るような心地を起こさせる。この特徴を簡潔に言い表わす「詩中に画有り、画中に詩有り」（宋・蘇軾）というよく知られた言葉がある。それは、彼が当時あらたに興った山水を描く「南画《なんが》（文人画）の祖」と伝えられるところから、詩と画が混然一体になった彼の芸術的特徴を言い表す言葉であった。

二〇の勝景の地を含む広大な輞川荘で彼は多くの作品を作り、人口に膾炙する作品が少なくない。たとえば「空山《くうざん》人を見ず、但《た》だ人語の響くを聞くのみ」（鹿柴《ろくさい》）とか、「独り坐す幽篁《ゆうこう》の裏《うち》、弾琴復《だんきんま》た長嘯《ちょうしょう》す」（竹裏《ちくり》館《かん》）などは、中国の古典詩に親しむ人は誰でも読んだことがあるだろう。いま比較的紹介されることの少ない作品の中から一首取り上げて読んでみよう。「鹿柴」などと同様に、輞川の二〇景を友人の裴迪《はいてき》と唱和した『輞川集』に収める作品である。

秋山斂余照　　秋山《しゅうざん》　余照《よしょう》を斂《おさ》め

飛鳥逐前侶　飛鳥《ひちよう》　前侶《ぜんりよ》を逐《お》う
彩翠時分明　彩翠《さいすい》　時《とき》に分明《ぶんめい》
夕嵐無処所　夕嵐《せきらん》　処所《しよしよ》無し
（王維・木蘭柴《もくらんさい》）

〔訳〕秋の山は夕日の残照をすっかり取り込み、
鳥が前を行く仲間を追って飛んで行く。
あかく色づいた木々の緑が、折しもあざやかに見え、
夕もやはどこにもなく、からりとはれあがっている。

○彩翠　緑の中に紅葉をまじえた木々。○夕嵐　山にかかる夕もや。

これまた、人間臭のまったくない、純粋に叙景の作品である。

王維は陶淵明などと違って隠者ではなかった。安禄山の乱の際、都を脱出できずに一時反乱軍に仕えたかどで、天子からその罪を問われて降職の処分を受けたが、死ぬまで決して政界を引退しなかった。したがって、輞川荘は隠棲の場所ではなく、役所勤めのかたわら心を休める息抜きの場所であったのである。彼の自然詩には上述の絵画のほかにも仏教の影響などが指摘されているが、前代までにはない新しい自然観と自然のイメージを創り出したところに、その偉大な価値がある。

隠棲にしろ、王維のように息抜きの場所にしろ、政治に疲れた詩人たちに自然はたえず大きな慰めを与え、無限の詩情を分かち与えたのである。まことに自然は「文思の奥府」と言うにふさわしい。

11 中国詩のテーマ（三）——行旅と別離

前章までに検討した「政治と仕官」をテーマとする詩では、時世の批判と「経世済民」の夢が、そしてまた「隠棲と自然」のテーマでは、失意・逃避・自由への憧憬などが、それぞれ特徴的な基調としてとらえられるのを見てきた。本章の「行旅と別離」は、主として労苦や悲哀の情感を表出すること、さらには愛情・友情などが詠じられるのが、その特徴である。

一　行旅

「行旅」という言葉は、元来、軍隊や隊商などが行列を組んで行動することを意味した。漢字の「旅」の原義は旗の下に隊伍を組む軍勢をさしたが、「旅」の文字の変遷がそのことを明確に示している。

この旅の原義はいまでも「旅団」などの軍事用語に残っている。

「行旅」が軍勢の原義から転じて、いわゆる「旅行」あるいは「旅」の派生義を生じたのは、古代の人々が猛獣や強盗などの道中の種々の危険を避けるために、家を離れて遠くに行く場合には大勢で集団を組んで行ったからである。もっとも中国では紀元前一〇世紀頃の早い時期から、主要な街道の整備が行われていたことは、『周礼《しゅらい》』の「遺人《いじん》」の記載によって知ることができる。

凡《およ》そ国野《こくや》の道、十里に廬《ろ》有り、廬に飲食有り。三十里に宿《しゅく》有り、宿に路室《ろしつ》有り、路室に委《い》有り。五十里に市《し》有り、市に候館《こうかん》有り、候館に積《し》有り。（『周礼』地官・遺人）

すなわち、一市五〇里ごとに三廬一宿の大小の宿場が設けられ、それぞれに「飲食」「委」「積《し》」と呼ばれる食料の備蓄が行われていたのである。「遺人」はそれらの食料の備蓄をつかさどる役人であった。しかしながら、このような整備はもっぱら幹線道路の公務の旅に備えたものであって、街道筋からはずれたところを旅する困難さと危険は、長いあいだ旅人を苦しめた。時代が下るにつれて道路の整備も進み国家権力が国のすみずみにまで行き渡ると、一般の人々の旅も安全にできるようになった。たとえば『史記』を著した漢代の司馬遷が若いときに広く全国を漫遊したことなどは、よく知られた事実である。しかしながら漢代以後も、度重なる戦乱などでしばしば旅の安全はおびやかされ、前近代の中国の旅のイメージは現代の観光旅行などとは全く異なっていた。杜甫が「九州の道路に豺虎《さいこ》無く、遠行《えんこう》にも吉日《きちじつ》に出ずるを労《ろう》せず」（「憶昔《おくせき》」。第二章参照）とうたったように、旅の安全は国家平安の指標であったのである。

古い時代の一般民衆にとって、旅の多くは戦争や辺境の要塞構築など大規模な土木工事に駆り出される行役の旅であった。第三章で見た杜甫の「前出塞」は従軍の旅、第一章にあげた「飲馬長城窟行《いんばちょうじょうくつこう》」は万里の長城を築くために徴用された民衆の状況をうたう作品である。中国の詩で行役をうたう最も早い作品は、『詩経』豳風《ひんぷう》の「東山《とうざん》」のうたである。四章からなる比較的長い作品であるが、第一章だけ見てみよう。

我徂東山　　我　東山《とうざん》に徂《ゆ》き
慆慆不帰　　慆慆《とうとう》として帰らず
我来自東　　我　東《ひがし》より来《きた》れば
零雨其濛　　零雨《れいう》　其《そ》れ濛《もう》たり
我東曰帰　　我　東にありて帰らんと曰《い》い
我心西悲　　我が心　西に悲しむ
制彼裳衣　　彼《か》の裳衣《しょうい》を制《せい》し
勿士行枚　　行枚《こうばい》を士《こと》とすること勿《な》し
蜎蜎者蠋　　蜎蜎《えんえん》たる者は蠋《しょく》
烝在桑野　　烝《ひさ》しく桑野《そうや》に在り

敦彼独宿　敦《とん》たる彼《か》の独宿《どくしゆく》
亦在車下　亦《ま》た車下《しやか》に在り
（『詩経』豳風・東山、第一章）

〔訳〕わたしは東方の山地《さんち》に出征したまま、
長いあいだ帰れなかった。
いま東からの帰り道、
けむるように降りしきる雨。
東にいたときはいつも帰りたいと口にしつつ、
わたしの心は西の故郷を思って悲しみにくれた。
さて帰るというとき、袴《はかま》と上衣《うわぎ》を作って、
戦いの道具を投げ捨てた。
もぞもぞうごめくのはイモムシ、
いつまでたっても桑畑のなか。
うずくまる独り寝の兵卒も、
やはりいつも車の下。

○慆慆　ながい時のたつさま。○零雨　降り落ちる雨。○濛　けぶって視界をさえぎる。○制　製に同じ。つくること。○裳衣　衣裳。押韻の関係で倒置したもの。一八六ページ参照。○士　事の

仮借文字。従事する。〇行枚　行軍のときに声を出さないように口に含む木片。または脚絆。〇蜎
蜎　虫のうごめくさま。〇蠋　イモムシの類。〇烝　長いあいだ。〇敦　まるくうずくまる。〇独
宿　独り寝の人。

旅を主題ないしは題材とする作品は、伝統的な分類に従えば、「行旅」「羇《き》（羈）旅《りょ》」「行役」「紀行」「旅況《りょきょう》」などの名称で分類される。他にも従軍して戦場あるいは辺境に赴くことを主題とする「軍旅」「軍戎《ぐんじゅう》」「辺塞《へんさい》」の類も、旅の詩の中に入れることができる。あるいはまた、前章の「自然」のテーマで述べた「遊覧」「登覧」類の作品にも、旅の途中の景色を詠じる作品が少なくない。

日本で最もよく知られている唐の張継《ちょうけい》の「楓橋夜泊《ふうきょうやはく》」の詩も明代の張之象《ちょうししょう》が編纂した『唐詩類苑』では「行役」類に収録されており、旅の途中の夜の情景を詠じた作品である。題に見える楓橋は、現在江蘇省蘇州市の寒山寺の近くにある橋で（二七六頁の写真参照）、もとは封橋《ふうきょう》という名であった。

月落烏啼霜満天　月落《つきお》ち　烏《からす》啼《な》いて　霜天《しもてん》に満《み》つ
江楓漁火対愁眠　江楓《こうふう》　漁火《ぎょか》　愁眠《しゅうみん》に対《たい》す
姑蘇城外寒山寺　姑蘇《こそ》　城外《じょうがい》　寒山寺《かんざんじ》

夜半鐘声到客船　夜半《やはん》の鐘声《しょうせい》　客船《きゃくせん》に到《いた》る

（唐・張継：楓橋夜泊）

〔訳〕月が沈んだ暗い夜空にカラスの啼き声が聞こえ、あたり一面に冷たい霜の気配がみなぎる。旅愁になかなか寝つかれない目に、岸辺の楓樹の影と漁船のいさり火が見える。折から、姑蘇城外の寒山寺から、夜半を告げる鐘の音が、船にまで聞こえてくる。

○江楓　川岸の楓樹《ふうじゅ》。○姑蘇城　蘇州のこと。近くに姑蘇山がある。○客船　旅の途中の船。

この詩は『唐詩選』によって知られているほか、清代の高名な学者であり書家でもあった兪樾《ゆえつ》の書いた碑文の拓本が日本にたくさん伝えられていて、日本人の最もよく知っている作品である。しかしながら、広く知られている割には作詩の背景がはっきりしない。詩題に関しても諸説があって、作詩の場所は必ずしも楓橋と断言できないが、寒山寺の鐘の音が聞こえる蘇州の近辺であったことは疑いない。詳細はともかく、船旅の途中の詩人が、秋の夜に停泊中の船上で眠れないまま見聞した蘇州郊外の夜景があざやかに描写されていて、旅愁を視覚的イメージと聴覚的イメージで描き出した秀作の一つである。

旅には事情や目的によって実に多くの種類があり、旅人やその家族・友人などが感じる

楓橋（蘇州市）

相互の距離感や悲しみの度合いは、人によって、また時代や状況によってさまざまである。このように多様な旅の中で、辺境の僻地に従軍する旅こそ最も苛酷な旅であった。厳しい気候風土と戦いが二重に重なって従軍の人々をおびやかしたからである。

有史以来、周辺の異民族のたえまない侵入に悩まされた漢民族にとって、辺境の安定は歴代王朝の重要な政治課題のひとつであり、それを反映する「出塞」「入塞」など数多くの辺境従軍詩が生み出された。そのような作品群を一括して「辺塞詩」と呼ぶのである。杜甫の「前出塞」も、明代に編まれた『唐詩類苑』や『杜少陵先生詩分類集註』では、いずれも「辺塞類」に分類されている。

辺塞詩の系譜は古く『詩経』のうた（小

雅の「采薇《さいび》」「出車《すいしゃ》」「杕杜《ていと》」など）にまで遡るが、漢・魏・六朝期の楽府作品の主要なジャンルの一つとなり、唐代に入って独自の展開を見せることになった。もともと辺塞詩には、辺境に駆り出される一般民衆の苦しみや悲しみとは別に、士太夫階級の戦争で功名を上げたいと志す英雄的な気概をうたうという側面もあったが、それがより高らかにうたいあげられたのが唐代の辺塞詩のひとつの特色である。

烽火照西京　烽火《ほうか》　西京《せいけい》を照らし
心中自不平　心中《しんちゅう》　自《おのず》から平らかならず
牙璋辞鳳闕　牙璋《がしょう》は鳳闕《ほうけつ》を辞し
鉄騎繞竜城　鉄騎《てつき》は竜城《りゅうじょう》を繞《めぐ》る
雪暗凋旗画　雪は暗く　旗画《きが》を凋《しぼ》ませ
風多雑鼓声　風は多く　鼓声《こせい》に雑《まじ》らう
寧為百夫長　寧《むし》ろ百夫《ひゃくふ》の長《ちょう》と為るも
勝作一書生　一書生《いちしょせい》と作《な》るに勝《まさ》れり
（唐・楊炯《ようけい》〔六五〇―六九二？〕・従軍行）

〔訳〕辺境の危急を告げるのろしが都長安にとどき、
わたしの心は平静でいられなくなった。

将軍は勅命の割り符をいただいて宮城の門を出で、
勇猛な我が騎馬軍が匈奴《きょうど》の陣地の竜城をとり囲んだ。
降りしきる雪に昼なお暗く、軍旗の絵模様も凍る寒さ、
吹きすさぶ風に戦太鼓《いくさだいこ》の音が入り交じる。
ただの百人の兵卒の長であろうと、
書生のまま一生を終えるよりはずっとましだ。

○**西京** 長安。○**牙璋** 任命のしるしの割り符。○**鳳闕** 宮城の門。○**竜城** 匈奴の城の名。○**百夫長** 百人の兵卒の隊長。下級の軍官。

唐代におけるヒロイックな辺塞詩の隆盛は、唐王朝が空前の繁栄をとげた盛唐期の、いわゆる「盛唐の気象」ともちろん無縁ではない。さらに折りからシルクロードを通じてたくさんの西域人と文物が中国に流入し、人々の目がはるか砂漠のかなたに向けられたこととあいまって、唐代の辺塞詩はロマンティシズムとエキゾティシズムにあふれる作品世界を創り出した。この時期の辺塞詩も決して出征兵士の苦痛や悲哀をうたわないわけではないが、情熱をうちに秘めた感傷美・悲壮美が前代までのそれと大いに異なる点である。

唐代辺塞詩のもうひとつの特色は、詩人の実体験にもとづく優れた作品が多く作られたことである。六朝期の楽府の多くが虚構の作品であるのに対して、唐代では実際に辺境に

出かけて朔北の荒れ地や砂漠の生活を経験した詩人が少なくない。それらの代表が盛唐期の高適《こうせき》・岑参《しんじん》であり、中唐期の李益《りえき》（七四八―八二七）である。とりわけ、岑参は二度にわたる砂漠の生活を経験し、塞外の寂寞の情感と珍しい風物を詠じた多くの秀作を残している。

走馬西来欲到天　馬を走らせて西に来《きた》り　天に到らんと欲《ほっ》す
辞家見月両回円　家を辞して月の両回円《りょうかいまど》かなるを見る
今夜不知何処宿　今夜は知らず、何《いず》れの処《ところ》にか宿《しゅく》するを
平沙万里絶人煙　平沙《へいさ》　万里《ばんり》　人煙絶《じんえんた》ゆ
（岑参・磧中作［磧中《せきちゅう》の作］）

〔訳〕馬を走らせて西に来て、天のはてまで行き着きそうだ。
家族に別れてからすでに空の月が二回まるくなったのを見た。
今夜はいったいどこに宿ることになるのだろう、
万里に広がる砂漠の中、どこにも人家の煙が見えない。

天宝八載（七四九）の冬、最初の砂漠行の時の作品である。題の「磧中」は小石まじりのゴビ砂漠を意味する言葉である。この時は二年ほどの砂漠生活であったが、天宝十三載

（七五四）から三年ほど、かれはまた二回目の砂漠生活を送った。

輪台風物異　輪台《りんだい》　風物異《こと》なり
地是古単于　地は是れ古《こ》単于《ぜんう》
三月無青草　三月《さんがつ》にも青草《せいそう》無く
千家尽白楡　千家《せんか》は尽《ことごと》く白楡《はくゆ》
蕃書文字別　蕃書《ばんしょ》　文字は別《べつ》に
胡俗語音殊　胡俗《こぞく》　語音は殊《こと》なる
愁見流沙北　愁《うれ》えて見る　流沙《りゅうさ》の北
天西海一隅　天西《てんせい》　海《うみ》の一隅《いちぐう》
（岑参・輪台即事《そくじ》）

〔訳〕輪台の風物は故国と異なり、
もともとこの地は古い匈奴王の領土だったところ。
春の三月というのに青々と茂る草もなく、
たくさんの家々に植えられているのは、みな白いニレの木。
かれらの書く文字は我々とは別種の文字で、
風俗も言葉もまるで違っている。

異国のありさまを、流沙の砂漠の北、
天の西のはて、大砂漠の片隅で心さびしく眺めやるのだ。

○輪台　唐の庭《てい》州輪台県。現在新疆ウイグル自治区米泉県。○古単于　単于は匈奴の王号。いにしえの匈奴の地。○白楡　樹皮の白いニレ。○流沙　風に吹き流されるさばくの砂。○海　大砂漠を海にたとえた表現。○即事　即興的な作品。スケッチ。

すでに一度砂漠で暮らした彼は、異郷の風物を見る余裕ができたのか、二回目の時には辺境の風物を写す作品が多く、辺塞詩人岑参の本領を見せてはいるものの、しかしたとえ二度目とはいえ、遠く故国を離れた寂しさはいかんとも消しがたく、末尾の一聯にその心情がうかがえる。次にあげる玉門関での作品などは、長安の友人を懐かしむ詩人の深い孤独感が、読む人の胸をうつ。

東去長安万里余　東のかた長安を去ること　万里《ばんり》余《よ》
故人那惜一行書　故人　那《なん》ぞ惜しむ　一行《いちぎょう》の書《しょ》
玉関西望腸堪断　玉関《ぎょくかん》　西望《せいぼう》すれば　腸断《ちょうた》ゆるに堪《た》えたり
況復明朝是歳除　況《いわ》んや復《ま》た明朝《みょうちょう》是れ歳除《さいじょ》
（岑参・玉関寄長安李主簿「玉関にて長安の李主簿《しゅぼ》に寄す」）

〔訳〕ここは東の長安から一万里も離れたところ、
友よ、君はどうして一行の便りを惜しむのだ。
玉門関から西を眺めれば、悲しみにはらわたも千切れんばかり、
まして明日は大晦日の日、寂しさもひとしおだ。

○書　書簡。便り。○玉関　玉門関。○歳除　大晦日《おおみそか》。○主簿　県の役所の帳簿係。

宋代以後は周辺諸国との政治状況が変化して、辺塞詩はほとんど作られなくなった。いわば旅の詩から辺塞のテーマが欠落してゆくのである。第二章で見た耶律楚材の「西域河中十詠」の作品などは、まことに珍しい特殊な例である。

また、故郷あるいは故国から他の所へ移動する実際の旅とは違って、すでにあるところに一応定住している状況でも、人は自分が本来おるべき所から離れていると意識したときには、我が身が旅にあると認識する。たとえば出世して長年都で暮らし、堂々たる邸宅をかまえて安住しているかに見える人でも、しばしばそれを「客居《かくきょ》」といい、我が身を「旅客」と称して故郷に帰りたいと口にする。そのような意識は、おそらく人が挫折に遭遇したり不如意の状況に直面した時によく生じるのであろうが、甚だしくは、人生そのものを長い旅と意識することさえある。

人生天地間　人は天地の間に生まれて

忽如遠行客　忽《こつ》として遠行《えんこう》の客の如《ごと》し

（『文選』古詩十九首、其三）

一方では、旅が日常的な束縛から離脱した自由な解放感を呼び起こすことも忘れてはならない。特にその旅が窮屈な宮仕えから解き放された地方への旅である場合とか、まして帰郷の旅である場合は言うまでもない。そのような自由への旅でなくとも、旅そのものを楽しんだ詩人もいることはいる。たとえば、南宋の詩人の楊万里《ようばんり》（一一二七—一二〇六）などは一生をほとんど地方官で過ごし、旅から旅への生活で終えたと言ってもよいのであるが、彼には旅を楽しむような明るい作品が少なくない。淳熙《じゅんき》七年（一一八〇）、家族をひきつれて遠く広東の任地に赴く途中、現在の江西省万安県で作った「万安道中事《ばんあんどうちゅうこと》を書《しょ》す」（万安道中書事）と題する七言絶句の一首がある。

攜家満路踏春華　家《いえ》を攜《たず》えて　満路《まんろ》　春華《しゅんか》を踏《ふ》む
児女欣欣不憶家　児女《じじょ》は欣欣《きんきん》として家《いえ》を憶《おも》わず
騎吏也忘行役苦　騎吏《きり》もまた忘《わす》る　行役《こうえき》の苦《くる》しみを
一人人挿一枝花　一人人《いちにんにん》は挿す　一枝《ひとえだ》の花《はな》

（宋・楊万里・万安道中書事）

〔訳〕家族をひきつれて、春の花いっぱいの道を行く。

子供たちは喜々として、故郷の家のことなど念頭から消えている。随行する護衛の兵士たちもやはり旅の苦しみなど忘れて、皆がみな、ひと枝の花を髪に挿して、はしゃいでいる。

○騎吏　馬に乗って随行する役人たち。

もともとは寂寥や苦痛の対象であった旅に余裕をもって臨み、それを楽しむ趣向が生まれたのは、宋人、それも特に南宋の詩人たちが新たに切り開いた新境地である。社会状況と詩人の生活の変化などが旅に対する詩人の意識を変えた結果であるが、それはまたこの時期に、陸游《りくゆう》の「入蜀記《にゅうしょくき》」、范成大《はんせいだい》の「呉船録《ごせんろく》」「攬轡録《らんぴろく》」などの多くの優れた紀行文が書かれたのとも無縁ではなかろう。

二　別離

人間には二通りの別れがある。一つは生き別れ（生別・生別離）、他は死に別れ（死別・死別離）である。人が人生において数多く経験するのは生き別れの方であろうが、それは決して旅だけに限らない。しかし、旅には必ず別離がともない、したがって旅をテーマとする詩はほとんどすべて、必ずなにがしかの別離の情を含むと言ってさしつかえない。もちろん、旅の詩の中には、上述の楊万里の作品のようにもっぱら道中の情景にのみ関心を向け、旅の理由や煩わしい人事の関係を捨象して即事的に旅そのものを詠じる紀行詩がないわけではないが、ただ、この種の作品は旅の詩全体から見れば、その数はきわめて少ない。

旅にはたえず死別の危険が存在するものの、旅人と家族・友人がまず直面するのが生き別れの悲しみである。

攜手上河梁　　手を攜《たずさ》えて河梁《かりよう》に上る
遊子暮何之　　遊子《ゆうし》　暮《くれ》に何《いず》くにか之《ゆ》く
徘徊蹊路側　　蹊路《けいろ》の側《かたわら》に徘徊《はいかい》して
悢悢不得辞　　悢悢《りようりよう》として辞《じ》するを得ず
行人難久留　　行人《こうじん》　久しくは留《とど》まり難《がた》し
各言長相思　　各々《おのおの》言う　長く相思《あいおも》うと
安知非日月　　安《いずく》んぞ日月《じつげつ》に非《あら》ざるを知らんや
弦望自有時　　弦望《げんぼう》　自《おのず》から時《とき》有り
努力崇明徳　　努力して明徳《めいとく》を崇《たか》くせよ
皓首以為期　　皓首《こうしゅ》　以て期《き》と為さん

〔訳〕（『文選』李陵《りりょう》・与蘇武詩〔蘇武《そぶ》に与《あと》うる詩〕）

あなたと手をとりあって橋にのぼる。
旅行く人よ、あなたはこの日暮れにどこにおいでになるのですか。
小道のほとりを行きつもどりつ、
別れがつらくてさよならも言えません。
だけど、旅人のあなたは、いつまでもぐずぐずなさるわけにもいきません、
お互いに「いつまでも愛している」と言いかわしました。
人の出会いが、日と月さえ出会うのに似ていないと、どうしてわかりましょう、
空の月に決まって満ち欠けがあるように、わたしたちの再会も必ずあるはず。
なにとぞ努力してりっぱな徳をみがいてください。
たとえ白髪《しらが》あたまになったとしても、必ずまたお会いしたいと思います。

○河梁　川にかかる橋。○蹊路　小道。○悢悢　なげき悲しむさま。○日月　満月の時、月が沈みきらないうちに日が上ることから、出会いの比喩。○弦望　弦月と望月。三日月と満月。○明徳　りっぱな徳。すぐれた人格。○皓首　しらが頭。○期　出会いの時期。

『文選』では、匈奴に降ってその地にとどまる李陵《りりょう》が、中国に帰る友人の蘇武を見送った際に作った作品とされているが、詩の内容から旅立つ夫（あるいは恋人）を見送る女性の

作品とする方が正しい。「古詩十九首」と同じく、漢代の作者不明の古詩である。右の訳文もそのように解釈して訳してある。ただ、男性の旅の目的は詩の中で明らかにされていないので想像するしか仕方がないが、女性が努力して徳をみがくようにと言っているところから、遠い都への仕官の旅であったのではなかろうか。

ここにうたわれている別れは、再会の機会が二度とあろうとは思えない切ない別れである。女性はほとんど再会を諦めながらも、しかし一縷の望みを抱きつつ、「努力して明徳を崇くせよ、皓首以て期と為さん」と、けなげにも夫を励まして送り出す。このように切なく痛ましい生別の悲しさを、楚辞の「九歌《きゅうか》」（屈原作）の「少司命《しょうしめい》」は次のようにうたう。古来、別離の典故として最もよく用いられる一聯である。

悲莫悲兮生別離　悲しみは生別離《せいべつり》より悲しきは莫《な》く
楽莫楽兮新相知　楽しみは新相知《しんそうち》より楽しきは莫《な》し

〔訳〕悲しいといえば、生き別れより悲しいものはなく、
楽しいといえば、新たな知りあいを得ること以上の楽しみはない。

そして家や家族から遠く離れた旅人は、離れれば離れるほど、悲しみと郷愁の思いがいやましにつのる。

離家千里客　家を離れて千里の客
戚戚多思復　戚戚《せきせき》として思復《しふく》多し

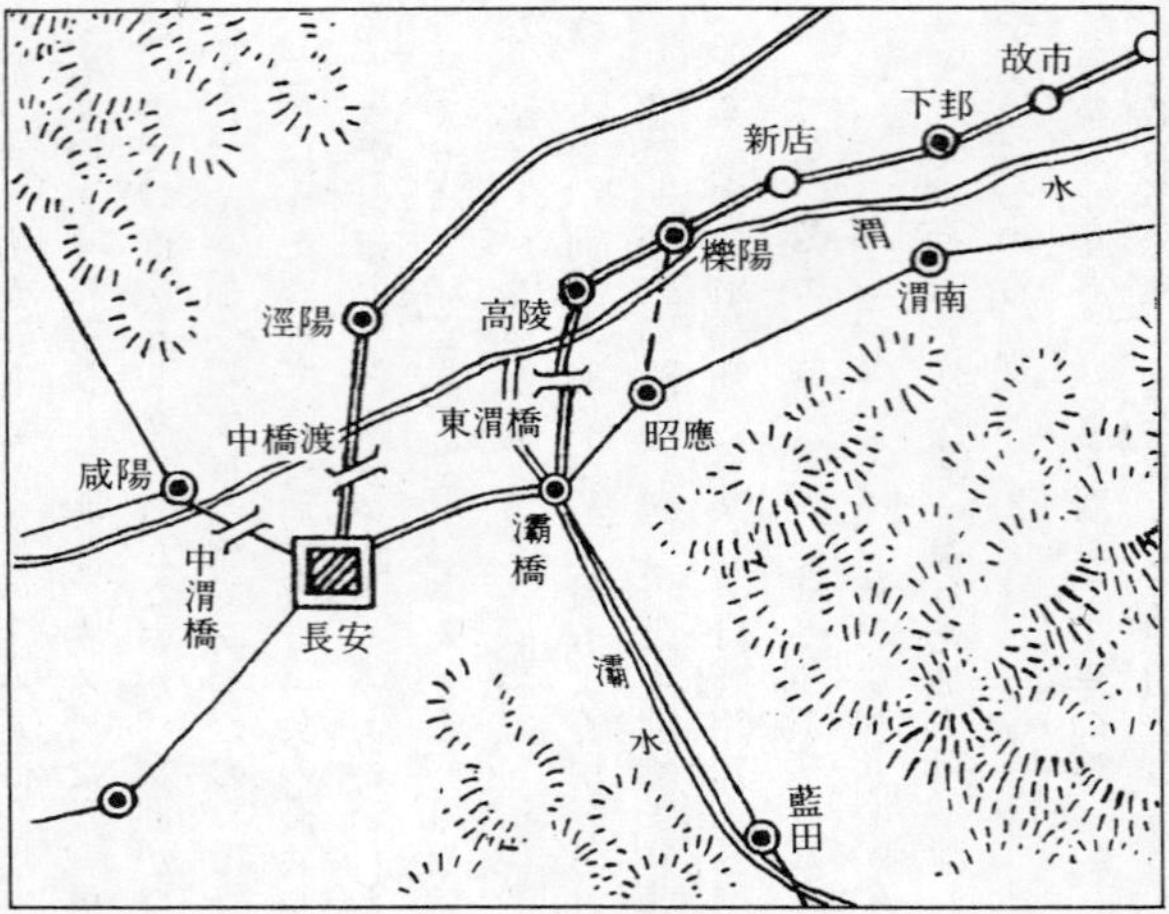

長安付近

（漢・古詩）

〔訳〕千里のかなた家を離れた旅人は、悲しくふるさとを思いわずらう。

○思復　思いわずらう。思服に同じ。

別離の詩にあふれる悲哀の情感の裏には、必ず相手に対する愛情や友情が存在する。旅立つ人を途中まで見送り、道中の無事を祈って別れを惜しむ慣わしも、愛情や友情から生まれた習慣である。中国の知識人たちは、その宴会の場で詩のやりとりをして、お互いの友情を確かめあったのである。別れの場としては、船旅ならば船着き場、陸地の旅ならば町の郊外あるいは村外れの橋のたもとが選ばれた。先にあげた古詩の「河梁」が、その別れの場であった。

特に、都の長安から旅立つ人を見送る場としては、西の方に行く人の場合は長安の西の渭水《いすい》の川岸の咸陽《かんよう》、そして東に行く人は東の灞水《はすい》の岸辺の灞橋《はきょう》のふもとで見送る習慣が古くからあった。送別の詩として名高い唐の王維の「元二《げんじ》の安西《あんせい》に使《つかい》するを送《おく》る」（送元二使安西）の詩は、咸陽で作られた作品である。

渭城朝雨浥軽塵　　渭城《いじょう》の朝雨《ちょうう》　軽塵《けいじん》を浥《うるお》す
客舎青青柳色新　　客舎《かくしゃ》青青《せいせい》　柳色《りゅうしょく》新《あら》たなり
勧君更尽一杯酒　　君《きみ》に勧《すす》む　更《さら》に尽《つ》くせ一杯《いっぱい》の酒《さけ》
西出陽関無故人　　西《にし》のかた陽関《ようかん》を出《い》ずれば故人《こじん》無《な》からん
（唐・王維・送元二使安西〔元二《げんじ》の安西《あんせい》に使《つかい》するを送《おく》る〕）

〔訳〕渭城は朝の雨があがり、塵もしっとりぬれている。
旅館の柳も雨に洗われて青々と色あざやかだ。
さあ君、もう一杯この杯をほしたまえ、
西の国境の陽関を出ると親しい友人もいなくなるのだから。

○渭城　咸陽の別名。

この詩は、現在の新疆《しんきよう》ウイグル自治区のクチャ（庫車）に置かれていた安西都護府《あんせいとごふ》に使者として赴く元という姓の友人を送別するために作られた。前の日に渭城に来て送別の宴を開き、一泊した翌日の旅立ちの朝に作られたものである。陽関は敦煌の西南にあった国境の関所で、先にあげた玉門関とともに、砂漠のなかに築かれた西域への出口であった。

王維のこの作品は送別の詩として昔から名高い。唐代すでに曲がつけられて送別の宴席で歌われていたので、「陽関の曲」という別名がある。この詩をうたうときには最後の句を三度くりかえしてうたったことから、「陽関三畳」ともいう。しかし、当時実際にどのようにうたったのかはっきりしないが、現在なお琴の古曲にこの曲の古いメロディが残っている。

一方、東の送別の場の灞橋は、別名を銷魂橋《しようこんきよう》という。銷魂は消魂と書くのに同じく、人の心が激しく動揺して平静でなくなることを意味する。日本語の「たまげる」もこの言葉から出た。銷魂橋の由来は、六朝・梁の江淹《こうえん》（四四四―五〇五）の「別れの賦」に、

黯然銷魂者、唯別而已矣。

〔訳〕黯然《あんぜん》として魂《たましい》を銷《け》す者は、唯《ただ》別れのみ。

くらく人の心をかき乱して動揺させるのは、ただ別れだけだ。

とあるのによる。灞橋で多くの人が別れを悲しんで「銷魂」するために、別離を悲しむ橋

という意味から、銷魂橋の名が生まれたのである。ここで岸辺の柳の枝を折り取って、送別するのが古くからの慣わしであった。李白にも次のような句がある。

年年柳色　年年の柳色《りゆうしよく》
灞陵傷別　灞陵《はりよう》　別れを傷《かな》しむ
（李白：憶秦娥《おくしんが》）

〇灞陵　漢の文帝の御陵。灞橋はその側にある。

送別の詩は、詩を贈る対象の多くが友人や知人であるが、当然肉親が対象になることも少なくない。最初にあげた古詩もその一例である。ここでは宋の詩人の陳師道《ちんしどう》（一〇五三―一一〇二）が三人の子供たちと別れるときに詠じた作品を取り上げてみよう。後に説明するように、特殊な事情のもとに作られた作品ではあるが、やはり送別の作にいれてよいものである。比較的長い作品であるので、三段に分けて説明しよう。詩の題は「三子《さんし》に別る」（別三子）。

夫婦死同穴　夫婦《ふうふ》は死して穴《はか》を同じくし
父子貧賤離　父と子は貧賤《ひんせん》なれば離《はな》る
天下寧有此　天下《てんか》　寧《いず》くんぞ此《こ》れ有らんや
昔聞今見之　昔聞《むかしき》き　今之《いまこれ》を見《み》る

母前三子後　母《はは》は前《まえ》に三子《さんし》は後《うしろ》
熟視不得追　熟視《じゆくし》するも追《お》うを得《え》ず
嗟乎胡不仁　嗟乎《ああ》　胡《なん》ぞ不仁《ふじん》にして
使我至於斯　我《われ》をして斯《ここ》に至《いた》らしむるや

〔訳〕　諺に、夫婦は死ぬと同じ墓にはいり、
父と子は貧乏であると離ればなれになるという。
世の中にそんなことはあるものかと、ずっと思っていたが、
昔聞いたことを今現実にこの目でみようとは。
母親が前を行き、三人の子がその後にしたがって行く。
わたしはそれをじっと見つめたまま、後を追うこともできない。
ああ、どうして無慈悲にも、
わたしをこんな状況に追い込むのか。

○死同穴　『詩経』王風・大車に「死しては則ち穴を同じくせん」とある。偕老同穴。○貧賤離　『晋書』殷浩伝に「貧賤なれば親戚も離る」とある。○不仁　無慈悲。

有女初束髪　女《むすめ》有り　初《はじ》めて髪《かみ》を束《つか》ねしに
已知生離悲　已《すで》に生離《せいり》の悲《かな》しみを知《し》る

枕我不肯起　我《われ》に枕《まくら》して肯《あ》えて起《た》たず
畏我従此辞　我《われ》の此《こ》こより辞《じ》するを畏《おそ》る
大児学語言　大児《だいじ》は語言《ごげん》を学《まな》び
拝揖未勝衣　拝揖《はいゆう》するも未《いま》だ衣《ころも》に勝《た》えず
喚爺我欲去　爺《ちち》よ　我《われ》は去《ゆ》かんと欲《ほっ》すと喚《さけ》ぶ
此語那可思　此《こ》の語《ご》　那《なん》ぞ思《おも》うべけんや

〔訳〕娘はやっと髪を結い上げる年になったばかりなのに、もう父との生き別れの悲しみを知って、わたしの膝に頭をつけたまま、立ち上がろうともしなかった。わたしがここから帰ってしまうのを恐れていたのだ。上の男の子は挨拶の言葉を覚えたばかりで、立ってお辞儀をするが、着物の重さによろめきながら、「父上、行ってまいります」と大きな声でさけんだ。この言葉をわたしは聞くに耐えなかった。

○**束髪**　髪を結う。成年の齢。○**生離**　すなわち生別離。○**拝揖**　挨拶する。

小児襁褓間　小児《しょうじ》は襁褓《きょうほ》の間《かん》

抱負有母慈　抱《だ》き負《お》われて母《はは》の慈《じ》有《あ》り
汝哭猶在耳　汝《なんじ》の哭《な》くは猶《な》お耳《みみ》に在《あ》り
我懐人得知　我《わ》が懐《おも》い人《ひと》の知《し》るを得《え》んや
（宋・陳師道：別三子）

〔訳〕下の男の子はまだねんねこの中、
母に抱かれたり負われたりして、母の慈愛をいっぱいにうけている。
お前の泣き声は今もなお耳にのこっている。
わたしのこの悲痛の思いを、いったい誰が知ってくれようか。

○襁褓　ねんねこ。

この詩を作った当時、陳師道は三二歳、貧乏書生の食うや食わずの生活を送っていた。なかなか職も見つからず、困り果てた彼はとうとう妻と子を妻の実家に送りかえして、一人になって就職活動をすることにしたのである。この詩は、その時に三人の子を見送って別れる際の断腸のありさまを詠じたものである。痛ましいことがらが率直な言葉でうたわれていて、まことに哀切にたえない。

さて、人を見送る「送別」の詩に対して、旅人が見送る人に残す作品を「留別《りゅうべつ》」の詩という。ただし、詩を分類する場合に「送」で「送別」、「別」で「留別」を分けることがあり（宋本『李太白文集』）、「送別」で両者を一括する場合もある（『杜少陵先生詩分類集註』）。
留別の作品として、李白の「汪倫《おうりん》に贈《おく》る」（贈汪倫）の一首をあげる。

李白乗舟将欲行　李白《りはく》　舟《ふね》に乗《の》りて　将《まさ》に行《ゆ》かんと欲《ほっ》す
忽聞岸上踏歌声　忽《たちま》ち聞《き》く　岸上《がんじょう》　踏歌《とうか》の声《こえ》
桃花潭水深千尺　桃花《とうか》潭水《たんすい》　深《ふか》さ千尺《せんじゃく》
不及汪倫送我情　及《およ》ばず　汪倫《おうりん》の我《われ》を送《おく》るの情《じょう》に
（李白：贈汪倫）

〔訳〕わたし李白は舟に乗って今まさに旅立とうとしていた。
そのとき突然、岸辺で足を踏みならしながら歌う歌声が聞こえてきた。
（汪倫が村人たちを連れてわたしを見送りに来たのだ。）
ここ桃花《とうか》潭《たん》の水は千尺もの深さがあるというが、
それでも汪倫がわたしを見送る情の深さには到底及ばない。

この詩は、李白が現在の安徽省の涇《けい》県で作った作品といわれている。桃花潭はその土地にある川の淵。伝えられるところによれば、汪倫は美酒で李白を手厚くもてなした村人とされていたが、最近の研究では一村民というよりは土地の豪族であったろうと考えられている。「踏歌」は大勢の人が手をつなぎ足を踏みならして調子を取りながら歌をうたう、集団の歌。作品のおもしろさは、李白流の詩的誇張（桃花潭水深さ千尺）で留別の情をみごとに表現したところにある。

最後に、「悼亡詩《とうぼう》」と呼ばれる死別離の作品を一例だけあげて、別離のテーマを締めくくることにする。「悼亡」は、晋の潘岳《はんがく》（二四七—三〇〇）が亡妻を悼んで「悼亡詩三首」を作って以来、亡妻を悼む特殊なテーマとして定着したものである。みずからの愛を告白することにきわめて禁欲的で、あまり愛情詩を作らない中国の詩人たちが、悼亡詩においては包み隠さず妻への愛情をはっきりと表現する。唐の元稹《げんじん》の「悲懐《ひかい》を遣《や》る」（遣悲懐）は、元和四年（八〇九）に亡くなった妻韋叢《いそう》を悼む三首連作の作品で、制作年に関しては諸説がある。次にあげるのは連作の第二首であり、韋氏没後の間もないときに作られたと推定される。

昔日戯言身後意
今朝都到眼前来
衣裳已施行看尽
針線猶存未忍開
尚想旧情憐婢僕

昔日《せきじつ》　戯《たわむ》れに言う　身後《しんご》の意《い》
今朝《こんちょう》　都《すべ》て到りて眼前に来《きた》る
衣裳は已《すで》に施《ほどこ》し　行々《ゆくゆく》尽くるを看《み》ん
針線《しんせん》は猶《な》お存し　未だ開くに忍びず
尚《な》お旧情《きゅうじょう》を想《おも》うて婢僕《ひぼく》を憐《あわ》れみ

也曽因夢送銭財　　也曽《またすなわ》ち夢に因りて銭財《せんざい》を送る

誠知此恨人人有　　誠に知る　此の恨み人人《ひとびと》に有るを

貧賤夫妻百事哀　　貧賤の夫妻　百事哀《ひゃくじかな》し

（唐・元稹：遣悲懐三首、其二）

〔訳〕むかしふたりで、どちらか一方が先に死んだら残された者はどんな気がするだろうかと、気楽に冗談を言っていたが、

今日ではそれがみな現実となって、我が身におそいかかって来た。

おまえの着物はすでに親しかった人々に分け与え、もうすぐなくなろうとしているが、

おまえの使っていた針と糸はまだそのまま手放さずにいる。とても針箱を開ける気になれないからだ。

いまだに他人に親切だったおまえの気持を思い出し、女中や下男たちをかわいがっているし、

また情深《なさけ》かったおまえの夢を見ては、みなにお金や品物をあげている。

いまにして本当に分かった、愛する妻を亡くしたこの悲しみを、人々すべてがもっていることを。わたしも例外ではなかった。

それにしても、わたしたちのような貧乏夫婦は、おまえにすっかり苦労をかけ

てしまい、なにごとにつけても悲しみはつのるばかりだ。

○身後意　死後のこと。○針線　針と糸。

元稹と韋叢の結婚は貞元十八年（八〇二）であったので、ふたりはあしかけ八年間の結婚生活を送ったことになる。元和四年にそれまで下積みの生活を送っていた元稹がようやく監察御史に任命されたその年に、苦労を共にした韋氏は亡くなったのである。

やや例外的な作品をいくつか見てきたが、一般に詩人の生活が政治と深いかかわりをもつ以上、旅の多くは政治と関係をもたざるを得ないし、必然的に旅に付随する別れもまた政治と無関係ではあり得ない。「行旅と別離」のテーマもまた、政治から決して離れることはできないのである。

12

中国詩のテーマ（四）——書画・音楽と詩

一　書画と詩

詩と絵画の関連については、第一〇章の「自然」で「南画の祖」とたたえられる王維のことを紹介したが、山水画の名手としての王維の名は、彼の生きた唐代においてすでに確立していた。唐の張彦遠《ちょうげんえん》の『歴代名画記』の中で王維は「工《たく》みに山水を画《えが》き、体は古今に渉《わた》る」と記述され、彼の別荘の輞川荘《もうせんそう》のあった藍田県の清源寺《せいげんじ》の壁に画かれた「輞川図」を「筆力雄壮なり」とたたえている。「輞川図」の原画は現在伝わらないが、原画の趣きをよく伝えるといわれる北宋の郭忠恕《かくちゆうじよ》の臨摸《りんも》（模写）図を明代に石に刻んだものが今でも残っている。力づよい筆遣いで細部まで細かに画く「輞川図」の拓本を見ていると、輞川の自然をこよなく愛した王維の詩の世界が眼前に浮かんでくるような心地がする。

老来懶賦詩　　老い来《きた》りて詩を賦《ふ》するに懶《もの》う《う》く
惟有老相随　　惟《た》だ老いの相随《あいしたが》う有り
宿世謬詞客　　宿世《しゆくせい》　詞客《しきやく》に謬《あや》まらる
前身応画師　　前身《ぜんしん》は応《まさ》に画師《がし》なるべし
不能捨余習　　余習《よしゆう》を捨《す》つること能《あた》わず

偶被世人知　偶々《たまたま》世人《せじん》に知らる
名字本皆是　名字《めいじ》は本《もと》より皆是《みなぜ》なるに
此心還不知　此の心　還《かえ》って知られず
（王維・偶然作〔偶然の作〕六首、其六）

〔訳〕年老いて詩を作るのがめんどうになった。
ただ老いだけが我が身につきまとう。
前世ではまちがって詩人といわれていたが、
前身はきっと絵かきであったに違いない。
前世からの習慣が捨てきれないまま、
たまたま詩人だ絵師だと世間の人に名を知られているが、
わが名と字《あざな》の維《い》と摩詰《まきつ》こそ本来の姿なのに、
仏教に帰依するこの心は、かえって人に知られていない。

○宿世　前世。○余習　前からの習慣。○名字　名と字《あざな》。「維《い》」と「摩詰《まきつ》」。仏教徒の名の維摩詰《ゆいまきつ》に因む。

「宿世詞客に謬まらる、前身は応に画師なるべし」と自認していた王維――なお、この二句は『歴代名画記』にも引用されていて自他ともに彼の画才は認められていた――は、詩

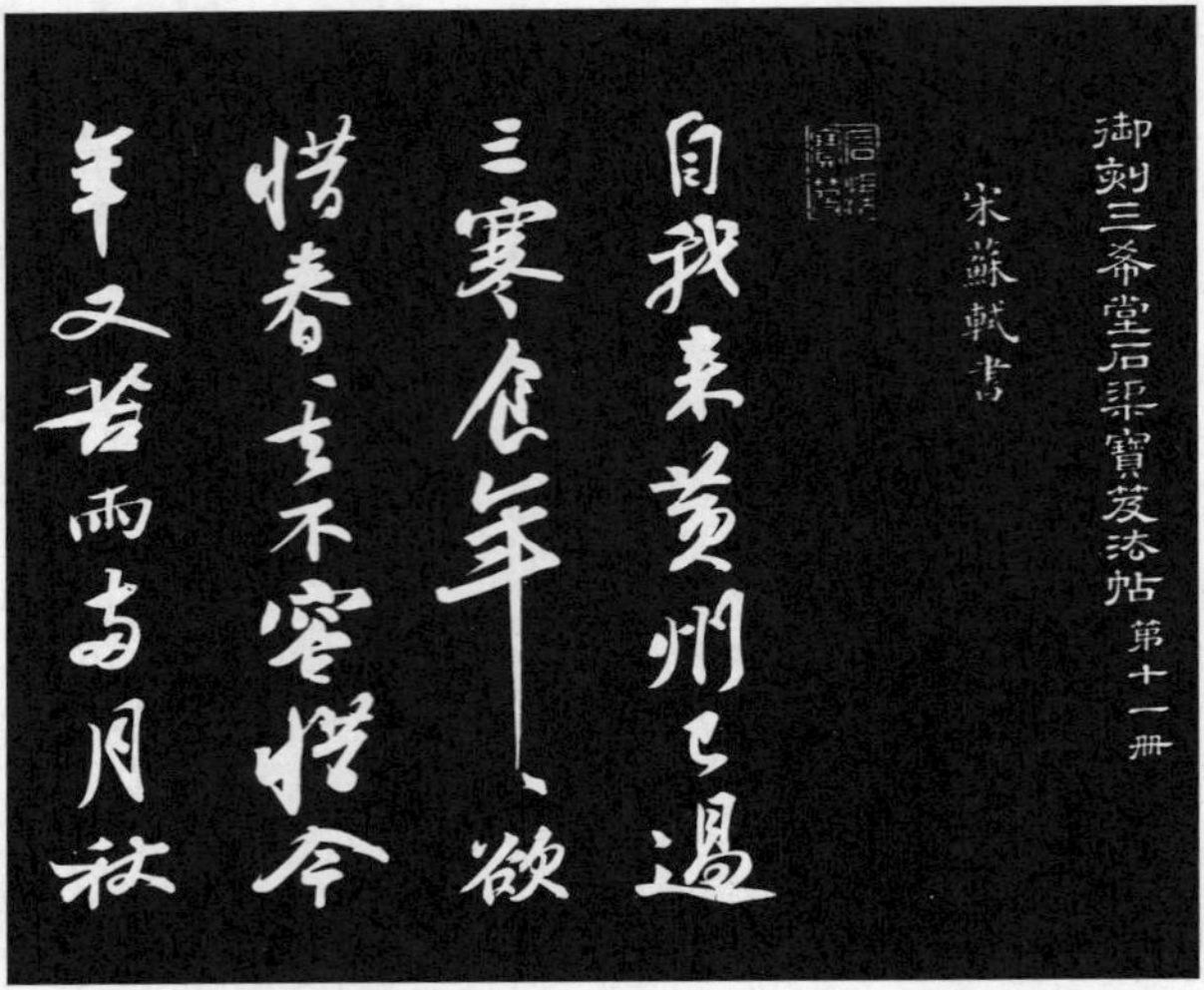

拓本『三希堂法帖』第十一冊

画一体の境地を創り出した代表的な人であるが、王維の後世の人々に与えた影響はまことに大きく、彼のように詩人にして画人、画人にして詩人と呼ばれた人は決して少なくない。南画が文人画とも称されるように、心にわきあがるイメージを言葉と絵筆で表現することがしばしば行われたのである。

また、詩は書ともきわめて深い関係がある。詩人が自作の詩を書き残す場合に、あるいはほかの人がそれを筆で書き写す場合でも、詩人の感興や作品のもつ情趣や内容が筆端に現れるものだからである。杜甫の筆跡がどのようなものであったのか、はたまた李白の書はどうかなどと想像すると大変楽しいが、すでに長い時間を経過した現在、唐代の詩人の書の残っているものはきわめてまれであって、現在李白の書と伝えるものが存在してはいるものの、真偽のほどは疑わしい。

ところが、宋代以後、詩人の書は比較的多く残っていて、われわれは詩人の詩と書を一緒に鑑賞することができる。とりわけ絶品と称されるのが、蘇軾の「黄州寒食《こうしゅうかんしょく》詩」で、元豊《げんぽう》五年（一〇八二）春三月、寒食の日に、左遷の地の黄州（湖北省黄岡県）で作った五言古詩二首を書いた真筆と石刻の拓本の二種が現存する。題は「黄州寒食」（黄州《こうしゅう》の寒食《かんしょく》）と書かれている。

蘇軾の詩集では詩題を「寒食雨」（寒食の雨）として二首収められており、真筆との間に文字に多少の違いがあるが、いま真筆にしたがってその第一首を読んでみよう。

自我来黄州　　我《われ》　黄州《こうしゅう》に来《きた》りしより
已過三寒食　　已《すで》に三《み》たびの寒食《かんしょく》を過《す》ごせり
年年欲惜春　　年年《ねんねん》　春《はる》を惜《お》しまんと欲《ほっ》すれども
春去不容惜　　春《はる》は去《さ》って　惜《お》しむを容《い》れず
今年又苦雨　　今年《こんねん》　又雨《またあめ》に苦《くる》しむ
両月秋蕭瑟　　両月《りょうげつ》　秋《あき》　蕭瑟《しょうしつ》たり

臥聞海棠花
泥汙燕支雪
闇中偸負去
夜半真有力
何殊病少年
病起頭已白

臥《ふ》して聞《き》く　海棠《かいどう》の花《はな》の
泥《どろ》に　燕支《えんじ》と雪《ゆき》を汙《けが》されしを
闇中《あんちゅう》　偸《ひそ》かに負《お》い去《さ》る
夜半《やはん》　真《まこと》に力《ちから》有《あ》り
何《なん》ぞ殊《こと》ならんや　病少年《びょうしょうねん》の
病《やま》いより起《た》てば　頭《あたま》已《すで》に白《しろ》きに

（蘇軾・黄州寒食）

〔訳〕わたしは黄州に来てから、
すでにみたび寒食《かんしょく》を過ごした。
年ごとに行く春を惜しむ心はつのるが、
春は無情に去って惜しむ暇《いとま》もない。
今年はそのうえに雨にも苦しめられ、
ふた月のあいだまるで秋のようにさびしい状態だ。
寝床で雨音《あまおと》を聞きながら、カイドウの花の、
エンジ色の花も白い花も、みな泥まみれではないかと思ったりしている。
くら闇のなか、誰かが春を背負って逃げていってしまったのだ。
『荘子《そうじ》』にいう「真夜中の力持ち」がほんとうにいるようだ。

これではまるで、病いで臥《ふ》せていた若者が病床から起き上がってみたら、
頭がすっかり白くなっているのを驚き嘆くのと同じではないか。

蘇軾が黄州に流されていたのは、元豊三年（一〇八〇）の二月から元豊七年（一〇八四）の正月までの約四年間である。詩のなかで「三寒食」といっているので、元豊五年（一〇八二）の作品であることは間違いない。かれは時に四七歳であった。

「寒食」は清明節の前日、火を使わずに前日に作っておいた冷たい食べ物を食べて過ごすのでこの名がある。中国では昔からこの日に、一家でうち揃って墓参りと野遊びをする習慣があり、春の楽しい行事の日である。蘇軾の詩は、その楽しかるべき寒食の日が連日の雨でだいなしになったのを嘆いて作られた。

また、「夜半　真に力有り」の句は、『荘子』大宗師篇に人間の知恵の浅はかさを寓意する言葉として、「夫《そ》れ舟《ふね》を壑《たに》に蔵《かく》し、山《やま》を沢《さわ》に蔵《かく》して、之《これ》を固《かた》しと謂《い》う。然《しか》れども夜半《やはん》に力有《ちからあ》る者《もの》、之《これ》を負《お》いて走《はし》る」とあるのを典故として踏まえたものである。

この書の末尾には蘇軾の弟子の黄庭堅（山谷）の跋がついていて、「東坡にもう一度筆をふるわせても、こうは書けまい」と述べた言葉が見える。確かに、伸びのびとした雄渾の筆致はその詩同様、蘇軾のスケールの大きさを感じさせるに十分なものがある。

黄庭堅もまた書の名手としても名高い人であり、筆跡が少なからず現存する。宋以後の

詩人の書の残っているものは実に多いが、それぞれ詩人の人柄を映し、詩風と筆遣いには深い関連性があることが理解できる。また、書家が歴代の詩を好んで揮毫することは今さら言うまでもないが、書家は書によって詩人と作品に対する解釈を示し、筆遣いで詩人と作品の本質を伝えようとするのである。筆で書かれた詩は、書物で読むのとはまた違った趣きを我々に与えてくれるのである。

二　題画詩

ところで、中国の伝統的な絵画に詩や文が添えられているのを目にしたことのある人は少なくあるまい。すなわち「画賛《がさん》（讚）」である。絵画に添えられている詩文は、画家自身が書く場合もあれば、画家とは別の文人が書き添える場合もある。もちろん、すべての中国画に詩文が書かれているわけではないが、いわゆる文人画には描かれた絵とそれに添えられた詩文、そしてその詩文を書いた筆跡の三者が、渾然一体となってすばらしい芸術作品を創り出しているものが多い。

たとえば、中国の遼寧省博物館の所蔵品に、明代の画家陳淳《ちんじゅん》（道復《どうふく》〔一四八三―一五四四〕）の「萱茂梔香図《けんもしこうず》」の一軸があり、それに陳淳の師の文徴明《ぶんちょうめい》（一四七〇―一五五七）の詩一首が記されている。

絵は、中央の量感あふれる太湖石の背後に大きく枝を張るクチナシ（梔子）、石の下辺に繁茂するワスレグサ（萱草）を配して、力強くしかもさわやかな爽快感を伝えている。

絵の右上に書かれた文徴明の詩は、次のような五言絶句である。

六月炎蒸困　　六月《ろくがつ》　炎蒸《えんじょう》に困《くる》しむ

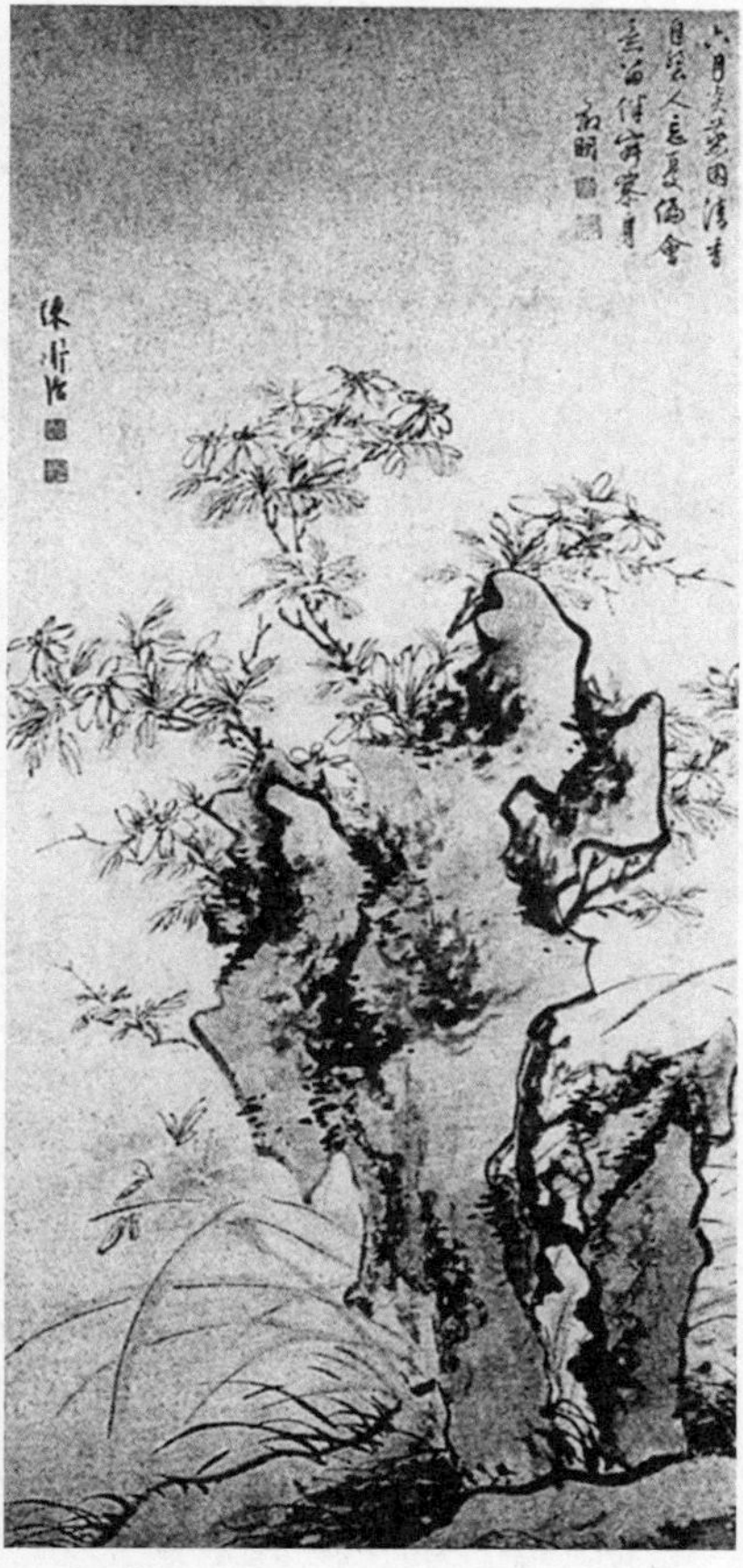

萱茂梔香図軸（明・陳淳画）

清香自襲人　清香《せいこう》　自《おのず》から人《ひと》を襲《おそ》う
忘憂偏会意　忘憂《ぼうゆう》　偏《ひと》えに意《い》に会《かい》し
留伴寂寥身　寂寥《せきりょう》の身《み》を留《とど》めて伴《とも》とす

〔訳〕夏の六月、人が蒸し暑さに苦しむとき、
クチナシの花のさわやかな香りは馥郁《ふくいく》と人をつつみこむ。
ワスレグサははなはだ人の意にかない、
寂しさに悩む人をひきとめてなぐさめる。

○忘憂　萱草ワスレグサの別名。

文徴明の詩は絵の内容を文字で書き表したものであり、詩の内容と品のあるすがすがしい筆跡は、ともに絵とよく調和して美しい。師弟合作の、絵画と詩と書がみごとな芸術世界を創り出している一軸といえよう。

この文徴明の詩のように、絵画の内容や印象を詠じて絵に書き添える詩を「題画詩《だいがし》」という。この場合の「題」の意味は、「詩を作って書きつける」という意味である。同じように「題壁詩《だいへきし》」といえば壁に書いた詩をさす。題壁詩については後文で述べよう。

題画詩は、詩の題に「題…画」または「題…図」と示されるのがふつうである。しかしながら、明らかに絵を見ながら作られた作品でも、詩の題に「題」の字を欠くなどして、

必ずしも直接絵に書き添えられたかどうか確定できない場合が少なくない。そこで、少なくとも絵を題材として作られたことがはっきりしている詩を、総括的に題画詩と呼ぶことがしばしばある。たとえば、次の杜甫の五言律詩「画鷹《がよう》」の作品がその例である。

素練風霜起　　素練《それん》　風霜《ふうそう》起《お》こる
蒼鷹画作殊　　蒼鷹《そうよう》　画《が》作殊《さくしゅ》なり
攫身思狡兎　　身《み》を攫《そびや》かして　狡兎《こうと》を思《おも》い
側目似愁胡　　目《め》を側《そばだ》てて　愁胡《しゅうこ》に似《に》たり
絛鏇光堪摘　　絛鏇《とうせん》　光《ひかり》は摘《つ》むに堪《た》え
軒楹勢可呼　　軒楹《けんえい》　勢《いきお》いは呼《よ》ぶべし
何当撃凡鳥　　何《いつ》か当《まさ》に凡鳥《ぼんちょう》を撃《う》ちて
毛血灑平蕪　　毛血《もうけつ》　平蕪《へいぶ》に灑《そそ》ぐべき
（杜甫・画鷹）

〔訳〕白い絹のうえに、さっとつめたい寒風がまきおこる。
黒いタカが、みごとに描かれているからだ。
タカは肩をいからせて、逃げ足はやいウサギをねらっており、
横目でにらんでいるさまは、憂い顔の異邦人にそっくりだ。

タカの足をつなぐ金のくさりの光りは、指でつまみとることができそうだ。
声をかければ、タカはいまにも軒から飛び立つ勢い。
タカよ、おまえがつまらぬ鳥どもにおそいかかって、
荒野《あれの》に鳥どもの羽と血をまきちらすのは、いつの日か。

○素練　白絹。○蒼鷹　くろいタカ。○攫　肩をいからす。○愁胡　悲しい顔つきの異邦人。○絛鏇　タカの足をつないでいる金属のくさり。○軒楹　軒端。○平蕪　荒れ野。

この詩の背景や制作の時期など詳しい事情は分からないが、絹の布に描かれたタカを詠じながら、凡庸を憎む詩人のたけだけしい気概を吐露した作品である。おそらくは開元年間の末年、杜甫がまだ仕官運動をしていたころの作であろう。

杜甫はほかにも絵画に因んだ十数篇の作品を残しており、同時代あるいは以前の詩人に比べて、彼の絵画に対する関心の度合いはつよく、このために題画詩は杜甫に始まるとさえいわれるが、杜甫以前にも絵を題材にした作品がないわけではない。六朝期の詠物詩の中に、絵に描かれた美しい女性や風景・器物等を詠じていると推測される作品が多く存在する。

中でも、北周の庾信《ゆしん》（五一三―五八一）の「画屏風《がびょうぶ》を詠《えい》ずる詩《し》二十四首」の連作は、詩の題から明らかなように、屛風に描かれた絵を題材に詠じた作品である。連作を通して見

てみると、絵は宮殿の建物や庭園、山水、狩猟や宴会のようすなど、さまざまな図柄が描かれていたことが分かるが、その中から美人の絵をうたう第三首を次に取り上げてみよう。

昨夜鳥声春
驚鳴動四鄰
今朝梅樹下
定有詠花人
流星浮酒泛
粟瑱繞杯脣
何労一片雨
喚作陽台神

昨夜《さくや》　鳥声春《ちょうせいはる》なり
驚《さわ》ぎ鳴《な》きて　四鄰《しりん》を動《うご》かす
今朝《こんちょう》　梅樹《ばいじゅ》の下《もと》
定《さだ》めて花《はな》を詠《えい》ずる人有《ひとあ》り
流星《りゅうせい》　酒《さけ》の泛《あふ》るるに浮《う》き
粟瑱《ぞくてん》　杯脣《はいしん》を繞《めぐ》る
何《なん》ぞ労《ろう》せん　一片《いっぺん》の雨《あめ》を
喚《よ》んで陽台《ようだい》の神《かみ》と作《な》すを

（北周・庾信：詠画屏風詩〔画屏風を詠ずる詩〕二十四首、其（三））

〔訳〕昨夜、鳥の鳴き声が春めいた声にかわり、
鳴きさわぐ声は、四方の人々の心をゆり動かした。
今朝は梅の木の下に、
はたせるかな、花をうたう人がいる。
美しい人の流れ星にも似た瞳はあふれる酒に浮かび、

あでやかな眉と耳飾りが、杯のふちからはなれない。
この美しい人を見ていれば、なにもわざわざわずかな雨に声をかけて、
巫山《ふざん》陽台の神女《しんによ》を呼び出すまでもない。

○**流星**　美人の瞳の比喩。○**粟瑱**　美人の眉と玉の耳飾り。

おそらくこの美人画は、新春の朝、梅の木の下で酒に酔うあでやかで美しい女性を描いたものであったにちがいない。最後の二句に用いられている典故は、すでに前にも見たように（第九章、白居易「夜、箏中に瀟湘送神の曲を弾ずるを聞き、旧に感ず」）、もともと戦国時代の宋玉《そうぎよく》の「高唐《こうとう》の賦《ふ》」にもとづく巫山神女の故事――楚の襄王が夢で巫山の神女と一夜の契りを結び、神女は襄王のもとを立ち去るとき、「わたしは朝には雲となり、暮れには雨となって、いつも陽台のもとにおります」と告げた故事――である。この故事は、「雲雨の夢」という成語にもなっている。

このように、杜甫以前から題画詩ないしはそれに類する作品が存在したにもかかわらず、杜甫を題画詩の祖とする理由は、「画鷹」の詩からも察しられるように、杜甫の作品にはこの詩人の他の作品同様、詩人独自の思想や感情が色濃く投影されていて、きわめて個性的な作品になっているからである。

現在、唐代及びそれ以前の絵画の残っているものがそう多くないので、陳淳と文徴明の

ような合作の実例を探し出すのはむずかしいが、宋以後は比較的容易に見つけることができる。画家と文人・書家の合作の題画詩は風雅の楽しみとして、宋・元・明・清と時代が下るにつれて数多く作られるようになった。

三　題壁詩

題画詩を述べたついでに、題壁詩についても簡単に触れておこう。中国の詩人がある場所を訪れたとき、その場所で感じたことがらや情感を詩に詠み、建物の壁に書き残す作品が題壁詩である。一般に詩題を「題…壁」とする点で題画詩に似るほか、触発された感動をその場に書きのこすという点においても題画詩と題壁詩はまったく異なるところがない。ただし、題画詩が描かれた絵そのものが作品の題材になっているのに対して、題壁詩は壁が直接の題材ではなく、壁のある場所の風物、そこで感じた情感が詩の題材となっている点が大きな違いである。詩のテーマから見れば、題壁詩のテーマは題画詩よりもはるかに多様である。実例をあげてみよう。唐の張謂《ちょうい》の「長安《ちょうあん》の主人《しゅじん》の壁《かべ》に題《だい》す」は、『唐詩選』にも収められていて最も人口に膾炙する題壁詩のひとつである。

世人結交須黄金　世人《せじん》　交《まじ》わりを結《むす》ぶに黄金《おうごん》を須《もち》う

黄金不多交不深　黄金《おうごん》多《おお》からざれば　交《まじ》わり深《ふか》からず
縦令然諾暫相許　縦令《たとい》然諾《ぜんだく》して暫《しばら》く相許《あいゆる》すとも
終是悠悠行路心　終《つい》に是《こ》れ　悠悠《ゆうゆう》たる行路《こうろ》の心《こころ》

（唐・張謂：題長安主人壁）

〔訳〕世間の人間は人とつき合うのに金を必要とする。
金が多くなければ、つき合いも深くならない。
たとえ交際を承知してしばらくはお互いに心を許し合っても、
結局は金の切れ目が縁の切れ目、行きずりの人と同じく、すぐさま心が離れてしまう。

○**然諾**　承諾すること。○**行路心**　通りすがりの人の心。

最後の句の「悠悠たる行路の心」とは、道を行く通りすがりの人の心が互いにかけ離れている意で、「悠悠」はかけ離れた状態を形容する言葉である。

張謂のこの詩は、金銭上のトラブルがあって絶交するに至った長安のある友人の家の壁に書かれた決別の詩と推測することができるし、あるいはまた、誰かに裏切られた長安の知人に慰めの詩を書いたのか、世間の風潮を批判して長安の旅館の壁に一種の教訓詩を書き残したのか、多くの可能性が考えられる。要するに作詩の事情は明らかでないが、この詩が長安のある人の家の壁に書かれたことだけは確かである。

　題壁詩もまた題画詩の場合同様、「題…壁」と明記してない作品が少なくない。中国の詩人が自作の詩を建物の壁や岩石に書き記すことは、絵に書き添えるよりもはるかに頻繁に行われた。詩人自身が書かずに他の人が代筆する場合を含めると、壁や岩石に書かれた中国の詩はおびただしい数に上るだろう。詩の題に題壁詩であることを明記していない題壁詩の例を一例だけ挙げておこう。唐の崔顥《さいこう》の「黄鶴楼《こうかくろう》」の詩がその例である。

昔人已乗白雲去　　昔人《せきじん》　已《すで》に白雲《はくうん》に乗じて去《さ》り
此地空余黄鶴楼　　此《こ》の地《ち》　空《むな》しく余《あま》す　黄鶴楼《こうかくろう》
黄鶴一去不復返　　黄鶴《こうかく》　一《ひと》たび去《さ》って復《ま》た返らず
白雲千載空悠悠　　白雲《はくうん》　千載《せんざい》　空《むな》しく悠悠《ゆうゆう》
晴川歴歴漢陽樹　　晴川《せいせん》　歴歴《れきれき》たり　漢陽《かんよう》の樹《じゅ》
芳草萋萋鸚鵡洲　　芳草《ほうそう》　萋萋《せいせい》たり　鸚鵡洲《おうむしゅう》
日暮郷関何処是　　日暮《にちぼ》　郷関《きょうかん》　何《いず》れの処《ところ》か是《こ》れなる
煙波江上使人愁　　煙波《えんぱ》　江上《こうじょう》　人《ひと》をして愁《うれ》えしむ

（唐・崔顥：黄鶴楼）

〔訳〕　昔ここを訪れた仙人はすでに白雲にのって去り、

この地には黄鶴楼の建物だけがのこった。
黄鶴は飛び去ったあと二度と帰って来ないが、
白雲だけが千年たった今も悠々と天空に浮かんでいる。
晴れわたった長江の対岸に漢陽の木々がはっきりと見え、
中洲の鸚鵡洲では春の美しい草花が生い茂っている。
日暮れどき、わが故郷はどの方向にあるのだろう、
川面にけぶる夕がすみが視線をさえぎり、旅人の心を悲しませる。

黄鶴楼は、現在復元された壮麗な建物が湖北省武漢市の武昌地区にあり、楼の西北側を長江の雄大な流れが流れている。言い伝えによれば、楼が建てられたのは三国・呉の黄武二年（二二三）のことで、その後何度も建てかえられて、現在の楼は一九八〇年代の初めに再建されたばかりの比較的新しい楼である。楼の名の由来となった、そして崔顥の詩の背景となった黄鶴楼伝説には、おおよそ次の二説がある。

（1）昔ここで居酒屋を経営して酒を売っていた辛《しん》という姓の人がいた。その店にしばしば通ってただ酒を飲んでいた仙人が、酒代の代わりだと言って壁に黄色い鶴を描きのこして立ち去った。不思議なことに、壁の鶴は酒客の拍手の音につれて壁から出て舞い、それが評判となって辛氏の店は大いに繁盛した。一〇年ばかりの後、再び訪れ

た仙人は、もう借金は払い終わったと壁から鶴を呼び出して、その背に乗って何処ともなく飛び去った。そこで建てられたのがこの黄鶴楼である。

（2）三国時代の蜀の仙人費禕《ひい》、ないしは他の仙人が黄鶴に乗って飛来してこの楼上で休んだので、黄鶴楼という名がつけられた。

この二説、いずれも確たる証拠の文献を欠くが、仙人と黄鶴の伝説に因む楼であることは疑いない。詩の中の「昔人」が、つまり黄鶴に乗って立ち去った仙人である。なお、長江の中洲の鸚鵡洲は、やはり三国時代に禰衡《でいこう》という文人がここで「鸚鵡の賦」を作ったことからこの名がついた。

さて本題にかえれば、いま崔顥の作品を収録する主要な書物を調べてみると、題を「黄鶴楼」とするもの、「登黄鶴楼」とするものなどさまざまであるが、唐人が編纂した唐詩の総集の一つである『国秀集』（天宝三年［七四四］、芮挺章《ぜいていしょう》編）が、この詩の題を「題黄鶴楼」（黄鶴楼に題す）としていることから、崔顥自身がこの詩を黄鶴楼の壁に書いた可能性はきわめて高い。もしそうでなかったとしても、比較的早い時期に他の人によって壁上に書かれたと推測される。なぜならば、この楼に上って崔顥の詩を読んだ李白が、「眼前《がんぜん》に景有《けいあ》るも道《い》うを得《え》ず、崔顥《さいこう》の題詩《だいし》、上頭《じょうとう》に在《あ》り」（目の前にすばらしい景色が広がっているが、なかなか言葉に言い表せない。崔顥の作った詩が楼上にあるので、これ以上詩を作る必要はない）といって詩を作ることをあきらめたというエピソードが伝えられているからである。宋の批評家の厳羽は、崔顥の「黄鶴楼」の詩を唐詩七言律詩の第一に推している。

題画詩や題壁詩に共通の詩人のエトス（ethos 精神）は、その場で得た感動をその場にのこして対象と一体化したいというつよい欲求である。一方読者は、詩の対象となっている絵や風景・建物等を実際に目にしながら作品を読み、文字によって表現されているイメージと実際のイメージとを重ね合わせることによって、文字で伝えられるよりもより鮮明な深い感銘を得るのである。

四　音楽と詩

詩と音楽もまたきわめて関係が深い。詩がもともと何らかのメロディを伴ってうたわれたことは、すでに第一章で検討した『詩経』大序に次のような一節がある。

情動於中、而形於言。言之不足、故嗟歎之。嗟歎之不足、故永歌之。永歌之不足、不知手之舞之、足之蹈之也。

情は中《うち》に動きて、而《しこう》して言《げん》に形《あら》わる。これを言いて足らず、故にこれを嗟歎《さたん》す。これを嗟歎して足らず、故にこれを永歌《えいか》す。これを永歌して足らざれば、手のこれを舞い、足のこれを蹈《ふ》むを知らざるなり。

〔訳〕人の情が心の中で動き出すと、それが言葉に表現される。ただ平板な言葉だけで心中の情感が言い表せないと不満に思うから、それに感情をこめて嘆きの調子を加えて声に抑揚をつける。抑揚をつけてもまだ不十分と感じるから、長く声をのばしてうたうことになり、これをうたってもまだ不満足の場合には、気がつかないうちに手足がうごいて体の動作となってあらわれる。

すなわち、詩と歌と舞いとが緊密な関係にあることが述べられているのである。現存する『詩経』の詩篇が、民謡・宴会の歌・宗廟の歌舞曲などの歌詞であったことは、すでに前述した通りであり、楽器の伴奏を伴う一定のメロディが存在したことは疑いない。

戦国期の楚辞は一種の神楽歌であり、また吟誦の文学であったと考えられているが、これとて南方の楚地方の民謡と無関係ではなかった。さらにまた、漢代以降、魏・晋・南北朝期の主要な文学であった楽府は楽器の演奏する特定の曲調に合わせてうたわれていた真正の歌謡であったのである。現在それらの古代のメロディはみな失われてしまい、残されたうたの歌詞だけがレーゼポエーム（読むための詩）として伝えられているのである。

楽府から生まれた狭義の詩は、基本的には楽器の演奏を伴わないで読む文学である。せいぜい声に抑揚長短をつけて吟じられることはあっても、一定のメロディを必要としない。しかし、その詩も絶句などはしばしば楽器の演奏にのせてうたわれる場合があり、詩と音楽の関係はまことに緊密と言わざるを得ない。音楽があるかぎり必ず詩が存在し、詩があるかぎり音楽がそれに付随するのである。考えてみれば、音楽や歌のない人間の社会はまったくあり得ないはずで、いつの時代にも歌謡文学は必ず存在して不思議はない。

唐代に伝統的な楽府歌謡がしだいにメロディを失って歌謡文学の性格を喪失していくと、それにとって代わった歌謡文学が「詞」であった。

「詞」は、もともと「曲子詞《きょくしし》」（歌曲の歌詞）を簡略化して「詞《し》」と呼ぶようになったもので、別の名を「詩余《しよ》（餘）」「長短句」あるいは「楽府《がふ》」「塡詞《てんし》」ともいう。「詩余」は、詞が中国の韻文の歴史からいえば詩の後に起こった新興の形式であることから、「詩の余り」というのであるが、実はこの言葉の裏には、詩こそ正統的な韻文で詞は詩から出た余分なもの、ないしは余波といった、詞を詩より一段低く見る一種の価値観を含んでいる。また、「長短句」は詞のほとんどが長短ふぞろいの句によって構成される形式的な特徴からの名称であり、「楽府」は詞が歌われる歌曲に属することからの呼び名である。ただしこの「楽府」という別称は、時には伝統的な漢魏六朝の「楽府」と区別して「近代楽府」と呼ばれることもある。「塡詞」は文字通り「曲に合わせて歌詞を充塡する、当てはめるもの」の意味で、曲調（メロディ）が主で作詞はそれに付随するという創作の過程を示している。

詞の別名はほかにも多く、単に「歌曲」といわれたり、「楽章」「琴趣」などと呼ばれることもある。いずれも詞のなんらかの特徴をとらえた名称である。

詞の起源については、詞のもとになった音楽がいつごろのものかというのが一つのポイントであり、最も早いものは隋の時代に溯る。しかし、詞が新しい歌謡として広く人々に歓迎されるようになったのは唐の時代に入ってからである。

唐代は中国音楽史の上で大きな転換期であった。当時の音楽は、宮廷の儀式に演奏された漢・魏以前からの伝統音楽である雅楽《ががく》と、漢・魏・六朝以来の楽府歌曲の清楽《せいがく》、それに宴会で演奏される燕楽《えんがく》（讌楽・宴楽とも書き表す）の三種類があった。しかし、唐代に入ると清楽はしだいに飽きられて演奏されなくなり、曲の題名（楽府題）と歌詞だけが古体詩（古詩）の一つの形式として残った。それがいわゆる楽府体の古詩である。具体的にいえば、第一章で見た「飲馬長城窟行」は実際に楽器の伴奏をともなって歌われた楽府であるが、第三章で挙げた杜甫の「前出塞」の作品は「出塞」の楽府題を用いて、その題にふさわしい「いくさ」の内容を盛りこんだ古体詩である。

一方、唐代以前からシルクロードを通じて入ってきていた西域音楽の「胡楽《こがく》」が、唐になって東西の文化交流が盛んになるにつれてますます大量に流入し、燕楽はこの胡楽を積極的に取り入れて新しい音楽を演奏するようになった。すなわち、唐代も半ばころになると、公式の儀式には伝統音楽の雅楽が荘重に演奏され、宴会ではエキゾティックな音色をもつ燕楽が人々を楽しませるようになったのである。

この燕楽の発展には音楽好きの玄宗の力が大きくはたらいた。玄宗は宮中に音楽の役所の「梨園《りえん》」と左右の「教坊《きょうぼう》」をつくって、音楽家や舞踊家の養成、並びに楽曲の収集整理を行った。「梨園」が主として前代の隋の時代に採集された江南の音楽（法曲《ほうきょく》という）の訓練を担当したのに対して、当時民間に流行した「俗楽」を管轄するのは「教坊」であった。

詞は「教坊」が管轄した「俗楽」と深い関係をもち、従来の伝統的な楽府歌謡とは異なる新たな民間歌曲が詞の源泉となったのである。このことは今世紀の初めに敦煌から出土した曲子詞一六〇首余りを整理した『敦煌曲子詞集』（王重民編）を調べてみると、大部分は玄宗の時期から唐末五代にかけての作者未詳の作品で、明らかにいわゆる「読み人知らず」の民間の歌であった。晩唐・五代の名のある文人の作品はわずか五篇しか含まれていない。

中唐期の白居易・劉禹錫《りゅううしゃく》（七七二—八四二）などはこの民間歌曲につよい関心を寄せて詞の作品を作り、詞が文人の文学形式に成長するのに大きな影響を及ぼした人々である。例として白居易の作品を一首挙げてみよう。開成三年（八三八）作者六七歳のとき、かつて赴任した杭州や蘇州などの江南の美しい風景を懐かしんで作った作品である。

江南好　　江南《こうなん》好《よ》し
風景旧曽諳　　風景《ふうけい》　旧《もと》と曽《かつ》て諳《そら》んず
日出江花紅勝火　　日《ひ》出《い》でて　江花《こうか》　紅《あか》きこと火《ひ》に勝《まさ》り

春来江水緑如藍　春来《はるきた》りて　江水《こうすい》　緑《みどり》なること藍《あい》の如《ごと》し
能不憶江南　能《よ》く江南《こうなん》を憶《おも》わざらんや
（白居易：憶江南詞《おくこうなんし》）

〔訳〕すばらしきかな江南、
まぶたに焼きつき、消えやらぬその風景。
日に照らされて、火よりもあかき川岸の花、
春くれば、藍に染めて流れゆく川の水、
げに江南を忘るべけんや。

劉禹錫にも「憶江南」の作品があり、その自注に「楽天の春詞に和す、《憶江南》の曲拍に依りて句を為す」とあるので、全体五句、各句三字・五字・七字・七字・五字の句造りが「憶江南」という曲の曲拍（リズム）であったと知ることができる。晩唐期になると温庭筠《おんていいん》（八一二―八七〇？）が現れてたくさんの優れた詞作品を作ったが、元来は俗文学の詞が詩と同じレベルにまで引き上げられたのは、五代をへて宋代に入ってからである。五代のときに、詞はすでに俗謡の段階から文人の韻文形式としてかなりの成長を示していたが、宋代に入ると従来の伝統的な詩文に親しんできた知識人たちが詩を作る感覚で詞の創作に本腰を入れ始めたのである。

詞が詩と同等の地位を獲得するようになると、当然詞の専門作家が現れてもおかしくない。事実、宋代には詩人というよりは「詞人」と呼ばれる人が何人も出現した。たとえば、柳永《りゅうえい》などは北宋の早い時期に現れた詞人であった。かれの「鶴冲天《かくちゅうてん》」のメロディにあわせて作った作品を見てみよう。

鶴冲天
黄金榜上
偶失竜頭望
明代暫遺賢
如何向
未遂風雲便
争不恣遊狂蕩
何須論得喪
才子詞人
自是白衣卿相
煙花巷陌

鶴冲天《かくちゅうてん》　　宋・柳永《りゅうえい》
黄金《おうごん》の榜上《ぼうじょう》
偶々《たまたま》　竜頭《りゅうとう》の望《のぞ》みを失《うしな》う
明代《めいだい》　暫《しばら》く賢《けん》を遺《のこ》す
如何《いかん》向せん
未《いま》だ風雲《ふううん》の便《べん》を遂《と》げず
争《いか》でか恣《ほしいまま》に遊《あそ》び狂蕩《きようとう》せざらんや
何《なん》ぞ須《もち》いん　得喪《とくそう》を論《ろん》ずるを
才子《さいし》　詞人《しじん》は
自《おのず》から是《こ》れ　白衣《はくい》の卿相《けいしょう》
煙花《えんか》の巷陌《こうはく》

依約丹青屏障
幸有意中人
堪尋訪
且恁偎紅翠
風流事平生暢
青春都一餉
忍把浮名
換了浅斟低唱

依約《いやく》たり　丹青《たんせい》の屏障《へいしょう》に
幸《さいわ》いに意中《いちゅう》の人《ひと》有《あ》り
尋《たず》ね訪《とぶら》うに堪《た》う
且《しばら》く恁《か》く紅翠《こうすい》に偎《したし》み
風流《ふうりゅう》の事《こと》　平生《へいぜい》暢《の》びやかならん
青春《せいしゅん》は都《た》だ一餉《いっしょう》
浮名《ふめい》を把《と》りて
浅斟低唱《せんしんていしょう》に換《か》え了《おわ》るに忍《しの》びんや

〔訳〕合格発表ノ高札ニ
ハテ　オレノ名ガモレテシマッタ
シバラクハ野《ヤ》ニオレトノ思《オボ》シ召《メ》シカ
ナントショウ
世ニ出ル機会ガマダ来ナイノデアレバ
勝手気ママニ遊ビホウケルシカアルマイ
科挙ノ功罪ヲゴタゴタイウノハヤメタ
才子《モノカキ》　詞人《ウタヨミ》ハ
イワズトシレタ　無官《ムカン》ノ大夫《タイフ》

花ザカリノ町ハ
屏障《ツイタテ》ノ絵ニモ似タ美シサ
オレニハマダ尋ネル人ガイルダケ
幸ワセサ
マア　蝶ヲ花ヨトオモシロオカシク
風流ヲタノシミノンビリト暮ラソウ
青春ハ一時《イットキ》ノコト
アダナ名声ガナンダ
ホロ酔イデ一節ウタウコノ気分　コレガ最高サ

○榜　合格発表のふだ。**○竜頭**　科挙試験の主席合格。**○明代**　よく治まった御代。**○得喪**　得失に同じ。**○白衣卿相**　無官の貴族大夫。**○依約**　相い似るさま。

この作品は、科挙の試験に失敗した悔しさを開き直った態度で詠じたものである。詞人柳永の自負と反逆の姿勢が十分うかがえるのであるが、そのために時の天子にきらわれる原因ともなったと伝えられている。しかし、かれは景祐元年（一〇三四）に首尾よく科挙に合格したので、これはそれ以前に作られた作品である。

以上挙げた二篇の作品から詞の特徴を整理してみよう。まず上例の「憶江南」「鶴冲天」が、それぞれの詞の曲調（メロディ）を示し、「詞牌《しはい》」という。

詞の題は詞牌だけで十分であるが、時には副題をつけて作詞の背景や目的を書き添えることもある。これを「小題」といい、小題を付すのは宋代に入って文人詞が成熟してから一般的になった傾向である。

詞の曲調は短いものから長いものまでさまざまであるが、曲調ごとに句数、一句の字数と平仄の配列、句の中の息つぎ（pause ポーズ）・脚韻の箇所等が決まっていて、詞律・詞譜と呼ばれる。詞が盛んであった宋代に多くの新曲が作られた結果、清朝の万樹《ばんじゅ》が整理した『詞律』二〇巻（一六八七）ではすべて六八〇調、同じ詞牌で字数や句数などの異なる同調異体を数えると一一八〇体余りを集め、康熙《こうき》帝勅撰の『欽定《きんてい》詞譜』四〇巻（一七一五）は八二六調、二三〇六体を収録している。詞人はそれぞれの詞律にしたがって歌詞を当てはめて行くのである。また、詞の平仄や押韻は詩と少し異なっていて、宋人は平仄だけでなく四声（平声・上声・去声・入声）を区別する場合があり、一方、押韻に関しては詩よりも比較的ゆるやかであった。詩韻に対して「詞韻」といわれる。

宋代以降、詩と詞が共存するようになると、詩と詞の内容的な差異があいまいになってきたが、形式上の違いは両者を厳然と区別し、用語も、詩には雅語、詞には俗語（口語）がたくさん用いられるのが大きな違いである。たとえば、上の柳永の作品で「如何向」

（いかん）「恁」（かく）「都」（ただ）「把」（とる）「換了」（換えおわる）などがその例である。

そして多くの場合、一人の文人が詞人と詩人を兼ね、どちらかといえば詩はかれらの表芸として公けの場でのやり取りや堅い内容を詠じ、詞の方は抒情を中心とした個人的な楽しみや憂愁を表現する裏芸的な性格を分担することになった。

しかし、詞のメロディもまたかつての楽府同様、宋を過ぎるとしだいに忘れ去られて、詞は読む韻文となり、歌謡は新しく起こった音楽にもとづく歌にとって代わられたのである。

音楽と詩の最後に、「元曲《げんきよく》」について簡単に触れておこう。唐詩・宋詞・元曲と並称されるように、「曲」は一三世紀から一四世紀前半にかけて、元の都大都（今の北京）を中心に流行した新しい歌謡文芸であり、北方系の音楽を基調とする一種の歌劇であった。雑《ざつ》劇《げき》・北曲《ほつきよく》とも呼ばれる。

歌劇としての元曲は、うた（唱）・せりふ（白）・しぐさ（科）を基本として、原則的には一つの劇（一本）は四幕の構成（四折）をもつ。劇中にうたわれる「うた」は一幕を通して一人の俳優がうたい、しかも同一の宮調（調子、キー）でなければならない等多くの約束事があるが、詞と同じようにメロディに合わせた一定の歌詞のパターンがある。元曲はこのような「うた」を一幕ごとに組み合わせた組曲（套曲《とうきよく》）で劇を進行して行く。

詩との関連で元曲を見てみると、当時の知識人が求めていたのは前代の詞に代わる新しい歌曲であり、元曲の「うた」のもとになった北方系の音楽がかれらの関心を呼んだ。元曲のもとになった曲調は詞牌に対して「曲牌」といわれるが、かれらは詞作のときと同様にこの新しいメロディに合わせて歌詞を創作したのである。つまり、歌劇とは別個に、歌曲としての作詞である。それを「散曲《さんきょく》」あるいは「小令《しょうれい》」と呼ぶ。またしばしば長編の組曲として作詞することもあり、その場合は「套数」と呼ぶ。
次に雑劇作家としても知られる馬致遠《ばちえん》の「小令」を一首あげておこう。

天浄沙
　秋思
枯藤老樹昏鴉
小橋流水人家
古道西風痩馬
夕陽西下
断腸人在天涯

天浄沙《てんじょうさ》
　秋思《しゅうし》
枯藤《ことう》　老樹《ろうじゅ》　昏鴉《こんあ》
小橋《しょうきょう》　流水《りゅうすい》　人家《じんか》
古道《こどう》　西風《せいふう》　痩馬《そうば》
夕陽《せきよう》　西《にし》に下《くだ》り
断腸《だんちょう》の人《ひと》　天涯《てんがい》に在《あ》り

〔訳〕枯れたフジ、老いた古木、夕暮れカラス、
　小さな橋、流れる水、人の住む家、
さびれた道、にし風、痩せた馬、

夕日は西に沈みゆき、
悲しみにくれる人は天のはて。

○天浄沙　曲牌。メロディの名。○秋思　小題。○昏鴉　夕暮れのカラス。

この作品はごく短い典型的な「小令」であるが、最初の三句は動詞をまったくもたないイメージだけを並べた句である。内容は旅愁をうたい、表現はきわめて絵画的であり、読者に鮮烈な印象を与える。

元曲が実際に舞台で演じられたのはごく短期間であり、元曲は間もなくレーゼドラマとしてもっぱら読むための戯曲になっていったが、それはすなわち元曲の音楽の消滅を物語っていることは詞と同じである。しかし、戯曲としての元曲はすたれて、もとになった音楽を失っても、散曲・小令の創作はつづけられた。この点でも楽府や詞と等しい。元曲が衰えた後、明・清の時期にはまた民間の新しい音楽にもとづく演劇や歌謡が現れた。詞・散曲と流れてきた歌曲もその時々の民間歌曲を源泉として新しいものへと変わっていったのである。考えてみれば、中国の韻文は遠い『詩経』・楽府の時期からたえず民衆の歌謡・音楽から新しいエネルギーを吸収して発展してきたのである。

13

詩人の生活

一　詩人の地位

我々はこれまでに、「中国詩概観」や「中国詩のテーマ」などの検討を通じて、中国の詩が政治や社会の動向と深く結びついていること、そしてまた中国の詩人たちのほとんどが官僚ないしは官僚を志望する官僚予備群ともいうべき人々であることを見てきた。たとえ大勢がこのようであったとしても、一生を通じて政治とはまったく無縁の、純粋に詩人として生きた人がいないわけではなかろうが、すぐにはこの人と思いつかないほどそれは稀な存在であった。政治と無縁に生きて詩を残した人々の多くは、根っからの隠遁者や僧侶であったり、道士であったり、はたまた男性中心の政治社会から疎外されていた女性であったのであるが、全体的にみればごく僅かな存在にすぎない。このような中国独特の詩の世界が長いあいだ続いたのは、その基底にしばしば述べたような伝統的な儒教の教えが牢固として存在し続けたからであった。

たとえば、北宋の邵雍《しょうよう》（一〇一一―一〇七七）は一生仕官せずに道学者として過ごした人物であり、彼の生活は多くの門弟たちを教えることによって支えられた。彼の詩には政治社会を超越した自得の生活と心情が詠じられていて、まったく政治臭を感じさせない。

半記不記夢覚後　半《なか》ば記《き》すれども記せざるは　夢覚《さ》めし後《のち》
似愁無愁情倦時　愁《うれ》うるに似て愁い無きは　情倦《う》みし時
擁衾側臥未忺起　衾《きん》を擁《よう》して側臥《そくが》して　未《いま》だ起くるを忺《のぞ》まず
簾外落花撩乱飛　簾外《れんがい》　落花　撩乱《りょうらん》として飛ぶ
（北宋・邵雍：懶起吟《らいきぎん》）

〔訳〕半ばおぼえているような、しかしまったくおぼえていないのは、夢からさめたあと、
悲しいような、さりとて悲しくもないのは、心になにも感じないひととき。
ふとんに抱きついてよこをむき、まだ起きる気になれない、
すだれの外では、散り落ちる花びらがはらはらと乱れ飛ぶ。

○**撩乱**　乱れるさま。繚乱に同じ。○**懶起**　起きしぶること。

洛陽の住まいに安楽窩《あんらくか》という名をつけて悠々と過ごした邵雍の晩春の朝の情景を詠じた一首である。彼は隠者的生活を送ってはいたが、しかし隠者ではなく、儒家と道家の思想を融合させた独特の宇宙観、世界観を作り上げた思想家であった。だが、その思想の根底は道家よりも儒家的色彩がより濃厚といわれ、邵雍とて大きくいえば儒家の傘の中に入る人であった。

かくも強烈に中国の詩界を長く支配し続けた儒教、そしてその詩観をここでもう一度ふりかえって見てみよう。

「儒家の詩観」は、畢竟、「詩歌には政治が反映しており、逆にまた詩歌は政治を反映しなければならない」という詩の社会的効用を重視する言葉に集約される。儒家のこのような詩観は、もちろん時代や詩人によって程度の差はあっても、中国の詩を読み、詩を作る人すべての念頭から決して消え去ることなく、儒教思想が否定され文語による古典詩が口語の詩に取って代わられた近代初頭の文学革命に至るまで、長いあいだ中国詩の最も基本的かつ崇高な理念として人々に守られ続けたのである。

それでは、そのような崇高な理念をもつ詩を作る人、すなわち「詩人」は、社会のどのような階層の人々であったのだろうか。まず第一に、中国古典詩の源泉といわれる『詩経』のうたや古楽府などの優れた詩歌を生み出したのは名もない一般の民衆であったし、詞や曲ももとは民間の歌謡・歌曲から出たものであった。おそらく『詩経』や古楽府の歌をうたい伝えた人々の大部分は、文字とはあまり縁のない農民や商人・職人などの社会の下層の人々であったと推測される。かれらは折にふれてたくさんの歌をうたっていたに違いないが、その多くの歌の中からかれらの思いや感情を最もよく表現する歌が口から口へとうたいつづけられて今日に残っているのである。

口誦によって伝えられた不特定多数の民衆のうたを記録したのが、文字を知っている知識人、つまりは「読書人」と呼ばれた人々であった。中国古代の身分制度でいえば、天子・諸侯に仕える臣下に卿・大夫がおり、その下に政治の実務にたずさわる「士」の階級の人々がいたが、この士の階級に属する人々が一般に「読書人」と呼ばれ、記録や文書の作成に携わって、国家と諸侯の国々の行政事務を担当する官僚群ないしは官僚予備群を構成していた。農民や商人・職人などはさらにその下の階級と見なされていたのである。「読書人」である「士」の人々は、名もない広大な民衆のうたを政治をとる当局者に伝えると同時に、当局者の施策を民衆に執行する仲介者の役割をはたしていた。

　上以風化下、下以風刺上。主文而譎諫、言之者無罪、聞之者足以戒。

　上《かみ》は風《ふう》を以《もっ》て下《しも》を化《か》し、下《しも》は風《ふう》を以《もっ》て上《かみ》を刺《そし》る。文《ぶん》を主《しゅ》として譎諫《きっかん》し、これを言《い》う者《もの》に罪無《つみな》く、これを聞《き》く者《もの》は以《もっ》て戒《いまし》むるに足《た》る。

〔訳〕当局者は立派な教えの美風で下の人々を教化し、下々の人は風説として流行するうたで当局者の政治を批判する。風説は言葉を飾ってうたの形をとりながら批判の意を込めるので、批判のうたを口にする者は罪に問われることがなく、それを耳にする者は戒めの言葉として素直に聞き入れることができる。

『詩経』の「大序」に見える「国風」の定義の一節であるが、この当局者と民衆の仲立ちをするのが「士」の人々であった。

「士」の階級の人々は単に仲介役にとどまっていただけではない。かれらは民衆の歌謡を学んで、やがて自分たちの見聞したこと、感じたこと、そして訴えたいことを自分たちの言葉で表現する作品を作り出した。かれらには詩歌を作るのに十分な教養と、文字を読み書きできるという有利な武器があったのである。『詩経』や楽府の歌謡を生み出した民衆を、特殊な能力者集団をさす「詩人」と呼ぶのにはいささか問題があるが、「士」＝「読書人」の中で詩歌を作るのに特に優れた人が、しだいに「詩人」と呼ばれるようになった。すなわち、「士」こそ「詩人」の母体であり、中国古典詩を支えた人々であったと言えるのである。

もちろん、「士」よりも上の階級の人々で詩を作る人がいなかったわけではない。「楚辞」の代表である屈原は楚の王室の一族であったし、漢の高祖劉邦《りゆうほう》の作った「大風の歌《たいふうのうた》」、武帝の「秋風の辞」などは人々に愛唱され、唐の玄宗は数多くの詩篇を残している。また、六朝時代の貴族・豪族で詩人の名を残した人も少なくない。山水詩の祖といわれる謝霊運は貴族の一人であった（第一章参照）。

参考のために、次に漢の高祖劉邦の「大風の歌」を見てみよう。この歌は、項羽と長いあいだ天下の覇権を争ったすえに、ようやく天下を平定して故郷の沛《はい》（江蘇省徐州市の西北）に帰った劉邦が、懐かしい人々と宴会を開き、宴たけなわでうたった歌と伝えられている。

大風起兮雲飛揚　大風起《たいふうお》こりて　雲《くも》　飛《と》び揚《あ》がる
威加海内兮帰故郷　威《い》を海内《かいだい》に加《くわ》えて　故郷《こきょう》に帰《かえ》る
安得猛士兮守四方　安《いずく》にか猛士《もうし》を得《え》て　四方《しほう》を守《まも》らしめん

（漢・高祖劉邦：大風歌）

〔訳〕大きな風が起こって雲が飛び上がるように、わたしは天下平定の兵を起こし、
いま国中すみずみにまでわが威勢を示して、故郷に帰って来た。
かくなる上は、どこに勇猛の士を探しもとめて、国の四方を守らせたものか。

素朴な歌ではあるが、おおらかな歌いぶりで、漢王朝の始祖としての気概が読み取れる。

このように、王侯貴族の人々が詩を作ることは決して少なくなかったが、作詩の量と内容の質からみて、「士」＝「読書人」の詩人の比ではない。歴代の名のある詩人はほとんど「読書人」階級に属するといっても過言ではない。しかも、かれらの多くは詩人としての名声とは逆に、しばしば政治社会の末端に連なるか、あるいはそこから疎外されて、不遇の生涯を送ったのである。たとえば、陶淵明は小官吏の職をすてて隠遁したし、杜甫はほとんど放浪の生活で一生をおえた。

隋の時代に整備された科挙の制度は、唐代に入ると詩文の才能を選抜の重要な要素として国家の政治に参画する優れた官僚的人材の発掘をめざしたが、しかし実際には、政治の

寒山拾得図（南宋・梁楷画）

主要なポストは王侯・貴族がほとんど独占し、詩文の才能が必ずしも正当に評価されなかった。詩人の社会的な身分はまことに低かったといわざるを得ない。

しかしながら、安禄山の乱を契機に状況の変化の兆しが見え始めた。一〇年におよぶ大乱の結果、王室の権威は失墜し、それまで長く政治を独占していた王侯・貴族の没落が始まって、中国社会に変動が起こってきたからである。中唐期以後、科挙の合格者の中からも高官に出世する者も現れた。詩文の才能に対する社会的な評価が高まるにつれて、優れた文学者の白居易や韓愈を中心とする文学集団の形成、僧侶詩人（詩僧）や女流詩人の増加など、詩人層の拡大が始まった。一方、これまた従来は主として王侯・貴族のもとで洗練されていた歌舞音曲の類が、民間に主導権が移って、遊郭を中心に市民の娯楽として盛んに詩歌を楽しむ風潮が生まれて来た。女流詩人の多くはこの遊郭から出たのであり、前に述べた「詞」や「曲」もこの土壌が生み出したものである。

女流詩人については後にふれることにして、ここでは風変わりな詩僧の詩を一首紹介しておこう。その素性や生涯ははっきりしないが、おそらくは中唐から晩唐にかけて天台山にいた僧侶であろうと推定されている寒山《かんざん》の「人《ひと》　寒山《かんざん》の道《みち》を問《と》う」（人問寒山道）詩である。寒山詩はすべて詩題をもたないので、冒頭の一句が仮の題として用いられている。

人問寒山道　　人《ひと》　寒山《かんざん》の道《みち》を問《と》うも
寒山路不通　　寒山《かんざん》には　路通《みちつう》ぜず
夏天氷未釈　　夏天《かてん》にも　氷《こおり》未《いま》だ釈《と》けず
日出霧朦朧　　日《ひ》出づるも　霧朦朧《きりもうろう》たり
似我何由届　　我《われ》に似《に》るも何《なに》に由《よ》りてか届《いた》らん
与君心不同　　君《きみ》と心《こころ》は同《おな》じからず
君心若似我　　君《きみ》が心《こころ》　若《も》し我《われ》に似《に》れば

還得到其中　還《ま》た其《そ》の中《うち》に到《いた》ることを得《え》ん
（唐・寒山：人問寒山道）

〔訳〕世間の人は寒山に行く道をたずねるが、
寒山には道が通じていないのだ。
夏でも氷が融けることなく、
太陽が昇っても霧に閉ざされている。
わたしに似ているからといって、どうして寒山に行き着けよう。
なぜならば、君とは心がまったく違っているから。
もしも君の心がわたしと同じであったならば、
あるいはここにまで行き着くことができるかも知れない。

寒山詩は概して平易な言葉で書かれているものの、詩の内容は禅問答めいて難解であるのが特徴である。この詩は、仏教の悟りを開くのに外面的な形だけを模倣する愚かさを教え諭しているように見える。

詩文の才能がそれ相応の社会的評価を受けるようになる傾向は、次の宋代に引き継がれて、才能のある詩人や文人の出世の可能性がより高まってきた。これには宋王朝の文官優遇の政策が大いに作用しており、詩人文人の社会的地位の向上に大きな影響を及ぼしたのである。たとえば、北宋の詩文改革の指導者であった欧陽修《おうようしゅう》は没落士族の出身でありながら副宰相まで上って科挙の試験を主宰したし、蘇軾は地方の商人の家に生まれながら中央の政界で礼部尚書（文部大臣）の高位にまで上って、時代の文学をリードする大文学者として多くの人々に大きな影響を及ぼした。

そして黄庭堅らの江西派が一般の人々にも理解しやすい作詩の理論（第二章参照）を提唱するに及んで、詩を作り詩を読む人々はますます拡大した。やがて南宋に入ると、詩を売り詩を教えることによって生計を支える職業詩人が出現した。このような専業詩人の一群を「江湖派《こうこは》」と呼ぶ。もともとは詩の愛好者が増大したのを見て取った民間の本屋の陳《ちん》起《き》が「江湖小集」という詩集のシリーズを刊行したことから、同シリーズに収められた詩人たちをこのように呼んだものである。ただし、江湖派の詩人の中で官職についた人も少なくなく、売詩を専業とした人はかえって少なかったが、かれらは官界でよりは民間で評価を得た人々であった。

江湖派の詩人の代表として知られる戴復古《たいふくこ》（一一六七―一二五二）は生涯仕官した形跡はなく、しかも隠者として世捨て人の生活を送ったわけでもない。詩を教え詩を売って、彼こそまさに職業詩人として生きた人であった。このように南宋末期には詩人のありように一つの大きな変化が生じたのである。しかしながら何度もくりかえすように、これ以後も清朝末期の儒教社会の崩壊に至るまで、詩人の多くは依然として官僚ないしは官僚予備群の人々であった。自立した職業詩人は、数のうえではごく少数であったのである。

二　女流詩人

過去の男性中心の中国社会にあって、女性が男性同様の教養を身につけて文学をたしなみ、社会的に活躍するということはきわめて稀であった。もちろん『詩経』や楽府の歌謡には女性がうたったものと考えられる作品が少なくないが、口誦の歌はともかく、文字を学んで詩を読み詩を作るということになると、どうしても特別の家庭で育った女性にならざるを得ない。

現存する詩の作品から判断するところ、女流詩人の登場は漢代に始まり、それらはおおむね天子の愛を失った後宮の女性や、漢の対外政策の犠牲となって砂漠の異民族に嫁ぐ悲劇の女性たちであった。次に挙げる劉細君《りゅうさいくん》の作品も、漢の江都王劉建《りゅうけん》の娘であった劉細君が、武帝の公主（天子の娘）の資格を与えられて遠く西域の烏孫《うそん》（いまの新疆ウイグル自治区の西部）の王に嫁いだときに作った歌である。烏孫公主《うそんこうしゅ》の「悲愁《ひしゅう》の歌《うた》」（悲愁歌）として知られており、いま『漢書』西域伝に収録されている。

吾家嫁我兮天一方　　吾《わ》が家《いえ》　我《われ》を嫁《か》す　天《てん》の一方《いっぽう》

遠託異国兮烏孫王　遠《とお》く異国《いこく》に託《たく》す　烏孫王《うそんおう》
穹廬為室兮氈為牆　穹廬《きゅうろ》を室《しつ》と為《な》し　氈《せん》を牆《しょう》と為《な》す
以肉為食兮酪為漿　肉《にく》を以《もっ》て食《しょく》と為《な》し　酪《らく》を漿《しょう》と為《な》す
居常土思兮心内傷　居常《きょじょう》　土思《どし》し　心内《しんない》傷《いた》む
願為黄鵠兮帰故郷　願《ねが》わくは黄鵠《こうこく》と為《な》りて　故郷《こきょう》に帰《かえ》らん
（漢・劉細君：悲愁歌）

〔訳〕漢の朝廷はわたしを天の果てに嫁がせ、
わたしは異国の烏孫王《うそんおう》にこの身を託すことになった。
烏孫ではテントで部屋をつくり、毛の織物で壁をしきる。
けものの肉が主食で、乳酪《にゅうらく》が飲みもの。
明けても暮れても故国を思って、わたしの胸は張り裂けそう。
ああ、この身を雁に変えて、懐かしいふる里に飛び帰りたい。

○**穹廬**　騎馬民族の住居のテント。パオ。○**酪**　羊や馬の乳を発酵させたヨーグルトの類の飲み物。
○**居常**　平常、日常の意味。○**土思**　郷土を思うこと。○**黄鵠**　大型の雁。秋に南の中国の方へ飛んで行く渡り鳥である。

この後、魏・晋・六朝期に少なからぬ女流の詩人が出ているが、女流詩人が多く出現するようになったのは、先に述べたように唐代、それも中唐期以降である。そして、彼女らの多くは妓女あるいは女道士の出身であった。女道士は元来道教の尼をさす言葉であるが、中・晩唐期の女道士はほとんど妓女と変わりなく酒席で客の相手をしたらしい。当時、酒席に侍る妓女たちは、客の相手をするために詩をうたい詩を作る能力をもつよう教育が施されていた。現存する唐代の遊郭の記録を見ると、巧みに詩を詠じて客の相手をする女性がたくさん記録されている。これらの唐代の女流詩人の中でもとりわけ名高いのが、李《り》冶《や》・薛濤《せつとう》・魚玄機《ぎよげんき》の三人である。

李冶はもともと女道士であったと伝えられるが、後に詩の才能が買われて徳宗の宮廷に入ったものの、反乱を起こした将軍に詩を贈ったために徳宗の怒りをかって殺された女性である。詩の才能が悲惨な死を招いたわけである。

至近至遠東西　　至って近く　至って遠きは　東西《とうざい》
至深至浅清渓　　至って深く　至って浅きは　清渓《せいけい》
至高至明日月　　至って高く　至って明るきは　日月《じつげつ》
至親至疏夫妻　　至って親しく　至って疏《うと》きは　夫妻
（唐・李冶・八至《はちし》）

〔訳〕　最も近く最も遠いのは、東と西、

最も深く最も浅いのは、清らかな渓流、
最も高く最も明るいのは、日と月、
最も親しく最も疎遠なのは、夫と妻。

八つの「至」の字を用いためずらしい六言詩である。最後の一句に、男の勝手な心変わりを非難する女性の情感がこめられている。

薛濤は蜀の妓女であった。詩の才能を高く評価されて多くの名士の知遇を得たが、晩年には成都（四川省成都市）の浣花渓《かんかけい》のほとりに住んで、特別に深紅の用箋を作って詩を書き、人々が薛濤箋《せつとうせん》（牋）としてその用箋を珍重したと伝えられている才女であった。現在、成都の望江楼公園には薛濤の遺跡が残されている。詩は他の二人に比べれば上品な味わいをもっている。次に、「春望詞四首」を見てみよう。中の二首には佐藤春夫の名訳（『車塵集』所収）があるので、併せて載せておく。

春望詞四首　　春望詞《しゅんぼうし》　四首　　唐・薛濤

其一　　其《そ》の一《いち》

花開不同賞　　花開《はなひら》くも　同《とも》に賞《しょう》せず
花落不同悲　　花落《はなお》つるも　同《とも》に悲《かな》しまず

欲問相思処　問《と》わんと欲《ほっ》す　相思《そうし》の処《ところ》
花開花落時　花開《はなひら》き花落《はなお》つるの時《とき》

〔訳〕春の花が美しく咲いても、あなたと一緒に眺めることはできません。
春の花が寂しく散っても、あなたと一緒に悲しむことはできません。
ぜひ、おたずねしたいのです。恋しいあなたのところで、
花が咲き、花が散る時の、あなたのお心を。

其二　其《そ》の二《に》

攬草結同心　草《くさ》を攬《と》りて　同心《どうしん》を結《むす》び
将以遺知音　将《まさ》に以《もっ》て知音《ちいん》に遺《おく》らんとす
春愁正断絶　春愁《しゅんしゅう》　正《まさ》に断絶《だんぜつ》す
春鳥復哀吟　春鳥《しゅんちょう》　復《ま》た哀吟《あいぎん》す。

〔訳〕草をつみとり、同心結びにむすんで、
恋しいあの人に送ろうとしていた。
孤独の春の寂しさにこれ以上は耐えきれないと思っていたのに、
春の小鳥がまた悲しく啼きだしたら、一層寂しさがこみあげてきた。

○同心　錦の紐を輪に結んで、次々に鎖状に続けて行く結び方。愛する人に恋心を伝えるものとし

て、六朝頃から盛んに行われた。ここでは錦の紐の代わりに草で同心結びを作っているのである。
○**知音**　もともとは自分を最もよく理解してくれる友。ここは恋の相手。

〔参考〕　佐藤　春夫訳

音《ね》に啼く鳥
ま垣の草をゆひ結び
なさけ知る人にしるべせむ
春のうれひのきはまりて
春の鳥こそ音《ね》にも啼け

其三　　其《そ》の三《さん》

風花日将老　　風花《ふうか》　日《ひ》に将《まさ》に老《お》いんとす
佳期猶渺渺　　佳期《かき》　猶《な》お渺渺《びようびよう》
不結同心人　　同心《どうしん》の人《ひと》を結《むす》ばず
空結同心草　　空《むな》しく結《むす》ぶ　同心《どうしん》の草《くさ》

〔訳〕　春の風と草は日に日に老いて、季節がもうすぐ変わろうとしているのに、
ふたりの結ばれる日はまだずっとさきのこと。
愛を許しあった同じ心のふたりはなかなか結ばれず、

わたしはただ、草を同心結びにむすんで寂しさを紛らわせるだけ。

○佳期　結婚の期日。

〔参考〕佐藤　春夫訳

春のをとめ
しづ心なく散る花に
なげきぞ長きわが袂
情をつくす君をなみ
つむや愁《うれひ》のつくづくし

其四
那堪花満枝
翻作両相思
玉筯垂朝鏡
春風知不知

其《そ》の四
那《なん》ぞ堪《た》えん　花《はな》の枝《えだ》に満《み》ち
翻《かえ》って両相思《りようそうし》を作《な》すに
玉筯《ぎよくちよ》　朝《あさ》の鏡《かがみ》に垂《た》る
春風《しゆんぷう》　知《し》るや知《し》らずや

〔訳〕もういや、枝もたわわな春の花が、
ふたりの恋をつのらせるのは。
朝の鏡にこぼれる涙、

わたしのつらい思いを春風は知っているのかしら。

○玉筋　流れ落ちるふた筋の涙。

最後の魚玄機は、森鷗外の歴史小説「魚玄機」で知られる晩唐の女流詩人である。彼女も女道士の一人であったが、詩人の温庭筠と浮名を流したり、当時の名士と詩のやり取りをするなど、華やかな生活を送ったことで名高い。なかなか気性が激しく、嫉妬に狂って召使の女中を鞭でたたいて殺してしまい、彼女自身も刑罰をうけて死んだと伝えられている。その詩は他の二人に比べると奔放で節度に欠けると言われるが、逆に言えば男性の詩の尺度を超えて女性の感情をあからさまに表現しているともいえる。次に挙げる作品を見れば、その気性の一端がうかがえよう。

雲峰満目放春晴　　雲峰《うんぽう》　満目《まんもく》　春晴《しゅんせい》を放《はな》つ
歴歴銀鉤指下生　　歴歴《れきれき》たる銀鉤《ぎんこう》　指下《しか》に生《しょう》ず
自恨羅衣掩詩句　　自《みず》から恨《うら》む　羅衣《らい》の詩句《しく》を掩《おお》うを
挙頭空羨榜中名　　頭《こうべ》を挙《あ》げて　空《むな》しく羨《うらや》む　榜中《ぼうちゅう》の名《な》

（唐・魚玄機・遊崇真観南楼睹新及第題名処「崇真観《しゅうしんかん》の南楼《なんろう》に遊《あそ》び、新及第《しんきゅうだい》の題名《だいめい》の処《ところ》を睹《み》る」）

〔訳〕白い雲の峰がくっきりと、見わたすかぎり晴れわたった春。
今年の及第者たちがしっかりとした字で次々に名を記している。
女のこの身がなんともくやしい、袖でそっと詩を隠さなければならないとは。
ただただ、合格発表の名札をうらやましく見上げるだけ。

○銀鈎　筆法の名。力強い筆づかいをいう。**○羅衣**　女性の着物。

この詩の舞台となった崇真観は、長安の東部の新昌坊にあった道教の寺であるが、そこで科挙の合格者がそれぞれ名を壁に書き付ける晴れがましい「題名」のありさまを見て、女性の我が身を悔やんでいる作品である。当時、女性や僧侶には科挙の受験資格が与えられていなかったので、いくら詩の才能があっても男性に伍して科挙で才能を競うことは不可能であったのである。魚玄機のこの詩の感情は、おそらく詩才をもつ女性に多かれ少なかれ共通の感情であったに違いない。

その豊かな才能ゆえに女性であることを嘆いた魚玄機は、恋多き女性でもあった。彼女の本領はむしろ赤裸々な恋慕の情を描写することに発揮されている。たとえば、次のような作品がある。詩題は「秋の思い」（秋思）または「秋の怨み」（秋怨）、秋夜おとずれる当てもない男性を想いつつ、恋にもだえる女心を詠じた一首である。この詩には、那珂《なか》秀穂《しゅうすい》の訳詩（『支那歴朝閨秀《けいしゅう》詩鈔《ししょう》』）があるので、後に参考として付す。

自歎多情是足愁　自《みず》から歎く　多情《たじょう》の是《はなは》だ愁《うれ》うるに足《た》るを
況当風月満庭秋　況《いわ》んや風月満庭《ふうげつまんてい》の秋に当たるをや
洞房偏与更声近　洞房《どうぼう》　偏《ひと》えに更声《こうせい》と近《ちか》し
夜夜燈前欲白頭　夜夜《やや》　燈前《とうぜん》　白頭《はくとう》ならんと欲《ほっ》す

（唐・魚玄機：秋思）

〔訳〕恋しさがつのればつのるほど悲しくなるのが、とてもつらい、
まして秋の美しい月影が庭いっぱいにさしこんでいるときには。
独り寝の寝室《ねや》のすぐ近くで聞こえる時太鼓《ときだいこ》の音がにくらしく、
夜ごと灯火《ともしび》をみつめて寝もやらず、ただ白髪《しらが》がふえるばかりを、なんとしょう。

○是　甚と同じく、強調の副詞。**○洞房**　女性の寝室。**○更声**　鼓楼から聞こえる時を告げる太鼓の音。

〔参考〕那珂　秀穂訳
恋する身とはなるなかれ
庭に月澄む秋はなほ
時計の音の身にしみて
幾夜むなしく泣き明かしけむ

女性の詩が我々にとって興味深いのは、この魚玄機の詩のように、男性詩人と違った女性らしい感情が盛られていることであるが、宋の「詞」の作家として名高い李清照《りせいしょう》（一〇八四―一一五一？）などは、その意味では女流詩人の第一人者といってよい。但し、彼女の代表作の「詞」は長篇の作品が多いので、ここでは短い詩の実例を挙げよう。

生当作人傑　生《い》きては当《まさ》に人傑《じんけつ》と作《な》るべし
死亦為鬼雄　死《し》しても亦《ま》た鬼雄《きゆう》と為《な》るべし
至今思項羽　今《いま》に至《いた》りて　項羽《こうう》の
不肯過江東　江東《こうとう》に過《よ》ぎるを肯《がえん》ぜざるを思う
（宋・李清照：夏日絶句〔夏日《かじつ》の絶句《ぜつく》〕）

〔訳〕人はみな生きているときは傑物と称《たた》えられる人物にならなければならない。
死んでもまた、冥界の英雄とうたわれなければならない。
ああ、今にしてはじめてかの項羽が、
江東に逃れるのを潔しとしなかった英雄ぶりがしのばれる。

この作品は、北宋から南宋にかわる際に作られた作品であり、おめおめと北から南に逃れて亡命政権を立てた南宋の為政者に対する痛烈な批判である。劉邦との最後の戦いに敗れた項羽は、江東に逃れて捲土重来を期するようにと勧めた烏江の宿場の隊長の言葉を聞かずに、壮烈な討ち死にをした。『史記』に見える名高い故事である。李清照のこの詩には、自分が男であったならばという、男性に対する歯痒い気持ちが含まれているように感じられる。

　李清照と同じように、国難の際に切歯扼腕して女性の身をくやしがったのが、清末の女性革命家の秋瑾《しゅうきん》（一八七九—一九〇七）である。彼女は日本に留学して清朝打倒の革命運動に参加、日本政府の清国留学生取締規則に抗議して帰国した後、郷里の紹興《しょうこう》（浙江省）で革命活動をしていたが、一九〇七年軍事蜂起の失敗で捕まり、処刑された。秋瑾には清末の多事多難の様相をうたった「時事詩」が多くあり、次にあげる「杞人《きひと》の憂《うれ》い」（杞人憂）もそのひとつである。この詩は、一九〇〇年の列強八カ国連合軍が北京を占領したいわゆる「庚子《こうし》事変」の際に作られた作品である。

幽燕烽火幾時収　　幽燕《ゆうえん》の烽火《ほうか》　幾《いつ》時か収《おさ》まらん
聞道中洋戦未休　　聞道《きくなら》く　中《ちゅう》・洋《よう》　戦い未《いま》だ休《や》まずと
漆室空懐憂国恨　　漆室《しっしつ》　空《むな》しく懐《いだ》く　憂国《ゆうこく》の恨《うら》み
難将巾幗易兜鍪　　巾幗《きんかく》を将《もっ》て兜鍪《とうぼう》に易《か》うること難《かた》し

（清・秋瑾：杞人憂）

〔訳〕北京の戦いはいつになったら収まることやら、

聞けば、中国と外国はまだ戦闘のまっさいちゅうとか。

漆室の女はただむなしく憂国の恨みを胸にいだくだけ、

女頭巾を兜に替えて、戦場に駆けつけるすべもないとは。

○幽燕　北京地方の古名。**○中洋**　中国と外国。**○漆室**　漆室の女。春秋時代、魯《ろ》の漆室（村の名）の女性が、国の将来を憂えて自殺した故事を踏まえる。憂国の女性。漢の劉向《りゅうきょう》の『列女伝《れつじょでん》』巻三に見える。**○巾幗**　女性の髪飾り。**○兜鍪**　かぶと。

題の「杞人の憂い」は『列子』天瑞《てんずい》篇に見える「杞憂」の故事で、天が落ちて来はしないかと余計な心配をした杞人の愚かさをたとえるもの。この時の秋瑾の心配は決して杞憂ではなく、現実に国家滅亡の恐れを抱いていたにちがいないが、それが杞憂であってほしいという思いと、女性の身で国事を云々するのを遠慮したための婉曲の表現であろう。

時代が下るにつれて、当然、女流詩人の数も増加する。清朝の半ばには袁枚が女性の弟子たちを集めて詩を教えたりもしたが、総じて詩壇の変革をうながすほどの大詩人、大作が出なかったのは、魚玄機が嘆いたように中国社会における女性の蔑視に深くかかわっているのである。

14

詩のテキスト

一　詩の伝承と書物

本書でこれまでに取り上げた詩は、古くは『詩経』や「楚辞」のうたから清朝末期の近代の詩まで、その期間はほぼ三千年近くの長きにわたっている。もちろん、その間に散逸し亡失した作品の数は現存の作品数とは比較にならないほど莫大な数量に上るであろうが、それにしても今なお西暦紀元前の先秦時期の作品が相当数残り、しかもそれらを比較的容易に読むことができるというのは、真に驚くべきことである。たえまなく続いた戦乱や災害のなかで、古い文献や書物を大切に守り伝えて来た中国の文化的伝統の強靭さを思わずにはいられない。

本章は、中国の古典詩がどのようにして伝えられてきたのか、また、現在我々はどのような書物でそれらの作品を読むことができるかという、中国古典詩の伝承と研究の問題を検討するのが目的である。

古代中国の人が文字を書き記して保存するのに、木片や竹片、あるいは絹の布などを用いたことはよく知られている。それぞれ木簡《もくかん》・竹簡《ちくかん》・帛書《はくしょ》と呼ばれているものがそれで、近年の考古学の発掘調査で漢代の木簡・竹簡が大量に発見されている。

植物繊維から作った紙が一般に用いられるようになったのは後漢のころからといわれて

いるが、木簡や竹簡のようにかさばらない紙はものを記録し保存するのに最適で、しだいに木簡などに取って代わり、広く用いられることになった。但し、木簡・竹簡・帛書・紙はいずれも破損しやすく消滅しやすいのが難点で、せっかく書き留められた記録も、長い年月保存することは不可能であった。発掘によって出土したそれらは、幾つかの好条件が重なって残された僥倖の賜物である。

一方、紙の発明以前から、記録をより確実に後世に伝えようと工夫されたのが金属器や石碑に文字を刻む方法であった。いわゆる金石文《きんせきぶん》である。金文は鼎や鐘などの金属器に刻む文字をさし、石文（石刻）は切り出された石や自然の岩石に刻まれた文字をいうが、金属器に比べれば石は入手しやすく、しかも大小自由に大きさを選べるし、平らな石の表面には大量の文字を刻むことが可能であったので、人の功績を讃える比較的長い文章を刻んだ石碑がその人ゆかりの場所にさかんに建立された。そしてまた、儒教の経典のように貴重な書物が石に刻まれて残されるようになった。それを「石経《せきけい》」という。石経の製作は前漢に始まり、後漢の霊帝の熹平《きへい》年間（一七二―一七八）には学者を動員して経書の本文に精密な校訂を加えて石に刻した「熹平石経」が太学の門の外に建てられたという。しかし、石とても永久不滅のものではなく、長い間には割れたり摩滅したりしたため、その後もしばしば石経の制作は行われた。いま西安市の碑林に残っているのは、唐代の開成年間（八三六―八四〇）に建てられた「開成石経」である。やはり摩滅と破損が著しいが、大切に

漢石経断片（『詩経』邶風・簡兮）

保存されてきたので今なお唐代の書風を十分に伝えている。

『詩経』は経書の一つとして石経に収められて伝えられてきたが、詩人や文人の文学作品の場合、全作品を石刻にして残すことは到底望めぬことで、ゆかりの地に個別の作品がまれに石に刻まれるにすぎない。

このような事情であったため、中国の古い書物を今日まで伝えることはなかなか容易なことではなかった。現存する中国最古の図書目録の『漢書《かんじょ》』芸文《げいもん》志《し》（後漢・班固《はんこ》撰）以後、唐代までの書物のようすを伝える図書目録は、

『隋書』経籍志（唐・長孫无忌《ちょうそんぶき》等撰）
『旧唐書』経籍志（五代・劉昫《りゅうく》等撰）
『新唐書』芸文志（宋・欧陽修《おうようしゅう》等撰）

○撰　著に同じ。

の三種があり、『漢書』芸文志と併せた四書で唐以

前の書物のおおよその状況を知ることができる。宋以後、後漢・三国・晋の各王朝の芸文志が補撰されたが、これらの図書目録（「書目《しょもく》」という）に著録されている書物と現存する書物との関係を研究することが、中国学のそれぞれの分野の大きな課題となっている。中国詩の分野においても、唐代ですでに多くの総集や別集が失われていることが、これらの書目から分かる。

そもそも書物の伝播と保存は印刷術の発達と大きな関係をもつ。木版印刷がまだ発達していなかった唐代までの書物はすべて筆で書かれた抄（鈔）本・写本の類であったために、世間に流布する部数も少なく、敦煌《とんこう》文書などきわめて稀な場合を除けば、唐代以前の書物の原本はほとんど現存しない。また、印刷術が発達した宋代以後に編まれた書物にしても散逸と亡失がはなはだしく、宋代に刊行された宋版（板）は今日ではたいへん貴重なものとして珍重されている。しかし、明・清と時代が下るにつれて出版事情と保存の条件が好転するので、明・清時期の書物の現物を目にすることはさほど困難ではない。

現在唐代以前の詩の作品を比較的容易に見ることができるのは、長い間それらを書き伝えたり、散逸した作品を集めて整理した多くの人々のお陰である。特に、多くの人々の作品を一緒に集める『文選』などの総集は、優れた作品を一括して見ることができる簡便さから、比較的よく利用され、それゆえによく保存されてきたが、個人詩文集の別集となるとほとんど後世の人がいろいろな書物、たとえば総集や類書などから作品を拾い集めて編集し直したもので、唐代以前の別集の原本そのままを伝える書物は皆無と言ってよいであろう。このことについては、後の「詩集の成立」のところで詳しく述べる。

次に、古典詩の総集として重要な書物を挙げておこう。但し、経書として伝えられてきた『詩経』は除外することにする。まず「楚辞」を集めた書物に、

『楚辞章句』一七巻　後漢・王逸《おういつ》編

があり、今日一般に通行するのは『楚辞章句』に宋の洪興祖《こうこうそ》が注釈をつけた『楚辞補註《そじほちゆう》』一七巻である。

『文選』三〇巻　梁・昭明太子蕭統《しようとう》編　詩文選集

『玉台新詠』一〇巻　梁・徐陵《じよりよう》編　詩選集

『文選』は周代から六朝梁までの詩文の優れた作品を網羅的に集めた書物で、原本は三〇巻であったが、現存する『文選』の完本は唐人の李善《りぜん》等の注を付す『六臣注文選《りくしんちゆうもんぜん》』六〇巻本である。周知のように『文選』は我が国の古典文学にも大きな影響を与えた。『玉台新詠』は漢代から梁までの詩の作品だけを集め、『文選』と『玉台新詠』で重複する作品が少なくない。

『文苑英華《ぶんえんえいが》』一〇〇〇巻　宋・李昉《りぼう》等編　詩文選集

『文苑英華』は『文選』を継ぐ意図で宋代の初めに編纂され、梁末以後、唐末までの詩文を集めている。唐代の詩文はこの書物によって多く後世に伝えられた。

上記四種の総集のほかに、上代から隋代までの詩を集めた総集に以下の四書があり、よく利用されている。特に、最後の逯欽立《ろくきんりつ》の書は、現在最も完備した総集である。

『古詩源』一四巻　清・沈徳潜《しんとくせん》編

『古詩賞析』二二巻　清・張玉穀《ちょうぎょくこく》編

『全漢三国晋南北朝詩』五四巻　丁福保《ていふくほ》編

『先秦漢魏晋南北朝詩』一三五巻　逯欽立編

唐代と五代（唐代の余り、付加の意味で「閏唐《じゅんとう》」ともいう）の詩を集める総集の中から主要なものを挙げれば、次のようなものがある。

『唐人選唐詩』一〇種　唐人の集めた唐詩選集。元結《げんけつ》編『篋中集《きょうちゅうしゅう》』等の一〇種。

『唐文粹《とうもんずい》』一〇〇巻　宋・姚鉉《ようげん》編　詩文集

『楽府詩集』一〇〇巻　宋・郭茂倩《かくもせん》編　漢代から五代までの楽府詩を収録。

『萬首唐人絶句』一〇一巻　宋・洪邁《こうまい》編

『唐詩品彙《ひんい》』九〇巻『拾遺』一〇巻　明・高棅《こうへい》編

『全唐詩』九〇〇巻　清・彭定求《ほうていきゅう》等編

『全唐詩逸』三巻　日本・江戸・市河寛斎《かんさい》編

『全唐詩外編』四編　王重民・孫望・童養年輯録

『全五代詩』一〇〇巻　清・李調元《りちょうげん》編　五代詩の総集。

宋代後の詩については、現存する詩の数が多いために『全宋詩』『全明詩』のような網羅的な総集はまだ刊行中で完結していないが、小さな総集や別集は数多くの書物が残っていて、最近、影印（リプリント）本あるいは活版本が刊行されているので比較的容易に見ることができるようになった。ここでは主要な書物だけを挙げておこう。

『宋詩鈔初集』九四巻　清・呉之振《ごししん》・呂留良《りよりゆうりよう》・呉自牧《ごじぼく》編

『宋詩鈔補』八六巻　清・管庭芬《かんていふん》・蔣光煦《しょうこうく》編　以上、宋詩選。

『中州集』一〇巻　金・元好問《げんこうもん》編　金詩選。

『全金詩』七四巻　金・元好問編、清・郭元釪《かくげんう》増補　『中州集』を増補した金詩総集。

『元詩選』初集・二集・三集　清・顧嗣立《こしりつ》編　元詩選。

『列朝詩集』八一巻　清・銭謙益《せんけんえき》編　明詩選。

『明詩綜』一〇〇巻　清・朱彝尊《しゆいそん》編　明詩選。

『晩晴簃詩《ばんせいいし》匯《わい》』二〇〇巻　徐世昌編　清詩選。

これらの総集は各時代の詩作品を調べる場合に便利な書物であるが、我々が実際に詩を研究するときには、詩人の別集が存在する場合には別集を主にして調べることが多く、総集は文字の異同などをチェックする校勘の資料等に用いる。簡単な実例を挙げて説明しよう。

李白の人口に膾炙する傑作の一つに、「廬山《ろざん》の瀑布《ばくふ》を望む」（望廬山瀑布）がある。李白の別集中では、同題の五言古詩と七言絶句の二首が収録されており、ともに廬山の香炉峰にかかる雄大な滝を望見して作られた作品である。二首のうち「飛流直下三千尺」の句を含む七言絶句がとりわけ名高いが、実はこの作品はテキストによって文字に異同がある。

まず、『全唐詩』巻一八〇には題を「望廬山瀑布水二首」（廬山の瀑布の水を望む二首）として収め、その第二首が該当の七言絶句である。

日照香炉生紫煙　日《ひ》は香炉《こうろ》を照らして紫煙《しえん》を生ず
遥看瀑布挂前川　遥《はる》かに看《み》る　瀑布《ばくふ》の前川《ぜんせん》を挂《か》くるを
飛流直下三千尺　飛流　直下　三千尺
疑是銀河落九天　疑《うたご》うらくは是《こ》れ　銀河の九天《きゅうてん》より落つるかと
（李白：望廬山瀑布水）

〔訳〕日の光が香炉峰を照らして、紫の煙のようなもやがたちのぼり、
はるかに滝が前方に川をかけたように流れ下っているのが見える。
勢い激しくまっすぐに落下する水流は三千尺、
さながら銀河が遠い天空から落ちてきたかのようだ。

『全唐詩』が題を「望廬山瀑布水」とするのは、一〇種ほどある李白の別集の一つに拠る

のであるが、ほかの別集・総集のほとんどは「望廬山瀑布」。『文苑英華』一六四巻が「廬山瀑布」とするものの、全体的にそう大きな異同はなく、題意も変わらない。

詩の本文は、李白の別集として最も流布する清代の王琦《おうき》注のテキスト（王琦本『李太白全集』）に同じである。但し、宋版の二種の別集など、第二句の「前川」を「長川」とするテキストが少なくない。宋代に編まれた総集『唐文粋《とうもんずい》』（宋・姚鉉《ようげん》編）巻一六上も「長川」に作る。

遥看瀑布挂長川　遥かに看る　瀑布の長川《ちょうせん》を挂くるを

〔訳〕はるかに滝が長い川をかけたように流れ下っているのが見える。

この異同は「長川」とする方が読みやすく、意味の上でまさっていると判断できる。

最も大きな異同は、『文苑英華』と他のテキストとの間に生じているもので、『文苑英華』は本詩の最初の二句を次のようにしている。

廬山上与斗星連　廬山の上は斗星《とせい》と連《つら》なり

日照香炉生紫煙　日は香炉を照らして紫煙を生ず

〔訳〕廬山の山上は斗宿の星と連なるほど高くそびえ、

日の光が香炉峰を照らして、紫の煙のようなもやがたちのぼる。

第一句が廬山の高さを表現するための句であることは明らかであるが、星は夜景として詠じられてしかるべきもの。あるいは最後の句の「疑是銀河落九天」に関連して、天空の星の世界と地上の廬山とのつながりを表現しているのかもしれない。古書に「斗星」（北斗七星のある星座＝斗宿の名）は星の中で最も明るいために日中でも見えると伝えられている（『易経』豊卦）ので、夜景と限定する必要がないかもしれないが、それにしても「斗星」「銀河」が重なると、日中に雄大な瀑布を表現するのに余りにもくどい感じがして、通行のテキストの句造りの方がまさっていよう。さらに言えば、『文苑英華』に従うと、

日照香炉生紫煙　●●○○○●○
飛流直下三千尺　○○●●○○●

七言絶句の規則で「粘法」が用いられなければならない第二句・第三句の二句のつながりが、「反法」になってしまう。これらの理由から、歴代の李白詩を読む人々は通行本の句造りを採用しているのである。

この作品はなんといっても後半の二句が印象深い名句である。その二句に関しての異同は、「九天」を「半天」とするテキストがあると諸本に注記されているが、九層の天の最上部からとする「九天」のまさっていることはいうまでもない。「九天」であってはじめて李白詩のスケールの大きさが出てこよう。

因みに、「飛流直下三千尺／疑是銀河落九天」という李白の名句に対して、李白より後の徐凝《じょぎょう》がやはり「廬山の瀑布」（廬山瀑布）の一首を作り、後人の議論をよんでいるので、ここで紹介しておく。

虚空落泉千仞直
雷奔入江不暫息
今古長如白練飛
一条界破青山色

虚空《こくう》の落泉　千仞直《せんじんちょく》なり
雷奔《らいほん》して江《こう》に入りて暫《しば》らくも息《や》まず
今古《きんこ》長《とこし》えに白練《はくれん》の飛ぶが如《ごと》し
一条《いちじょう》界破《かいは》す　青山《せいざん》の色《いろ》

（唐・徐凝：廬山瀑布）

〔訳〕虚空から流れ落ちる泉流はまっすぐに千仞の高さ、
雷のような音をあげて川に流れ入り、すこしも止むことがない。
今も昔もつねにしらぎぬが飛んでいるように見え、
ひとすじの白い線が、山の青い色をくっきりと区切っている。

徐凝のこの詩は、李白の作品を見ないで作ったものといわれ、白居易と元稹が大いに称賛したと伝えられている。その称賛に対して、蘇軾が徐凝の詩はやはり模倣にすぎないと異議を唱えたこともよく知られているエピソードである。李白詩のスケールの大きな発想の奇抜さに比べれば徐凝の詩はこじんまりとまとまっている感は否めないが、「一条界破す青山の色」という句も、これはこれでなかなか捨て難い味わいをもっている句である。
以上、やや蛇足を加えながら校勘の問題について述べた。我々が中国の詩を読み、研究する場合には、たえずこの種の問題に逢着するのである。一字の違いが大きな意味の相違に関連することも決して少なくなく、本文の校訂・校勘、すなわちテキスト・クリティーク text critique は、文学の研究には無視できないのである。

二　詩集の成立

本文の校訂と切り離せない重要な問題は、詩集の成立の問題である。たとえば、李白や杜甫の詩文集、つまり別集は、誰によってどのようにして編纂されたのであろうか。そしてそれは、詩人自身の自作編纂の意図とどのように関連しているのであろうか。

おそらく、詩人は必ず自分の詩の原稿（詩稿）を手元に残すのが普通であり、本来は詩人自身が整理しているはずであるから、それをそのまま出版することができれば、その人の完全な別集ができあがる。ところが、実際にはそう簡単にはいかない。現代の作家の著作集の編纂でも、著述を漏れなく集めることはなかなか難しい。まして古い時代の作家の作品集を完全なものにすることは、ほとんど不可能に近い。

たとえば、李白の集ができあがった経緯は、現存する李白の集に付されているかれの友人や親族の「序」で、およその状況を理解することができる。すなわち、唐の魏顥《ぎこう》の「李翰林集序」によれば、かつて李白は自作の草稿をすべて魏顥に渡して詩文集を作るように依頼した。しかし、安史の乱で草稿は散逸、上元年間の末年（七六二）偶然また草稿を手に入れて二巻の集を編纂したが、李白がまだ創作を続けているので、いずれまた再刊したい、と記している。

また宝応元年（七六二）、李白は臨終の床で、たまたま身を寄せていた親族の李陽冰《りょうひょう》に詩文の草稿を託し、『草堂集』一〇巻が編纂された。しかし、その草稿は完全なものではなかった。李陽冰の「草堂集序」によれば、

自中原有事、公避地八年、当時著述、十喪其九、今所存者、皆得之他人焉。

中原《ちゅうげん》に事有《ことあ》りてより、公地《こうち》を避《さ》くること八年《はちねん》、当時《とうじ》の著述《ちょじゅつ》は、十《じゅう》に其《そ》の九《きゅう》を喪《うしな》う。今存《いまそん》する所《ところ》の者《もの》は、皆之《みなこれ》を他人《たにん》に得《え》たり。

〔訳〕都の地方で大乱（安禄山の乱、七五五年勃発）が起こってから、公は避難されて八年が経過し、昔の著述は十のうち九は失われてしまった。いま残っている作品はすべて公が他人の所から手に入れられたものである。

とある。李白が李陽冰に託した草稿は、流浪生活の結果、もとの草稿のほとんどが失われてしまったために、李白自身が他人の所から集め直したものだというのである。

さらに李白の死後、元和十二年（八一七）、范伝正《はんでんせい》が二〇巻本を編集したときも、かれの「李白新墓碑」によれば、各所から李白の遺作や断簡を集めて作ったと述べている。

以上のことから、唐代においてすら、すでに李白の全作品を集めることが不可能であっ

たことが分かる。唐人の編纂した三集は現在すべて伝わらないが、敦煌文書にわずかな作品が残っていて、唐人の李白詩の愛好をうかがうことができる。そして宋代に入って、唐人の編んだ集を増補した宋版二種がいまなお残っている。しかし、宋人及びそれ以後の多くの人々の努力にもかかわらず、現存する李白の詩は千余首にすぎない。

杜甫の別集の成立状況も李白の場合と大差がない。唐代に存在したと伝えられる六〇巻本は、あるいは杜甫の草稿にもとづく完全な別集であったかも知れないが、残念なことにこの集は早くに散逸し、唐人樊晃《はんこう》の『小集』六巻、五代の数種の二〇巻本などが宋代に伝えられ、宋人によってさらに増補されて現在伝わる杜甫の別集の祖本が作られた。現存する最古の杜甫の集は、北宋の王洙《おうしゅ》が編集した『杜工部集』二〇巻である。李白の集同様に散逸した遺作一千四百余首を収集してできあがったもので、もとより完本にはほど遠いものであろう。

李白と杜甫の後輩に当たる白居易が、当時存在した李杜の詩集を見て、「李杜詩集を読み、因りて巻後に題す」(読李杜詩集因題巻後)という詩を作ったのは、元和十年(八一五)の長安から左遷されて江州(江西省九江市)に行く途中であった。初めの八句を挙げてみよう。

翰林江左日　　翰林《かんりん》　江左《こうさ》の日《ひ》

員外剣南時
不得高官職
仍逢苦乱離
暮年逋客恨
浮世謫仙悲
吟詠流千古
声名動四夷

員外《いんがい》　剣南《けんなん》の時《とき》
高《たか》き官職《かんしょく》を得《え》ず
仍《な》お苦《くる》しき乱離《らんり》に逢《あ》う
暮年《ぼねん》　逋客《ほかく》は恨《うら》み
浮世《ふせい》　謫仙《たくせん》は悲《かな》しむ
吟詠《ぎんえい》　千古《せんこ》に流《なが》れ
声名《せいめい》　四夷《しい》を動《うご》かす

（唐・白居易：読李杜詩集因題巻後）

〔訳〕翰林院供奉《かんりんいんぐぶ》になった李白は江南で放浪の日を送り、
工部員外郎《こうぶいんがいろう》の職《しょく》を得た杜甫は蜀の地で流浪の時を過ごした。
ふたりとも生前は高い官職につくこともなく、
肉親と離散する苦しくつらい生活を送った。
世捨て人の杜甫は晩年に恨みの詩を数多くのこし、
謫仙人の李白はこの世で数々の悲しみの歌をうたった。
ふたりのうたった詩歌は人々に永遠にうたい継がれ、
かれらの輝かしい名声は、異国の人々の心さえゆり動かす。

○江左　江南。○剣南　蜀（四川省）の地名。○逋客　隠者。杜甫をさす。○謫仙　地上に流された仙人。李白。

苦難の日々を送った偉大な先輩詩人の詩集を読む白居易の心情は、左遷の境遇の中でひとしおのものがあったろう。ところで、ここで注目したいのは「李杜詩集」の存在である。白居易が手にした「李杜詩集」は李白と杜甫の詩を併せて一つの書物に編集した合選の書物（巻軸《かんじく》）であったに違いない。ただ「巻後に題す」と記してあるだけであるが、この書き方から李白と杜甫のそれぞれの書物の後とは考えにくいのである。詳細は不明であるものの、当時すでに二大詩人の作品を集めた『李杜詩集』が編まれていたらしいと判断される。このことは、唐人の李杜に対する評価と関連して、たいへんに興味深い。

唐代詩人の別集の成立に関していえば、詩人自身の編纂意図や成立の詳細な経緯が比較的はっきりし、なお且つ作品の保存状態がよいのは、白居易の『白氏文集』である。

自作の詩文の保存に並々ならぬ関心を抱いていた白居易は、生前みずからの手でしばしば詩文集をまとめた。最初の詩文集は元和五年（八一〇）のころにできあがっていたが、先の『李杜詩集』を読んだ元和十年には流所の江州で一五巻の自撰詩集を完成させた。そして、長慶《ちようけい》四年（八二四）には『白氏長慶集』五〇巻ができて、後の『白氏文集』の主要な部分が成立した。その後も折にふれて自作の整理と詩文集の補充に努め、詩文集の名も『白氏文集』と改められて、編集しおえた集を各地の寺に収めて保存を図ったのである。

その間、何人かの友人たちと唱和した作品を別個に数種の唱和集に編纂するなど、白居易の自作保存に傾けた執念はすさまじい。

晩年、洛陽に隠棲した白居易は、洛陽の南の竜門にある、盧舎那仏《るしゃなぶつ》（大仏）の石刻で名高い奉先寺《ほうせんじ》の対岸の香山《こうざん》（東山）にしばしば遊び、そこに別荘を建てて香山寺の住職と親交を結ぶなど、悠々自適の生活を送りながら詩作と文集の整理を続けた。

六月灘声如猛雨　　六月《ろくがつ》　灘声《たんせい》　猛雨《もうう》の如《ごと》し
香山楼北暢師房　　香山《こうざん》の楼北《ろうほく》　暢師《ちょうし》の房《ぼう》
夜深起凭欄干立　　夜深《よるふ》けて　起《た》ちて欄干《らんかん》に凭《よ》りて立《た》てば
満耳潺湲満面涼　　耳《みみ》に満《み》つる潺湲《せんかん》　面《おもて》に満《み》つる涼《りょう》

（白居易：香山避暑［香山《こうざん》に暑《しょ》を避《さ》く］）

〔訳〕六月の早瀬の音は夕立のように、
香山の我が楼の北にある文暢《もんちょう》上人の部屋にいるわたしの耳に聞こえてくる。
夜更けに起きあがって欄干に身をよせて立てば、
耳には早瀬のザアザア流れる音、顔にあふれるさわやかな涼しさ。

○暢師　文暢《もんちょう》上人。○潺湲　水流の音の形容。

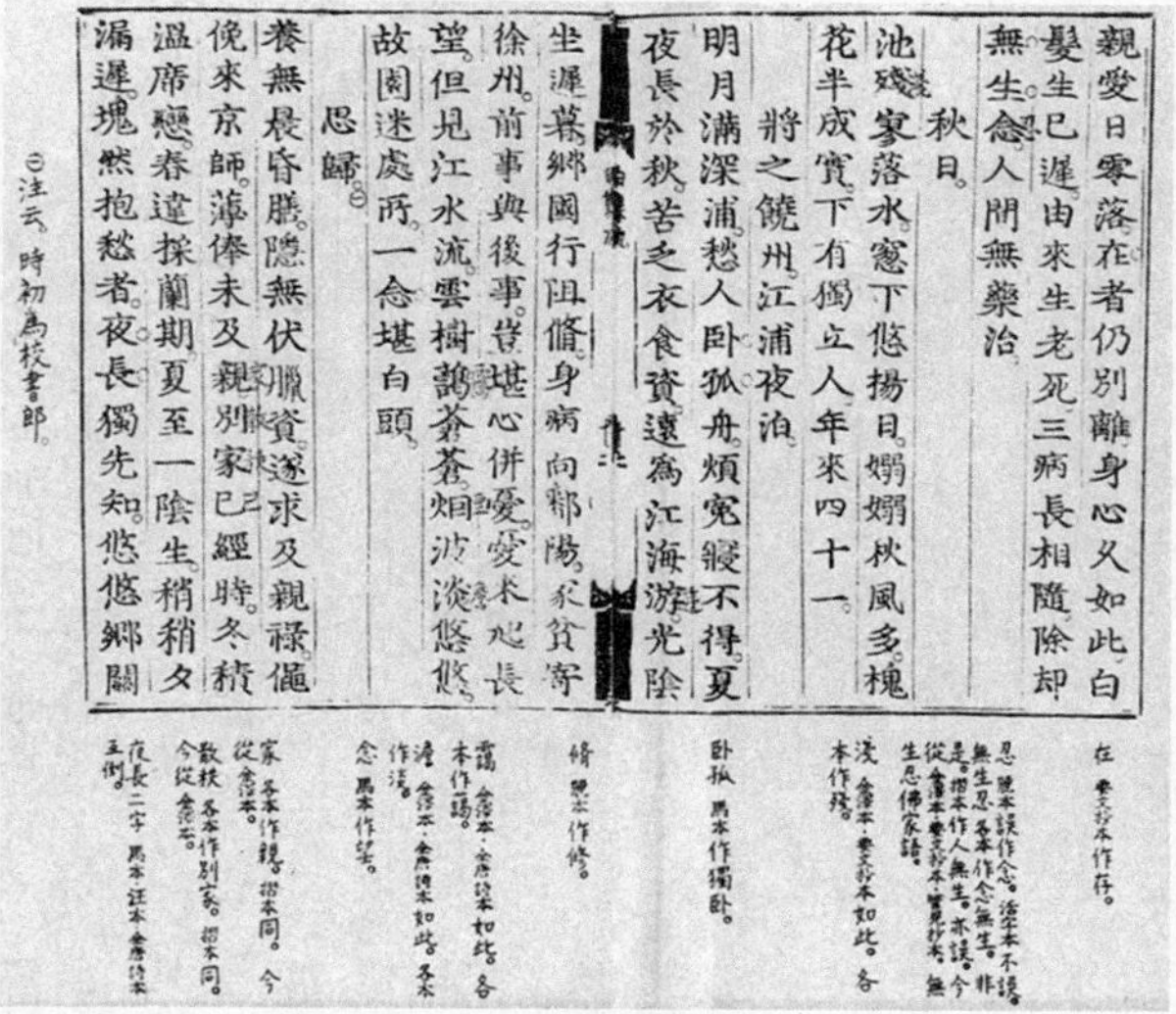
親愛日零落在者仍別離身心久如此白髮生已遲由來生老死三病長相隨除却無生念人間無藥治

秋日

池殘寥落水窻下悠揚日嫋嫋秋風多槐花半成實下有獨立人年来四十一

將之饒州江浦夜泊

明月滿深浦愁人卧孤舟煩寃寝不得夏夜長於秋苦乏衣食資遠為江海游光陰坐遲暮鄉國行阻脩身病向鄱陽家貧寄徐州前事與後事豈堪心併憂憂来起長望但見江水流雲樹鬱蒼蒼烟波淡悠悠故園迷處所一念堪白頭

思歸 ⊖

養無長昏朕隱無伏臘資遂求及親祿僶俛來京師薄俸未及親別家已經時冬積温席戀春違採蘭期夏至一陰生稍稍夕漏遲塊然抱愁者夜長獨先知悠悠鄉關

⊖注云。時初為校書郎。

在 要文抄本作存。

忌 那波本誤作念。活字本不誤。無生忌 各本作念無生。非是。指本作人無生。亦誤。今從金沢本・要文抄本・管見抄本。無生忌佛家語。

淺 金沢本・要文抄本如此。各本作殘。

卧孤 馬本作獨卧。

脩 那本作修。

靄 金沢本・全唐詩本如此。各本作靄。

淡 金沢本・全唐詩本如此。各本作淡。

念 馬本作望。

家 各本作親。指本同。今從金沢本。

敷秩 各本作別家。指本同。今從金沢本。

夜長二字 馬本・汪本・全唐詩本互倒。

平岡武夫・今井清校訂『白氏文集』京都大学人文科学研究所

死の前年の会昌五年（八四五）七四歳のとき、『白氏長慶集』五〇巻・後集二〇巻・続後集五巻の、総計七五巻の『白氏文集』が完成し、詩文合わせて三八四〇篇の作品が収められたのである。このように『白氏文集』は完全に作者自身の手になる別集で、編纂の経緯と内容・構成がはっきりしているたいへんめずらしい例であるが、残念なことにこれまた宋以後、完全な形では伝わらなかった。ただ、現存する宋版『白氏文集』は七一巻しかないが、李白や杜甫の場合に比べれば作品の散逸が少ない。とりわけ、日本の江戸時代に那波《なば》道円《どうえん》が朝鮮版を底本にして刊行した『白氏文集』七一巻は、原『白氏文集』七五巻の体裁と酷似していて、原本の面影をよく伝えるものとして珍重され、明治になってから中国に里帰りした。

我が国には白居易の生前からかれの詩文集が幾種類かもたらされ、中国に渡った留学僧が書き写してきた『文集』も筆写を重ねて受け継がれてきた。かつてその写本が金沢文庫に所蔵されていたために、「金沢文庫本」という。日本に残る諸本と中国の資料を利用して、『白氏文集』復元の研究と本文校訂 text critique が行われている。

先にも述べたように、印刷術が発達した宋代以降は、時代が下るにつれて書物の種類も部数も増えて、広く一般に流布するようになった。書物の刊行は、宋代以後の詩の総集・別集に限らない。それまで写本で伝えられていた宋以前の古い書物の刊行や、過去に編まれていた詩文集を新たに編纂し直して出版するなど、詩を読み詩を学ぶことが格段に便利になったのである。

同じ詩人の作品を読む場合でも多くの書物で読むことが可能になったのであるが、多種類の別集や総集が刊行された結果、本文校訂の重要性がますます高まることにもなった。書物に対して本文校訂とそれを基礎に注釈を施すことは古い時代からずっと行われていたが、中国古典詩の総集・別集に関していえば、明・清の研究者の果たした役割は非常に大きい。特に清朝には多くの優れた学者が現れて『詩経』以来の歴代の多くの詩集にあらためて厳密な校訂を加え、新たな見解をもつ注釈書が数多く刊行された。もちろん、校訂と注釈の作業は現在もなお継続しており、作品をできるだけ正確に理解するために多くの研究者が努力しているのである。

15 中国詩の広がり

一　中国詩と日本

中国と日本の文化交流の歴史については、これまで中日両国の研究者によって数多くの研究が行われてきた。特に最近は、考古学的発掘調査の成果などを踏まえて、交流史の研究は一段と精密且つ網羅的になってきている。

『古事記』と『日本書紀』に見える応神天皇十六年（二八五）の漢籍渡来の記載――百済《くだら》の博士王仁《わに》が『論語《ろんご》』と『千字文《せんじもん》』をもたらした――が、我が国に漢字文化の入った最初の記録とされることについても、現在ではそれは公的な記録であって、実際にはそれ以前から朝鮮半島を通じて中国文化との交流は始まっていたと考えるのが通説であるが、確実に中国との文化交流がいつ始まったかをいうことは難しい。まして日本人が初めて中国の詩に接した時期を知ることなど到底不可能である。しかしながら、『日本書紀』の顕宗天皇元年（四八五）三月上巳《じようし》の条に、この日、宮中で「曲水《きよくすい》の宴」が開かれたとある記載を信ずるならば、それは東晋の王羲之《おうぎし》の書（「蘭亭《らんてい》集の序《じよ》」）で名高い会稽《かいけい》蘭亭（浙江省紹興市西南）における曲水の詩会（三五三）を模倣したものと考えられ、五世紀ころの日本の上流階級の人々がすでに十分中国の詩を理解し、作詩の能力をもっていたことを示すものである。

推測はさておいて、日本人が中国の詩を日本文化に取り入れた確かな証拠は、やはり我が国最初の漢詩集『懐風藻《かいふうそう》』（七五一成立）収載の七世紀前後に始まる作品である。『懐風藻』冒頭の大友皇子《おおとものおうじ》の「宴《えん》に侍《じ》す」（侍宴）は、父君の天智《てんち》天皇即位の宴（六六八）に侍ったときの作品であると伝えられている。

皇明光日月
帝徳載天地
三才竝泰昌
万国表臣義

皇明《こうみよう》　日月《じつげつ》と光《かがや》き
帝徳《ていとく》　天地《てんち》と載《の》す
三才《さんさい》　竝《なべ》て泰昌《たいしょう》
万国《ばんこく》　臣義《しんぎ》を表《あら》わす

（大友皇子：侍宴）

〔訳〕天皇のご威光は日月のごとくひかり輝き、天皇の御徳《おんとく》は天地のごとくひろく万物を覆《おお》い、載《の》せたまう。天・地・人の三才はすべてやすらけく盛んで、よろずの国々は臣下として恭順の意を表わしている。

【参考】〔古訓〕皇明《くわうめい》　日月《ひつき》と光《て》らひ、

○皇明　天皇の威光。○三才　天・地・人の三才。○泰昌　安定して盛んなさま。○臣義　臣下としての敬順の儀礼。

帝徳《ていとく》　天地《あめつち》と載《の》せたまふ。
三才《さんさい》　竝《みな》泰昌《たいしやう》
万国《ばんこく》　臣義《しんぎ》を表《あら》はす

天智天皇の在位中の近江朝では遣唐使の派遣も数回行われ、つづく奈良朝において中国の詩は完全に日本文化の中に根づいた。『懐風藻』の編纂はその表れであったのである。阿倍仲麻呂が王維や李白など一流の詩人たちと詩の応酬をしたのも、この時期であった。

平安時代に入ると白居易の作品がもてはやされ、『白氏文集』が早くに将来されて、いま『文集』の本文校訂に役立っていることは前章で述べたとおりである。白居易の詩が日本のみならず朝鮮半島など周辺諸国の人々にまで広く愛好されたことは、詩人自身が定本『白氏文集』を編纂し終えた後に記した次の言葉によっても明らかである。

其日本新羅諸国及両京人家伝写者、不在此記。

其《そ》の日本《にほん》・新羅《しらぎ》の諸国《しよこく》及《およ》び両京《りようけい》の人家《じんか》に伝写《でんしや》する者《もの》は、此《こ》の記《き》に在《あ》らず。

（白氏長慶集後序）

〔訳〕日本や新羅などの諸国、及び長安・洛陽の一般の家々で書き伝えている作品は、上に記したことがらの中には含まれていない。

『白氏文集』全体の構成と作品保存のための措置を述べた後に続く文章であるが、当時の白詩の国内国外における流行ぶりが、この短い文章から十分にうかがい知ることができる。当時、日本や新羅などから中国に入った人々は文豪白居易の作品を争って購入した。中にはあやしい作品に大金を投じた人もいたに違いない。因みに先の文章の後に、「もしこの『文集』になく、わたしの名を借りて流伝している作品は、みな誤解にもとづくものだ」と記していることから、民間に白居易の作品として多くのいかがわしい作品が流布していた状況を理解することができる。

遣唐使とともに多くの留学僧・留学生が中国に渡って詩を含む中国文学・中国文化を学んだだけではない。中国からも鑑真和上《がんじんわじょう》などが来日して仏教以外の唐の先進文化を伝えた。その後も栄西《えいさい》の二度にわたる入宋、道元《どうげん》の入宋、宋僧祖元《そげん》・道隠《どういん》の来日など、日中僧侶の交流は連綿と続き、かれらは中国の多くの文化・文学を日本に伝えたのである。

平安時代にピークに達した中国詩の愛好と中国詩学の学習は、我が国独自の韻文である和歌にも大きな影響を及ぼし、歌論にもその影響が顕著に認められるなど、日本文学・日本文化全般に与えた影響はまことに広範囲である。近代以前の日本文学は多少にかかわらずすべて中国古典詩の影響を受けていたと言っても過言ではない。

二　現代における古典詩

一九一七年一月発行の雑誌『新青年』第二巻第五期に、当時アメリカに留学中の胡適《こてき》が「文学改良芻議《すうぎ》」の一文を寄稿して旧文学の否定と口語文学提唱の口火をきり、翌月の第二巻第六期の同誌上に自分の主張を具体化するために実験的に作った「朋友」（後に「蝴蝶」と改題）と題する口語の詩が発表された。これがいわゆる「文学革命」の発端となったのである。

以後、古典詩の研究は別として、中国の創作詩の流れは文語で書かれる古典詩から口語の現代詩（「新詩」ともいう）へと変貌するのである。しかし、二千年以上の長い歴史をもつ古典詩（「新詩」に対して「旧詩」とも呼ぶ）の創作は、その後も引き続いて中国知識人の間に生き続けた。文学革命以後に活躍した初期の現代文学者の多くは旧形式の詩をしばしば作り、現代詩人といわれる人でさえ、旧詩に親しむ人が少なくなかった。幼いときから『唐詩三百首』（清・孫洙《そんしゅ》編）などを口ずさんで育ったかれらにとっては、折にふれてわき出る感情を写すのに、旧詩の形式の方が親しみやすく表現しやすいということがあったのだろう。魯迅や郭沫若といった中国近代文学を代表する作家は、ともに優れた古典詩の作家でもある。

白話詩八首

胡適

朋友（此詩天憐為韻、還單為韻、故用西詩寫法、高低一格以別之、）

兩個黃蝴蝶、雙雙飛上天。
　不知為什麼、一個忽飛還。
剩下那一個、孤單怪可憐、
　也無心上天、天上太孤單。

贈朱經農

經農自華盛頓來訪余於紐約、暢談極歡。三日之留、忽忽遂盡。別後終日不歡、作此寄之。

六年你我不相見、見時在赫貞江邊。握手一笑不須說、你我如今更少年。回頭你我年老時、粉條黑版作講師。更有暮氣大可笑、喜作喪志頹唐詩。那時我更不長進、往往喝酒不顧命。有時鎮日醉不醒、明朝醒來害酒病。一日大醉幾乎死、醒來忽然怪自己。父母生我該有用、似此真不成事體、從此不敢大糊塗、六年海外來讀書。幸能勉強不喝酒、未可全斷淡巴菰。年來意氣更奇橫、不消使酒稱狂生。頭髮偶有一莖白、年紀反覺十歲輕。舊事三天說不全、且喜皇帝不姓袁。更喜你我都少年、『辟克匿克』來江邊、（辟克匿克者、Picnic 携食物出遊、即於遊處食之、之謂也、）赫貞江水平可憐、樹下石上好作筵。牛油麵包頗新鮮、家鄉茶葉不費錢。吃飽喝脹活神仙、唱個『蝴蝶兒上天』。

月三首

明月照我床、臥看不肯睡。窗上青藤影、隨風舞娟媚。

其二

但玩明月光、更不想什麼。月可使人愁、定不能愁我。

其三

『新青年』第二巻第六期

新中国成立以後の現代文学、文化大革命以後の当代文学の作家でさえも、旧詩を作る人は後を絶たない。中国を訪れた人がよく経験することだが、歓迎会や送別会の席上、必ずといっていいほど古典詩を吟じ、旧詩を作る人がいる。中国古典詩の伝統の重さを改めて感じるのである。

事情は日本でも全く変わらない。明治の作家・知識人たちは中国の旧詩の熱心な愛好者であると同時に、巧みな作り手でもあった。「漢詩」を作れることが知識人の条件であったのである。戦前までは詩に限らず、中国の古典は日本の古典として重視されていたのであるが、戦後その事情は変わってきた。しかし、最近でもまだ「漢詩」を読み、それを作り、「漢詩」の詩吟を楽しむ人たちが各地に多数いる。

ここで現代の日本漢詩人による作品を一首読んでみよう。作者は大正・昭和を通じて大家とうたわれ、名古屋で雅声《がせい》社を主催した服部担風《はっとりたんぷう》（本名は轍。担風は号。一八六七―一九六四）、詩の題は「感を書す」（書感）。昭和二十七年、死生をさまよった病後の思いを詠じた五言古詩である。

死前本無死　　死の前《まえ》に本《も》と死無く
死後何有死　　死の後《あと》に何ぞ死有らん
人生只有生　　人生は只《ただ》生有り

寿夭偶然耳　寿夭《じゆよう》は偶然なるのみ
怛化将何為　化《か》を怛《おどろ》かして将《はた》何をか為さん
養生聊爾爾　生を養いて聊《いささ》か爾爾《じじ》
古往而今来　古《いにし》え往《ゆ》きて今来《いまきた》り
光陰無終始　光陰《こういん》に終始《しゆうし》無し
旨哉昔聖言　旨《うま》き哉《かな》　昔聖《せきせい》の言《げん》に
逝者若流水　逝《ゆ》く者は流水の若《ごと》しと
万法唯一心　万法《ばんぽう》　唯一心《ただいっしん》のみ
用舎順天理　用舎《ようしゃ》　天理《てんり》に順《したが》わん

（服部担風：書感）

〔訳〕死ぬ前にもとより死は存在せず、
死んだ後にどうして死があろうか。
人生にはただ生があるだけ、
長生き若死には偶然にすぎない。
人の死を驚かしていったい何になる、
生命を養うことだけ考えて、まあはいはいというだけ。
過去は過ぎ去り、今が来て、

時の流れに始めも終わりもない。
うまいことを言うものだ、昔の聖人の言葉に、
「去り行くものは流れる水のようだ」とは。
人の守るべきよろずの法は、ただひとつの心のありようしだい、
出処進退は自然にまかせ、天の道理のまま生きて行こう。

○**寿夭**　長寿と夭折。○**怛化**　化は人の死。『荘子』大宗師篇に、人の死に際してその妻が泣いていたところ、「避けよ、化を怛かす無かれ」とたしなめたことが見える。怛の漢字音はダツ。○**養生**　長寿の工夫をする。『荘子』養生主篇に見える言葉。○**爾爾**　応諾の言葉。○**昔聖**　古代の聖人。ここは孔子。○**逝者**　『論語』子罕《しかん》篇の句にもとづく。「逝く者は斯《かく》の如《ごと》きか、昼夜を舎《お》かず。」○**万法**　この句は唐の顔真卿の詩句にもとづく。顔真卿の詩句に、「万法　元《も》と著《ちゃく》する無し、一心唯禅《ただぜん》に趨《おもむ》くのみ」とある。○**用舎**　ひとの行動。出処進退。『論語』述而篇の語にもとづく。「これを用《もち》うれば則ち行い、これを舎《す》つれば則ち蔵《かく》る」と、世に用いられれば出て、捨てられれば退いてかくれること。

生死を超越した達観の境地を詠じた一首である。一篇の主旨は、陶淵明の「帰去来の辞」の最後の一節の、

聊《いささ》か化《か》に乗じて以《もっ》て尽《つ》くるに帰《き》し、

夫《か》の天命《てんめい》を楽しんで復《ま》た奚《なに》をか疑《うたが》わん。

に通じるものがあり、内容の闊達さといい、用語の自在さといい、まことに大家の名に恥じない。

三　詩の舞台

我々が中国の古い詩を読むときには、はるかな時をこえた、しかも遠く離れた異国のことがらや情感を読んでいるわけである。しかしながら、優れた芸術作品が時間や空間をこえ、民族の違いを超越して人々に感動を与えることは、我々がしばしば経験することである。そして、書斎などでひとり静かに中国の詩を読みながら、詩人の胸中に去来したであろう思いを推測したり作詩の状況をイメージすることは楽しいことではあるが、実際に中国に行って、詩人が詩を作った場所でその作品を読めば、詩を読む楽しさは倍加する。もちろん、同じ場所でも時の隔たりはいかんともしがたく、詩人の見たのとまったく同じ光景を目にすることはまず不可能ではあるが、それでもやはり山や川、湖のたたずまいを目にすれば特別な感じがして、作品に親しみが増す。このような詩の読み方は、いわば文学散歩、ないしは詩の地理学ともいうべきものである。このような興味を満足させてくれる『山西歴代詩人詩選』(山西人民出版社、一九八〇)、『蘇州詩詞』(上海古籍出版社、一九八五)、

『無錫詩詞』（同上、一九八七）の類の地域別、あるいは『岳陽楼詩詞選』（湖南人民出版社、一九八一）、『明刻黄鶴楼集校注』（湖北人民出版社、一九九二）などのように特定の建物別に歴代の詩詞作品を集める書物の出版が最近とみに増加している。昨今、自由に中国に行き来できるようになって、毎年多くの人が中国を訪れているが、旅行の前にせめて旅行案内等で訪れる土地の歴史やそこで作られた詩を調べて行くと、旅行がますます楽しくなるはずである。

もとより、広い中国で詩の舞台となった場所は数えきれないほどたくさん存在する。中国の長い歴史の中で、すべての土地が詩の舞台と言ってもよいほどであるが、ここでは、すでに本書の随所でも触れたように、名士賢人が隠棲して名高い土地、優れた多くの詩人文人が遊覧・登覧・懐古等の作品を残している名所・名跡など、詩の舞台として古来よく知られた土地の中から、中国第一の大河長江流域の数箇所と浙江省西湖を取り上げて、そこで作られた作品の幾つかを見てみよう。

まず最初は、長江上流の支流、嘉陵江《かりようこう》沿いの「蜀桟道《しよくさんどう》」（蜀の桟道）である。桟道は、険しい山腹に穴をあけて丸太を打ち込み、その上に橋を架けて通れるようにした木組みの道である。険しい山岳に隔てられた関中平原（陝西省）と蜀地（四川省）を結ぶために、すでに先秦の昔から桟道が築かれたと伝えられているが、蜀道は難所中の難所と語りつがれてきた。唐の李白の「蜀道難」は、その険しさを次のようにうたう。

噫吁嚱　危乎高哉
蜀道之難難於上青天
蚕叢及魚鳧
開国何茫然
爾来四万八千歳
不与秦塞通人煙
西当太白有鳥道
何以横絶峨眉巓
地崩山摧壮士死
然後天梯石桟相鉤連
上有六竜回日之高標
下有衝波逆折之回川
黄鶴之飛尚不得過
猿猱欲度愁攀援
（李白・蜀道難）

噫吁嚱《あああ》　危《あやう》いかな　高きかな
蜀道《しょくどう》の難《かた》きは　青天《せいてん》に上るよりも難《かた》し
蚕叢《さんそう》と魚鳧《ぎょふ》と
開国《かいこく》　何《なん》ぞ茫然《ぼうぜん》たる
爾来《じらい》　四万八千歳《よんまんはっせんさい》
秦塞《しんさい》と人煙《じんえん》を通《つう》ぜず
西《にし》のかた太白《たいはく》に当《あ》たりて鳥道《ちょうどう》有り
何《なに》を以《もっ》て峨眉《がび》の巓《いただき》を横絶《おうぜつ》せん
地《ち》崩《くず》れ　山《やま》摧《くだ》けて　壮士《そうし》死し
然《しか》る後《のち》に天梯《てんてい》　石桟《せきさん》　相鉤連《あいこうれん》す
上《うえ》に六竜回日《りくりゅうかいじつ》の高標《こうひょう》有り
下《した》に衝波逆折《しょうはぎゃくせつ》の回川《かいせん》有り
黄鶴《こうかく》の飛《と》ぶも　尚《な》お過《す》ぐるを得ず
猿猱《えんどう》も度《わた》らんと欲《ほっ》して　攀援《はんえん》を愁《うれ》う

〔訳〕ああ、危ういかな、高いかな、

蜀道を通る難しさは青空に上るよりも難しい。
開祖の蚕叢と魚鳧が、
蜀の国を開いたのはなんと古いむかしのことだろう。
以来、四万八千年のあいだ、
秦の塞《とりで》と人の交通がなかった。
西の太白山にはわずかに鳥の通う道があるだけで、
どうして峨眉山の頂《いただき》を横切って、蜀の国に入れるものか。
ところが、地がくずれ山がくだけて壮士が死ぬ事件があり、
それからはじめて、高いハシゴと石の懸け橋を連ねて蜀道を作った。
蜀道は、上には六頭の竜がひく太陽の車も引き返す高い目印の山がそびえ、
下には白波《しらなみ》が逆巻いてめぐり流れる川がある。
黄鶴でさえ飛び過ぎることができず、
サルもよじ登ることができないのを悲しむほどだ。

○**蚕叢・魚鳧**　蜀の国の開祖と伝えられる人。○**爾来**　その時以来。○**太白**　太白山。現在の陝西省眉県の東南にある。○**峨眉**　峨眉山。四川省峨眉県にある蜀の代表的な山。○**壮士**　力もちの男。好色の蜀王のために秦の美女を迎えに行った蜀の五人の壮士が、帰途山崩れに遭遇し、それから秦（陝西省）と蜀の道が通じたという故事。○**鉤連**　互いにひっかかるように、屈折して連なる。○

六竜回日　日の神の羲和が六頭の竜のひく車に乗るという伝説にもとづき、その日車も高い山に遮られて引き返すこと。○**高標**　高い標識の山。○**猿猱**　サル。猱もサルの類。

ここにあげたのは、長篇の作品の冒頭部分だけである。しかし、「蜀道の難きは青天に上るよりも難し」と奇抜な発想と表現で、蜀道の嶮岨な状況がみごとに詠じられていて、李白の奇才ぶりを遺憾なく発揮した名作として、人々に愛唱されてきた。

「蜀道難」はもともと伝統的な楽府の曲名（楽府題）で、梁の簡文帝《かんぶんてい》の作などが残っており、宋の郭茂《かくも》倩《せん》の『楽府詩集』では相和歌辞に分類されているものである。詩のテーマでいえば、「行旅類」に入るが、李白のこの作品が実際に蜀の桟道で作られた可能性はきわめて薄い。制作の時期と背景について唐代の昔から多くの説があり、いずれが正しいともにわかに決しがたいが、どうやら、蜀の桟道を通る難儀と危険を、おのれの人生の危険と難渋、ないしは何か危機的な事件を寓意した比喩的な作品と解釈するのが妥当なようである。仮にそのような虚構の作品だとしても、幼年期から青年期を蜀地で過ごした李白には、蜀道を行く困難と危険に関する現実的なイメージがあり、それが作品のリアリティを支えているのである。

現在、四川省広元市の北の明月峡には、嘉陵江の東岸に古代の桟道の一部が復元されていて、かつてここを通った旅人の苦しみを推測することができる。官職をすてて流浪の旅に出た杜甫も成県（甘粛省）から成都に赴く途中、この道を通って「明月峡」の詩を残している。

明月峡を抜けると、険しい道は山間を通り、剣門関の関所に行き着く。蜀の地の入り口に築かれたこの関所は、李白の「蜀道難」の中で「一夫《いっぷ》の関《かん》に当《あ》たれば、万夫《ばんぷ》も開《ひら》く莫《な》し」（ひとりの兵士がこの関所を守れば、万人の兵をもってしても攻め落とすことが難しい）とうたわれている難攻不落の関所で、安禄山の反乱で都を追われた玄宗がここで次のような詩を作った。

剣閣横雲峻
鑾輿出狩回
翠屏千仞合
丹嶂五丁開
灌木縈旗転
仙雲払馬来
乗時方在徳
嗟爾勒銘才

剣閣《けんかく》 雲に横たわりて峻《けわ》し
鑾輿《らんよ》 出狩《しゆつしゆ》して回《めぐ》る
翠屏《すいへい》 千仞《せんじん》合《がっ》し
丹嶂《たんしょう》 五丁《ごてい》開《ひら》く
灌木《かんぼく》 旗《はた》を縈《めぐ》って転《てん》じ
仙雲《せんうん》 馬《うま》を払《はら》って来《きた》る
時《とき》に乗《じょう》ずるは方《まさ》に徳《とく》に在《あ》り
嗟《ああ》 爾《なんじ》 勒銘《ろくめい》の才《さい》よ

（玄宗・幸蜀西至剣門「蜀《しょく》に幸《みゆき》して西《にし》のかた剣門《けんもん》に至《いた》る」）

〔訳〕剣閣の桟道は高くけわしく、雲の中に横たわり、
朕《ちん》の乗る車は、諸国巡遊のためにその険しい道をめぐりめぐる。
みどりの岸壁が千仞の谷の両側にそびえ、
あかい峰は、そのむかし五人の壮士が切り開いた。
進むにつれて木々が旗をめぐってうつりかわり、
雲が馬のかたわらから流れくる。
時運に乗ずるのは、まさに人徳による以外にはない、
ああ、おまえたち、すぐれた銘文を作る才子たちよ。

○鑾輿　天子の乗る車。○出狩　天子の諸国巡遊をいう。但し、ここでは都から逃亡したのであるが、それを潤飾して言ったもの。○五丁　五人の壮丁。李白の「蜀道難」に見える「壮士」のこと。○勒銘才　晋の張載《ちょうさい》の故事。彼は、「剣閣の銘」を書き、蜀の人が乱を好むのを戒めた。ここでは、張載のような才能のある臣下に呼びかけたもの。

剣門関の東を流れる嘉陵江は明月峡からさらに南に流れて、重慶市で長江に合流する。重慶から東北に流れてゆく長江が三峡の難所にさしかかる手前に、忠州（四川省忠県）があり、ここで杜甫が作った作品に「旅夜　懐《おも》いを書す」（旅夜書懐）の一首がある。晩年の杜甫が、しばらくのあいだ平穏な日々を送った成都を離れて、故郷をめざした最後の旅

の途中で作った五言律詩である。

細草微風岸　細草《さいそう》 微《び》風《ふう》の岸《きし》
危檣独夜舟　危檣《きしょう》 独夜《どくや》の舟《ふね》
星垂平野闊　星《ほし》垂《た》れて 平野《へいや》闊《ひろ》く
月湧大江流　月《つき》湧《わ》きて 大江《たいこう》流《なが》る
名豈文章著　名《な》は豈《あ》に文章《ぶんしょう》もて著《あら》われんや
官応老病休　官《かん》は応《まさ》に老病《ろうびょう》にて休《や》むべし
飄飄何所似　飄飄《ひょうひょう》 何《なん》の似《に》る所《ところ》ぞ
天地一沙鷗　天地《てんち》の一沙鷗《いちさおう》

（杜甫・旅夜書懐）

〔訳〕かぼそい草の茂る岸をそよ風が吹きわたり、
高い帆柱の立つ舟の中で、ひとり夜景を眺めている。
空の星が広々とした平野のかなたまで一面にたれて輝き、
明るい月が滔々《とうとう》と流れる大江からわき出たように、流れに影を落としている。
人の名声など詩文で得られるものではないし、
官職は年老いて病いの身なのだから、辞職するのも当然だ。

明月峡（蜀桟道）

風まかせにさすらう我が身は、いったい何に似ているというべきか、さながら広い天地の間を飛びまどう一羽のカモメ鳥。

○危檣　高い帆柱。

星空の下に広がる平野と月光を浮かべて流れ行く長江、船の上から眺めた雄大な天地の眺めをうたう第二聯、官界で活躍する望みもはたせずに老いと病いの身をかこつ第三聯、大きな自然と小さなおのれを対比して杜甫の得た結論は、「我が身は所詮、広い天地の間を飛びまどう一羽のカモメ鳥にも似た存在にすぎない」というものであった。流浪のうちに一生をおえた杜甫の諦観を示す一首である。

　忠州を過ぎると、長江は瞿《く》唐《とう》峡・巫《ふ》峡・西《せい》陵《りょう》峡の三峡に入り、その沿岸には白帝城《はくていじょう》・

巫山《ふざん》など名高い名所・旧跡が次から次へとつづく。巫峡を過ぎた長江は湖北省を東に流れて、荊州《けいしゅう》（江陵）・洞庭湖《どうていこ》・岳陽楼《がくようろう》など詩の舞台として故事来歴に富む数々の旧跡を経て武漢に至る。武漢はすでに前に紹介した黄鶴楼の建っているところである。そしてまた、『三国演義』などでよく知られている魏と呉の水軍が戦った赤壁が、武漢の近辺にある。赤壁の戦いは、呉軍の火攻で曹操のひきいる軍勢が大敗した戦いであったが、その場所は武漢の西南の蒲圻《ほき》県にあって、いま「武赤壁《ぶせきへき》」といわれている。ところが、宋の神宗の元豊五年（一〇八二）、当時、武漢の東の黄州《こう》（黄岡市《こうこう》）に流されていた蘇軾《そしょく》（東坡《とうば》）は、黄州がその古戦場と思い込んで名作「赤壁の賦」（翌年にも同じ場所で「赤壁の賦」を作ったので、こちらを「前赤壁の賦」という）を作った。いま「東坡赤壁」または「文赤壁」と呼ばれているところが、それである。「赤壁の賦」と並んでよく知られているのが、「詞」の「念奴嬌《ねんどきよう》・赤壁懐古」である。

大江東去
浪淘尽、千古風流人物
故塁西辺
人道是、三国周郎赤壁
乱石崩雲

大江《たいこう》　東に去り
浪《なみ》は淘《あら》い尽くす、千古《せんこ》の風流人物
故塁《こるい》の西辺《せいへん》
人《ひと》は道《い》う是《こ》れ、三国周郎《さんごくしゅうろう》の赤壁なりと
乱石《らんせき》　雲を崩《くず》し

驚濤裂岸
捲起千堆雪
江山如画
一時多少豪傑

驚濤《きょうとう》 岸を裂《さ》き
捲《ま》き起こす 千堆《せんたい》の雪
江山《こうざん》は画《が》の如《ごと》し
一時《いちじ》の多少《たしょう》の豪傑《ごうけつ》ぞ

（宋・蘇軾：念奴嬌・赤壁懐古）

〔訳〕大江の水は東に流れ去り、
波は千年もむかしの風流人物を洗いつくした。
古いとりでの西のあたりを、
三国の英雄周瑜《しゅうゆ》が戦った赤壁だと、ひとはいう。
乱れ立つ岩石は雲の峰が崩《くず》れたかのごとく、
さかまく白波《しらなみ》が岸を切り裂くようにうち寄せて、
うずたかい雪山《ゆきやま》にも似たしぶきをたてている。
絵さながらの山と川、
そのかみ、いかほどの英雄豪傑がここで戦ったことか。
○大江　長江。○周郎　呉の将軍周瑜《しゅうゆ》。曹操の軍を破った英雄。○一時　当時。

「念奴嬌」は「詞」の曲名（詞牌）。ここにあげたのは、前後二段の前段部分である。永遠に変わることなく滔々と流れる長江の岸辺に立って、はるか三国時代の英雄豪傑をしのぶ蘇軾の胸中には、ここで戦った豪傑たちへの敬慕の思い、しかしすべては歴史のかなたに消え去った寂寞の情、不遇の我が身の孤独感などが広がるのである。

武漢を流れたあと、長江は安徽省の李白の没した当塗県、江蘇省の南京などを経て、上海から東海に注ぐ。全長五八〇〇キロメートルに及ぶ長江の流域は、そのすべてが歴史の舞台であり、詩の舞台である。

最後に、昔も今も風光明媚の土地として多くの詩人文人に愛されてきた杭州西湖のありさまを述べてしめくくりとしよう。

杭州は南宋のとき都の臨安府《りんあんふ》が置かれた土地である。むかしから江南の豊かな物産を背景にして政治・経済の中心として栄えた。西湖は杭州市街の西に広がる湖で、かつて「武林水」あるいは「銭塘湖《せんとうこ》」と呼ばれていた。「西湖」という名が一般に定着したのは、宋代以後である。湖の中にある「白堤《はくてい》」は、唐の時代に杭州刺史の李泌《りひつ》がもともと湖を二分する砂洲のあったところに堤防を築き、「白沙堤《はくさてい》」といったことに由来する。まだ砂洲のままであったときには湖の二つの湖面の水位が異なっていたが、李泌は水位調節のために堤防を切断して橋を架けた。「断橋」というのがその橋である。さらにもう一か所水門を設け、そこにかかる橋を「錦帯橋《きんたいきょう》」と呼び、この二つの水門で西湖の水位を調節した。李泌のあとしばらくして白居易が杭州刺史としてこの地に赴任した。かれは西湖の浚渫や堤防の整備を熱心に行い、西湖の風景をたいへん愛して、多くの詩を残している。先の白沙堤を詠じた「銭塘湖の春行」がある。

孤山寺北賈亭西
水面初平雲脚低
幾処早鶯争暖樹
誰家新燕啄春泥
乱花漸欲迷人眼
浅草纔能没馬蹄
最愛湖東行不足
緑楊陰裏白沙堤

（白居易：銭塘湖春行）

孤山寺《こざんじ》の北《きた》　賈亭《かてい》の西《にし》
水面《すいめん》初めて平《たい》らかに　雲脚《うんきゃく》　低《ひく》し
幾処《いくしょ》か　早鶯《そうおう》　暖樹《だんじゅ》を争《あらそ》い
誰《た》が家《いえ》の新燕《しんえん》ぞ　春泥《しゅんでい》を啄《ついば》む
乱花《らんか》　漸《ようや》く人《ひと》の眼《まなこ》を迷《まよ》わさんと欲《ほっ》し
浅草《せんそう》　纔《わず》かに能《よ》く馬蹄《ばてい》を没《ぼっ》す
最も湖東《ことう》を愛し　行けども足らず
緑楊陰裏《りょくよういんり》　白沙堤

〔訳〕孤山寺の北、賈公亭の西側の、ここ白沙堤にたてば、
春の水のみなぎる湖面は平らに広がり、空低く雲が飛び行く。
ここかしこ、木の枝を争ってウグイスが啼きさわぎ、
どの家のツバメか、せっせと巣作りの泥をついばんでいる。
人の目はようやく咲きはじめた花々をおってつぎつぎに転じ、

青草がやっと馬のひづめをかくすほどに生えはじめた。
最も愛する湖の東の景色、行けども行けども興趣の尽きないのは、
　みどりのヤナギの木陰に覆われた白沙堤。

詩の中の孤山寺や賈（公）亭は、いずれも西湖の湖畔の建物である。

白居易が去った後、人々はかれの事績をしのんで白沙堤を「白公堤」とか「白堤」と呼ぶようになり、いつしか白沙堤をかれが造ったかのような誤解も生まれた。

白沙堤の断橋も多くの故事を伝えるところで、白蛇の精（白娘子《パイニャンツ》）と人間の男性の悲恋物語の『白蛇伝《はくじゃでん》』が人々に愛されている。また、断橋は春の残雪の風景が美しいということで清の康熙《こうき》帝御筆の「斷橋殘雪」の石碑が、今なお橋のたもとに立っている。

宋代の詩人蘇軾もまた西湖を愛した人である。杭州知州としてこの地を治めた蘇軾は湖の西に新たな堤を築き、それが「蘇堤」と呼ばれている。六つの橋がかかっているので、「六橋堤《りくきょうてい》」ともいわれる。かれが西湖で作った二首連作の「湖上に飲《いん》す　初め晴れ後《のち》雨」の第二首は次のように西湖の美しさをうたう。

水光瀲灩晴方好　　水光《すいこう》　瀲灩《れんえん》として晴れ方《まさ》に好《よ》し
山色空濛雨亦奇　　山色《さんしょく》　空濛《くうもう》として雨も亦《ま》た奇《き》なり

欲把西湖比西子　西湖《せいこ》を把《と》りて西子《せいし》に比《ひ》せんと欲《ほっ》すれば
淡粧濃抹総相宜　淡粧《たんしょう》　濃抹《のうまつ》　総《す》べて相宜《あいよろ》し
（蘇軾・飲湖上初晴後雨）

〔訳〕キラキラとさざ波かがやく西湖は、晴れてこそ美しい。
山がぼんやりとかすんで見える雨の景色もまた、絶景である。
この西湖の美しさをいにしえの美女西施にたとえてみるならば、
薄化粧のときも、濃い化粧のときも、いずれもすばらしい。

○西子　西施のこと。

日本の俳人芭蕉の名句「象潟《きさがた》や雨に西施が合歓《ねぶ》の花」は、蘇軾のこの詩に由来する。西湖のかたわらの杭州の美しさは、マルコ・ポーロも世界一の美しさと讃えたほどである。一度でもここを訪れた人は立ち去りがたい思いを抱くが、白居易もそのような気持ちを詩句に託した。

処処廻頭尽堪恋　処処《しょしょ》　頭《こうべ》を廻《めぐ》らせば　尽《ことごと》く恋うるに堪《た》えたり
就中難別是湖辺　中《なか》ん就《ず》く別れ難《がた》きは　是《こ》れ湖辺《こへん》
（西湖留別〔西湖の留別《りゅうべつ》〕）

〔訳〕　いたるところふりかえって見れば、杭州のすべてが懐かしい。
とりわけ別れがたいのは西湖湖畔の風景だ。
西湖の湖畔に立てば誰しも白居易と同じ思いにうたれるはずである。

本書は一九九七年三月二〇、放送大学振興会より『中国古典詩学』として刊行された。

古事記注釈 第七巻　西郷信綱

大后の嫉妬に振り回される「聖帝」仁徳。軽太子の道ならぬ恋は悲劇的結末を呼ぶ。そして王位継承をめぐる確執は連鎖反応の如く事件を生んでゆく。

万葉の秀歌　中西進

万葉研究の第一人者が、珠玉の名歌を精選。宮廷の貴族から防人まで、あらゆる地域・階層の万葉人の心に寄り添いながら、味わい深く解説する。

日本神話の世界　中西進

記紀や風土記から出色の逸話をとりあげ、かつて息づいていた世界の捉え方、それを語る言葉を縦横に考察。神話を通して日本人の心の源にわけいる。

解説 徒然草　橋本武

『銀の匙』の授業で知られる伝説の国語教師が、「徒然草」より珠玉の断章を精選して解説。その授業実践が凝縮された大定番の古文入門書。（齋藤孝）

解説 百人一首　橋本武

灘校を東大合格者数一に導いた橋本武メソッドの源流と実践がすべてわかる！　名文を味わいつつ、語彙や歴史も学べる名参考書文庫化の第二弾！

江戸料理読本　松下幸子

江戸時代に刊行された二百余冊の料理書の内容と特徴、レシピを紹介。素材を生かし小技をきかせた江戸料理の世界をこの一冊で味わい尽くす。（福田浩）

萬葉集に歴史を読む　森浩一

古の人びとの愛や憎しみ、執念や悲哀。萬葉集には、数々の人間ドラマと歴史の激動が刻まれている。考古学者が大胆に読む、躍動感あふれる萬葉の世界。

ヴェニスの商人の資本論　岩井克人

〈資本主義〉のシステムやその根底にある〈貨幣〉の逆説とは何か。その怪物めいた謎をめぐって、明晰な論理と軽妙な洒脱さで展開する諸考察。

現代思想の教科書　石田英敬

今日我々を取りまく〈知〉は、4つの「ポスト状況」から発生した。言語、メディア、国家等、最重要論点のすべてを一から読む！　決定版入門書。

初学者のための中国古典文献入門　坂出祥伸

文学、哲学、歴史等「中国学」を学ぶ時、必須となる古典の基礎知識。文献の体裁、版本の知識、図書分類他を丁寧に解説する。反切とは？　偽書とは？

シュメール神話集成　杉勇／尾崎亨訳

「洪水伝説」「イナンナの冥界下り」など世界最古の神話・文学十六篇を収録。ほかでは読むことのできない貴重な原典資料。豊富な訳注・解説付き。

エジプト神話集成　杉勇／屋形禎亮訳

不死・永生を希求した古代エジプト人の遺した、ピラミッド壁面の銘文ほか、神への讃歌、予言、人生訓など重要文書約三十篇を収録。

宋名臣言行録　朱熹編／梅原郁編訳

北宋時代、総勢九十六名に及ぶ名臣たちの言動を大儒・朱熹が編纂。唐代の『貞観政要』と並ぶ帝王学の書であり、処世の範例集として今も示唆に富む。

資治通鑑　司馬光／田中謙二編訳

全二九四巻にもおよぶ膨大な歴史書『資治通鑑』のなかから、侯景の乱、安禄山の乱など名シーンを精選。破滅と欲望の交錯するドラマを流麗な訳文で。

十八史略　曾先之／今西凱夫訳／三上英司編

『史記』『漢書』『三国志』等、中国の十八の歴史書をまとめた『十八史略』から、故事成語、人物にまつわる名場面を各時代よりセレクト。（三上英司）

アミオ訳　孫子〔漢文・和訳完全対照版〕　守屋淳監訳・注解／臼井真紀訳

最強の兵法書『孫子』。この書を十八世紀ヨーロッパに紹介したアミオによる伝説の訳業がついに邦訳。その独創的解釈の全貌がいま蘇る。（伊藤大輔）

プルタルコス英雄伝（全3巻）　プルタルコス／村川堅太郎編

デルフォイの最高神官、故国の栄光を懐かしみつつローマの平和を享受した〝最後のギリシア人〟プルタルコスが生き生きと描く英雄たちの姿。

和訳　聊斎志異　蒲松齢／柴田天馬訳

中国清代の怪異短編小説集。仙人、幽霊、妖狐たちが繰り広げるおかしくも艶やかな話の数々。日本の文豪たちにも大きな影響を与えた一書。（南條竹則）

フィレンツェ史(上)　ニッコロ・マキァヴェッリ　在里寛司／米山喜晟訳

権力闘争、周辺国との駆け引き、戦争、政権転覆……。マキァヴェッリの筆によりさらにドラマチックに彩られるフィレンツェ史。文句なしの面白さ!

フィレンツェ史(下)　ニッコロ・マキァヴェッリ　在里寛司／米山喜晟訳

古代ローマ時代からのフィレンツェ史を俯瞰することで見出された、歴史におけるある法則……。マキァヴェッリの真骨頂が味わえる一冊!　(米山喜晟)

ギルガメシュ叙事詩　矢島文夫訳

ニネベ出土の粘土書板に初期楔形文字で記された英雄ギルガメシュの波乱万丈の物語。「イシュタルの冥界下り」を併録。最古の文学の初の邦訳。

北欧の神話　山室静

キリスト教流入以前のヨーロッパ世界を鮮やかに語り伝える北欧神話。神々と巨人たちとが織りなす壮大な物語をやさしく説き明かす最良のガイド。

漢文の話　吉川幸次郎

日本人の教養に深く根ざす漢文を歴史的に説き起こし、その由来、美しさ、読む心得や特徴を平明に解説する。贅沢で最良の入門書。　(興膳宏)

「論語」の話　吉川幸次郎

人間の可能性を信じ、前進するのを使命であると考えた孔子。その思想と人生を「論語」から読み解く中国文学の碩学による最高の入門書。

老子　福永光司訳

己の眼で見ているこの世界は虚像に過ぎない。自我を超えた「無為自然の道」を説く、東洋思想が生んだ画期的な一書を名訳で読む。　(興膳宏)

荘子内篇　福永光司／興膳宏訳

人間の醜さ、愚かさ、苦しさから鮮やかに決別する、古代中国が生んだ解脱の哲学三篇。中でも「内篇」は荘子の思想を最もよく伝える篇とされる。

荘子外篇　福永光司／興膳宏訳

内篇で繰り広げられた荘子の思想を、説話・寓話のかたちでわかりやすく伝える外篇。独立した短篇集として読んでも面白い、文学性に富んだ十五篇。

荘子 雑篇　福永光司・興膳宏 訳

荘子の思想をゆかいで痛快な言葉でつづった「雑篇」。日本でも古くから親しまれてきた「漁父篇」や「盗跖篇」など、娯楽度の高い長篇作品が収録されている。

墨子　森三樹三郎 訳

諸子百家の時代、儒家に比肩する勢力となった学団・墨家。全人を公平に愛し侵攻戦争を認めない独特な思想を読みやすさ抜群の名訳で読む。（湯浅邦弘）

「科学者の社会的責任」についての覚え書　唐木順三

核兵器・原子力発電という「絶対悪」を生み出した科学技術への無批判な信奉を、思想家の立場からきびしく問う、著者絶筆の警世の書。（島薗進）

古典との対話　串田孫一

やっぱり古典はすばらしい。デカルトも鴨長明もみんな友達。少年のころから読み続け、今もなお、何度も味わう。碩学が語る珠玉のエッセイ、読書論。

書国探検記　種村季弘

エンサイクロペディストによる痛快無比の書物・読書論。作家から思想家までの書物ワールドを自在に飛び回り、その迷宮の謎を解き明かす。（松田哲夫）

朝鮮民族を読み解く　古田博司

彼らに共通する思考行動様式とは何か。なぜ日本人はそれに違和感を覚えるのか。体験から説き明かす朝鮮文化理解のための入門書。（木村幹）

アレクサンドリア　E・M・フォースター　中野康司 訳

二三〇〇年の歴史を持つ古都アレクサンドリア。この町に魅せられた作家による、地中海世界の楽しい歴史入門書。（前田耕作）

天上大風　堀田善衞　紅野謙介 編

現代日本を代表する文学者が前世紀最後の十二年間を凝視し、自らの人生と言葉をめぐる経験と思索を注ぎ込んだ同時代評より、全七一篇を精選。

シャボテン幻想　龍膽寺雄

多肉植物への偏愛が横溢した愛好家垂涎のバイブル。異端作家が説く「荒涼の美学」は、日常に疲れた現代人をいまだ惹きつけてやまない。（田中美穂）

初期歌謡論　吉本隆明

歌の発生の起源から和歌形式の成立までを、『古事記』『日本書紀』『万葉集』『古今集』、さらには平安期の歌論書などを克明に読み解いてたどる。

宮沢賢治　吉本隆明

生涯を決定した法華経の理念は、独特な自然の把握や倫理に変換された無償の資質といかに融合したのか？　作品への深い読みが賢治像を画定する。

東京の昔　吉田健一

第二次大戦により失われてしまった情緒ある東京。その節度ある姿、暮らしやすさを通してみせる、作者一流の味わい深い文明批評。（島内裕子）

日本に就て　吉田健一

政治に関する知識人の発言を俎上にのせ、責任ある市民に必要な「見識」について舌鋒鋭く論じつつ、路地裏の名店で舌鼓を打つ。甘辛評論選。（苅部直）

甘酸っぱい味　吉田健一

酒、食べ物、文学、日本語、東京、人、戦争、暇つぶし等々についてつらつら語る、どこから読んでもヨシケンな珠玉の一〇〇篇。（四方田犬彦）

英国に就て　吉田健一

少年期から現地での生活を経験し、ケンブリッジに進んだ著者だからこそ書ける極めつきの英国文化論。既存の英国像がみごとに覆される。（小野寺健）

私の世界文学案内　渡辺京二

文学こそが自らの発想の原点という著者による世界文学案内。深い人間観・歴史観に裏打ちされた温かな語り口で作品の世界に分け入る。（三砂ちづる）

平安朝の生活と文学　池田亀鑑

服飾、食事、住宅、娯楽など、平安朝の人びとの生活を、『源氏物語』や『枕草子』をはじめ、さまざまな古記録をもとに明らかにした名著。（高田祐彦）

紀貫之　大岡信

子規に「下手な歌よみ」と痛罵された貫之。この評価は正当だったのか。詩人の感性と論理的実証によって新たな貫之像を創出した名著。（堀江敏幸）

現代語訳 信長公記（全） 太田牛一 榊山潤訳

幼少期から「本能寺の変」まで、織田信長の足跡をつぶさに伝える一代記。作者は信長に仕えた人物で、史料的価値も極めて高い。（金子拓）

現代語訳 三河物語 大久保彦左衛門 小林賢章訳

三河国松平郷の一豪族が徳川を名乗って天下を治めるまで、主君を裏切ることなく忠勤にはげんだ大久保家。その活躍と武士の生き方を誇らかに語る。

雨月物語 上田秋成 高田衛／稲田篤信校注

上田秋成の独創的な幻想世界「浅茅が宿」「蛇性の婬」など九篇を、本文、語釈、現代語訳、評を付しておくる〝日本の古典〟シリーズの一冊。

古今和歌集 小町谷照彦訳注

王朝和歌の原点にして精髄と仰がれてきた第一勅撰集の全歌訳注。歌語の用法をふまえ、より豊かな読みへと誘う索引類や参考文献を大幅改稿。

枕草子（上） 清少納言 島内裕子校訂・訳

芭蕉や蕪村が好み与謝野晶子が愛した、北村季吟の注釈書『枕草子春曙抄』の本文を採用。江戸、明治と読みつがれてきた名著に流麗な現代語訳を付す。

枕草子（下） 清少納言 島内裕子校訂・訳

『枕草子』の名文は、散文のもつ自由な表現を全開させ、優雅で辛辣な世界の扉を開いた。随筆文学屈指の名品は、また成熟した文明批評の顔をもつ。

徒然草 兼好 島内裕子校訂・訳

後悔せずに生きるには、毎日をどう過ごせばよいか。人生の達人による不朽の名著。全二四四段の校訂原文と、文学として味読できる流麗な現代語訳。

方丈記 鴨長明 浅見和彦校訂・訳

天災、人災、有為転変。そこで人はどう生きるべきか。この永遠の古典を、混迷する時代に生きる現代人ゆえに共鳴できる作品として訳解した決定版。

梁塵秘抄 植木朝子編訳

平安時代末の流行歌、今様。みずみずしく、時にユーモラス、また時に悲惨でさえある、生き生きとした今様から、代表歌を選び懇切な解説で鑑賞する。

現代小説作法　大岡昇平

西欧文学史に通暁し、自らの作品においては常に事物を明晰に観じ、描き続けた著者が、小説作法の要諦を論じ尽くした名著を再び。（中条省平）

日本人の心の歴史（上）　唐木順三

自然と共に生きてきた日本人の繊細な季節感の変遷をたどり、日本人の心の歴史とその骨格を究明する。上巻では万葉の時代から芭蕉までを扱う。

日本人の心の歴史（下）　唐木順三

日本人の細やかな美的感覚を「心」という深く広い言葉で見つめた創見に富む日本精神史。下巻は西鶴の時代から現代に及ぶ。（高橋英夫）

日本文学史序説（上）　加藤周一

日本文学の特徴、その歴史的発展や固有の構造を浮き上がらせて、万葉の時代から源氏・今昔・能・狂言を経て、江戸時代の徂徠や俳諧まで。

日本文学史序説（下）　加藤周一

従来の文壇史やジャンル史などの枠組みを超えて、幅広い視座に立ち、江戸町人の時代から、国学や蘭学を経て、維新・明治、現代の大江まで。

源氏物語歳時記　鈴木日出男

最も物語らしい物語の歳時の言葉と心をとりあげ、その洗練を支えている古代の日本人の四季の自然に対する美意識をさぐる。（犬飼公之）

江戸奇談怪談集　須永朝彦編訳

江戸の書物に遺る夥しい奇談・怪談から選りすぐった百八十余篇を集成。端麗な現代語訳により、古の妖しく美しく怖ろしい世界が現代によみがえる。

江戸の想像力　田中優子

平賀源内と上田秋成という異質な個性を軸に、江戸18世紀の異文化受容の屈折したありようとダイナミックな近世の〈運動〉を描く。（松田修）

日本人の死生観　立川昭二

西行、兼好、芭蕉等代表的古典を読み、「死」の先達から「終（しま）い方」の極意を学ぶ指針の書。日本人の心性の基層とは何かを考える。（島内裕子）

人間理解からの教育　ルドルフ・シュタイナー　西川隆範訳

子どもの丈夫な身体と、みずみずしい心と、明晰な頭脳を育てる。その未来の可能性を提示したシュタイナー独自の教育論の入門書。（子安美智子）

よくわかるメタファー　瀬戸賢一

日常会話から文学作品まで、私たちの言語表現を豊かに彩る比喩。それが生まれるプロセスや上手な使い方を身近な実例とともに平明に説く。

教師のためのからだとことば考　竹内敏晴

ことばが沈黙するとき、からだが語り始める。キレる子どもたちと教員の心身状況を見つめ、からだと心の内的調和を探る。（芹沢俊介）

新釈　現代文　高田瑞穂

現代文を読むのに必要な「たった一つのこと」とは……。戦後20年以上も定番であり続けた伝説の大学受験国語参考書が、ついに復刊。（石原千秋）

現代文読解の根底　高田瑞穂

伝説の参考書『新釈 現代文』の著者による、もうひとつの幻のテキストブック。現代文を本当に正しく理解するために必要なエッセンスを根本から学ぶ。

読んでいない本について堂々と語る方法　ピエール・バイヤール　大浦康介訳

本は読んでいなくてもコメントできる！　フランス論壇の鬼才が心構えからテクニックまで、徹底伝授した世界的ベストセラー。現代必携の一冊！

高校生のための文章読本　梅田卓夫／清水良典／服部左右一／松川由博編

夏目漱石からボルヘスまで一度は読んでおきたい文章70篇を収録。読解を通して表現力を磨くテキストとして好評を博した名アンソロジー。（村田喜代子）

高校生のための批評入門　梅田卓夫／清水良典／服部左右一／松川由博編

筑摩書房国語教科書の副読本として編まれた名教材の批評編。気になっていた作家・思想家等の文章を、短文読切り解説付でまとめて読める。（熊沢敏之）

謎解き『ハムレット』　河合祥一郎

優柔不断で脆弱な哲学青年――近年定着したこのハムレット像を気鋭の英文学者が根底から覆し、闇に包まれた謎の数々に新たな光のもと迫った名著。

ちくま学芸文庫

詳講《しょうこう》　漢詩入門《かんしにゅうもん》

二〇一九年三月十日　第一刷発行

著　者　佐藤　保（さとう・たもつ）
発行者　喜入冬子
発行所　株式会社　筑摩書房
東京都台東区蔵前二―五―三　〒一一一―八七五五
電話番号　〇三―五六八七―二六〇一（代表）
装幀者　安野光雅
印刷所　株式会社精興社
製本所　株式会社積信堂

ISBN978-4-480-09917-4 C0198